3

唐人傳奇

中文經典100句

文化大學中文系季旭昇教授　總策畫
文心工作室　編著

〈出版緣起〉

站在文化巨人的肩膀上

季旭昇

「犁明即起，灑掃庭廚。忘著窗外，一片籃天白雲，令人腥情振忿。隨便灌洗一下，整理遺容之後，走到客聽，粘起三柱香，拜完劣祖劣宗，希望祖宗給我保屁。然後匆匆敢往朋友的壽宴，為朋友舉殤祝壽，大家喝的慾罷不能。談到朋友的事葉出現危機，我就建議他要摒持理念、拿出破力。朋友也免勵我要多用功，才能寫出家譽戶曉、躑地有聲的文章。晚上我開始發糞讀書，日以繼夜的終於寫完這一篇文章。」

這是用現在見怪不怪的錯字集錦而成的一篇小文，果然可以「擲地」，但是未必「有聲」。近年來，這種錯字太多了，老師開始憂心、家長開始憂心、社會賢達開始憂心，只有學生和教育主管當局不憂心，教育主管當局甚至於還要進一步削減中小學的國語文授課時數。終於，社會的憂心迸發了，由各界組成的「搶救國文聯盟」日前已起來呼籲教育主管當局要正視這個問題，不要坐視國家競爭力一日一日的衰落。

身為文化事業一分子的商周出版，老早就在正視這個問題了，所以洞燭機先地策畫了「中文可以更好」系列，為文字針砭、為語文把脈，希望把這些年語文界的毛病治好。各界反應還不錯。

語文的毛病治好了，體質還是不夠強壯。商周出版認為進一步要熬十全大補湯，讓我們的語文更強壯。這「十全大補湯」就是「中文經典一〇〇句」系列。

《荀子．勸學篇》說：

「吾嘗終日而思矣，不如須臾之所學也。吾嘗跂而望矣，不如登高之博見也。登高而招，臂非加長也，而見者遠；順風而呼，聲非加疾也，而聞者彰。假輿馬者，非利足也，而致千里；假舟楫者，非能水也，而絕江河。君子生非異也，善假於物也。」

學畫一定要先從芥子園畫譜學起。芥子園畫譜是初學者的「經典」。張大千的畫藝要更上層樓，所以要去千佛洞臨壁畫。千佛洞是張大千的「經典」。學書法的人要學二王顏柳，二王顏柳是書法界的「經典」。經典是古代聖賢才智的結晶，是民族文化的源頭。

多認識經典可以讓我們站在巨人的肩上，長得更快、更高。

多認識經典可以讓我們的思想、文字帶有民族智慧、民族風格。

《論語》、《史記》、《古文觀止》、《孟子》、《詩經》、《莊子》、《戰國策》、《唐詩》、《宋詞》、《世說新語》、《資治通鑑》，《昭明文選》、《六祖壇經》、《曾國藩家書》、《老子》、《荀子》、《韓非子》、《兵法》、《易經》、《淮南子》、《元曲》、《孔子家語》、《閱微草堂筆記》、《禮記》、《明清小品》、《古詩源》、《東萊博議》（「中文經典一〇〇句」已出版），這幾本書應該是現代國民的

「最低限度必讀經典」，做為這個民族的一份子，沒有讀過這幾本書，就稱不上這個民族的「知識分子」。但是，現代人實在太忙了，大人忙著五光十色、小孩忙著被教改、社會忙著全民英檢、國家忙著走出去，人人都在盲茫忙，商周出版因此為忙碌的人們燉一鍋大補湯，用最活潑簡明的文句，把經典的精粹提煉出來，讓大家可以在「三上」（馬上、枕上、廁上）閱讀。在做完文字針砭、為語文把脈、把病痛治好後，讓我們來培元固本，增強功力，站在文化巨人的肩膀上，看得更高，飛得更遠！

（本文作者爲臺灣師範大學國文系退休教授，現任文化大學中文系教授）

〈導讀〉浪漫大唐的縮影：唐人傳奇

綜觀整個中國古典文學史，大概很少有文類能如唐人傳奇一般，篇幅輕薄短小，人物與情節卻蘊藏無比的爆發力與生命力，足以影響中、日、韓等後世東亞文學超過千年。唐人傳奇，就如一只小巧的魔術盒，本身十分精巧細緻，卻又可盡情延展、擴充萬千變貌。

當我們回顧魯迅在《中國小說史略》中：「小說亦如詩，至唐代而一變，雖尚不離於搜奇記逸，然敘述宛轉，文辭華豔，與六朝之粗陳梗概者較，演進之跡甚明，而尤顯者，乃在是時則始有意為小說。」這段被引用得十分氾濫的評語時，仍然可以讀出一些傳奇為何如此獨特的端倪。

首先，唐代承襲了六朝喜好蒐錄殊異奇聞的興趣，但更懂得琢磨文學美感，對敘事結構、遣詞造句等文字本身之美開始講究，而不僅只於簡單記錄而已。對文字的講究造就了篇章的精鍊珠璣，而「始有意為小說」則點出傳奇具備現代小說意義，也就是虛構的創造力。也許純粹為了好玩，也許帶有幾分沉重的人生抱負，當時的人並未清楚意識自己正在寫什麼樣的小說，他們說故事的意願卻是龐然又專注的。藉著認真揮灑好玩的事，唐代的文人們創造出中國文學史上首度具有小說意義的作品，從而開啟一方屬於小說的藍海時代。

一、唐人傳奇的名義、起源與編纂

「傳奇」主要指始於唐代的文言短篇小說。這個名詞並非唐人命名，而是由陳師道、尹師魯、胡應麟等宋、明文人輾轉沿用，約定俗成的結果。

「傳奇」一詞最早出自晚唐裴鉶的小說集《傳奇》，原指載錄奇異可怪情事，後來專用來指稱唐代人物形象鮮明、情節複雜的文言小說，也與明代的戲曲體裁重名。相較於散文詩歌等歷史悠久、有明確格式範例的古典文類，唐人傳奇在當時，是相當具有實驗性與可塑性的新興文體。

至於唐人傳奇的起源，目前並沒有一致公認的確切說法。從文學的內部因素來看，唐人傳奇是從六朝志怪，記述虛構怪異故事的傳統發展而來，也對先秦的史傳寓言有所借鑒；從社會文化、政治環境等外部因素來看，部分學者認為傳奇的興起或與唐代文人喜好在宴飲集會時講論談資、娛樂助興的興趣有關，也有人認為與唐代多元繁榮的社會環境及科舉溫卷（溫卷是唐、宋時的一種應試風氣，士子舉人於科考應試前，將作品呈送當時的名人顯要，以求推薦或藉此加深考官的印象）風氣有關……不過這些因素都不一定直接導致傳奇的誕生。

我們可以參考以上的說法去了解傳奇的背景，只是因年代久遠，真實的狀況還有待研究，或許傳奇更趨近一種於多元環境不知不覺形塑的說故事形式，未必真有一個明確、堂皇的誕生式。

而要建構一個完整的虛構世界，並不能只憑天馬行空的想像力而已，小說家還必須掌握高度的寫實文學技巧與現實知識，才能將自己腦海中的虛構世界構築得活靈活現。述評現實的史傳、抒發情志的詩歌、作為談資補充的筆記等過往既有的文學體裁，都被唐人挪用作為創作的養分，也正因這是一項新興、不那麼嚴謹正式的文體，傳奇擴大了可以容納各種創造變格的空間。

宋代趙彥衛在《雲麓漫鈔》中曾這樣描述傳奇兼容各類文體的特質：「傳奇以敘事為主，文體近於野史，中間常穿插詩歌韻語，結尾綴以小段議論，即所謂文備眾體。」小說運用辭賦、絕句律詩、民謠所唱和的詩歌，往往是傳情達意、推動情節發展的重要媒介。

而傳奇常以「傳」、「記」、「錄」為名，開篇往往交代人物時代、籍貫、官銜，篇末常有論贊評論等格式特點，也可看出傳奇與歷史，特別是記敘人物事蹟的紀傳體的密切關係。於文人或消遣娛樂、或游藝逞才，或抒情託寓等各式創作動機中，傳奇吸納各家文體之長，展現了令人驚艷的創造力。

絕大多數的唐人傳奇都被保存於北宋李昉編纂的《太平廣記》一書，後世陶宗儀《說郛》、馮夢龍《情史》、王世貞《劍俠傳》等收編唐人傳奇的典籍，也往往不脫《太平廣記》範疇。然而《太平廣記》因成書時代早，有不少版本與異體訛字等的錯誤，若需更具體詳實的資料，可參酌汪辟疆、王夢鷗、李劍國、張國風等當代學者對《太平廣記》的點校，及對唐人傳奇的編選補證。

二、唐人傳奇的寫作年代分期

唐人傳奇大致可分下述三大階段：

首先是初唐至盛唐的初興期，這段期間作品不多，僅有零星單篇傳奇，如無名氏的

〈補江總白猿傳〉、張鷟的〈遊仙窟〉與王度的〈古鏡記〉等。

其次是中唐德宗貞元、憲宗元和年間的鼎盛期，名篇迭出，而其中愛情與歷史是唐人最熱衷描繪的主題，如元稹〈鶯鶯傳〉、白行簡〈李娃傳〉、陳玄佑〈離魂記〉、李朝威的〈柳毅傳〉、蔣防〈霍小玉傳〉、陳鴻〈長恨歌傳〉與〈東城老父傳〉、郭湜〈高力士外傳〉等。

最後，晚唐僖宗乾符年間至唐末，出現為數豐繁的傳奇小說集，如段成式《酉陽雜俎》、張讀《宣室志》、袁郊《甘澤謠》與裴鉶《傳奇》等，這些小說集富有濃厚的佛、道宗教靈怪色彩，也流露亂世人們對豪俠來去自如，率性仗義的神往。

唐代之後，文言小說的寫作日漸衰微，逐漸被話本、擬話本、章回小說等白話小說取代。然而「傳奇」這樣匯融詩文的文言短篇小說，依舊有文人樂於創作流傳。如宋代洪邁《夷堅志》、樂史的歷史小說〈綠珠傳〉及〈楊太真外傳〉；以及明代瞿佑等人撰作的《剪燈三話》等，而箇中最著名者，當為清代蒲松齡的《聊齋誌異》。上述小說集在日本、韓國，也都有一定的流傳度與閱讀收藏者。

三、唐人傳奇的主題與人物類型

唐人傳奇的內容主題一般可概分為愛情、豪俠、夢幻、歷史四類。愛情主題多闡述文士與名妓相戀情事；豪俠主題則描繪勇士、烈女復仇行俠的事蹟；夢幻主題則抒發人生須臾空幻的感慨；而歷史主題，則流露唐人對過往史事感傷的追述反思。上述主題，往往與唐人傳奇所形塑的諸多個性鮮明的人物形象密不可分，以下將傳奇中的人物類型概分為文人名士、名妓閨秀、帝后將相、仙靈僧道與豪俠刺客五類加以述介。

第一類文人名士多半為懷才不遇，落魄行遊的書生，可說是唐代不少文人的處境寫照。這類人物常為科舉功名、未來方向而苦惱，對人生的玄想思索往往富有深刻哲思。其中「夢幻」與「命定」，是傳奇中的文人名士最典型的思維特質。「夢幻」指的是人生功業看似風光繁富，實則勘破真相時，人終將知曉這種種追尋皆是虛無幻夢。例如〈枕中記〉中於睡夢中歷經生死繁華的盧生、〈南柯太守傳〉中於螞蟻國征戰拚鬥的淳于棼即是箇中代表。「命定」則指功名姻緣等人渴望獲得的幸福皆是上天注定，人若命中無份，即使費盡心機仍是徒勞無功，如李復言〈定婚店〉中處心積慮斬斷姻緣的韋固，即使千迴百轉，最終迎娶的妻子仍是當年他不願接受的女孩。

第二類人物是名妓閨秀。相較於文人名士不時流露出對現實的挫敗幻滅感，這些特殊女性多半是名妓、女冠（女道士）、閨閣才女等命運多舛，卻敢於追尋理想的昂揚形象。她們是才貌兼具的典型佳人，性情果敢，對愛情極為專一且熱烈追求，即使犧牲自我也在所不惜。例如真誠坦露對張生愛情的崔鶯鶯；對滎陽生深情不渝的名妓李娃；深情苦戀卻所託非人的名妓霍小玉、步非煙，以及矢志追隨愛人，以致魂魄竟離體千里的張倩娘……皆是這類秀異的女性人物。

第三類則是帝王后妃、將相宦官等真實歷史人物，主要展現這些人物生前的種種軼事、見聞、評價，反映唐代人「補史」、「存史」的深切歷史意識。唐玄宗與楊貴妃於開元、天寶年間等種種作為，是唐人最喜談論的題材。〈長恨歌〉與〈長恨歌傳〉所形塑的玄宗、楊貴妃生平，恐怕比正史載述更令人耳熟能詳。而杜光庭的〈虯髯客傳〉以太宗、李靖為主角，亦將唐初開國氣象渲染得風雲浩勃。此外，對於駱賓王、魏徵、李林甫、郭子儀、韓愈等唐代文官武將，於《太平廣記》「氣義」、「知人」、「俊辯」、「精察」等類目，收錄諸多志人筆記風格的軼事中，可以找到不少深具趣味的唐人生活言行。

第四類則是仙靈僧道等帶有宗教、超現實色彩的人物。這類人物一方面承襲六朝志怪的特色，是法術高強、隱逸出塵的關鍵配角。另一方面，傳奇也賦予這些超現實人物更細膩、貼近生活脈絡的人性，使這些小說人物與宗教思維更為鮮明可感。如〈柳毅傳〉對龍女、洞庭君、錢塘君等龍宮王族的刻畫；《甘澤謠》和《傳奇》等小說集對佛僧、道士、女仙的人物塑造及對佛道思想的詮釋。值得注意的是，唐代中外交流相對開放頻繁，這樣開闊的時代性也造就傳奇「胡僧」、「胡商」、「崑崙奴」的大量出現。胡僧大多為佛教徒，但也可能是祆教、印度教等來自印度、中亞各國甚至羅馬等地的宗教徒泛稱。傳奇常記載胡僧身懷奇藥異能，展現中國人對外國人既好奇驚豔，又畏懼鄙視的眼光。胡僧與胡商常被認為特別識貨，具有辨識、蒐購寶物的特殊才藝。至於矮小黝黑，明明身負異能卻甘願勞苦為奴、忠貞不二的崑崙奴，也是一類特殊的海外人物。

最後一類人物是廣為出現於中、晚唐小說集，鋤強扶弱的刺客豪俠。這些豪俠率性灑脫，慣以遊走法律邊界的武裝暴力，施行自我的正義之道。除了紅線、聶隱娘這一類身懷高超法術武藝，於各方豪強間穿梭自若的女俠之外，還有堅毅蟄伏、等待復仇時機的謝小娥，亦有胸懷建國豪情，敢於大破大立的虯髯客。這些剛烈果敢的俠者形象，也是唐人傳奇相當特出的人物類型。

四、傳奇對後世的影響與評價

洪邁《唐人說薈》中曾將小說與詩歌，視作唐代最秀異的兩座文學高峰：「唐人小說，不可不熟。小小情事，淒惋欲絕，洵有神遇而不自知者。與詩律可稱一代之奇。」一篇篇人物性格複雜、際遇曲折，重視藝術審美的精緻故事，不僅展現人性的廣度與深度，也揭示唐代豐繁的時代面貌。這些故事也成為後世文學作品的靈感繆思，諸多戲劇、小說皆樂於改編再創造這些膾炙人口的經典。如元代王實甫將〈鶯鶯傳〉改編為雜劇《西廂記》、鄭光祖將〈離魂記〉改編為《倩女離魂》，明代朱有燉等人將〈李娃傳〉改編為《曲江池》、《繡襦記》等戲曲，而清代洪昇的戲曲《長生殿》，則脫胎自〈長恨歌〉與〈長恨歌傳〉，至於「三言」、「二拍」等擬話本小說也借鑒了相當多的唐人傳奇，如〈杜子春三入長安〉即改編自〈杜子春〉、〈吳保安棄家贖友〉則改編自〈吳保安〉。《聊齋誌異》中〈俠女〉、〈續黃粱〉等篇章，亦是向唐人傳奇致敬之作。唐人傳奇可說除了本身作品的獨創完整性，也具備綿長的影響力。

當唐代人心生興味寫下這些小小故事時，可曾想像這些作品有如此的創造力與絡繹不絕的讀者？而現今的我們能讀到這些由歷代愛書人輾轉抄印流傳的完整篇章，也可說是件珍奇可貴，卻又勢所必然的「傳奇」吧。本書以介紹名句與精華片段為主，在介紹名句與精華中導出傳寄的故事。希望透過導讀與本書能作為一次探索的起點，令讀者們盡興遨遊於唐人傳奇這炫麗雋永的故事寶庫。

Contents／目錄

皎日之誓，死生以之

Contents／目錄

此身雖異性長存

Contents／目錄

感南柯之虛浮，悟人世之倏忽

唐人傳奇

有良田五頃，足以禦寒餒，何苦求祿？

名句的誕生

生惶駭不測，謂妻子曰：「吾家山東，有良田五頃，足以禦寒餒[1]，何苦求祿[2]？而今及此，思衣短褐，乘青駒，行邯鄲道中，不可得也。」

～沈既濟〈枕中記〉

完全讀懂名句

1.寒餒：餒，飢餓。寒餒指又餓又冷。

2.求祿：求取官位與俸祿。

盧生擔心會有無法預料到的禍害，對妻子說：「我老家在山東，有良田五頃，已經足夠我們穿得暖、吃得飽，何必要當官呢？如今到此地步，想著穿著粗布衣服、騎青色小馬，在邯鄲的道路上散步的日子，是不可能了。」

文章背景小常識

故事背景發生在唐玄宗開元七年，學了神仙之術的道士呂翁，在旅館遇到準備去田裡工作的年輕人盧生，兩人坐在一起有說有笑，很是愉快。但盧生卻長聲歎息自己的困窘與不得意。呂翁則覺得他無病無災、言談自在，何故感歎呢？盧生認為現在只算是苟且偷生，哪有什麼自在？並指出讀書人就是要建立功名、出將入相、衣食豐富、家族興旺。兩人閒聊過後，盧生有點想睡了，呂翁便拿出一個枕頭給他說：「您躺我的枕頭，這可以讓您的夢想成真。」

盧生在躺下後，做了一場大夢。先是娶了

美嬌娘為妻，家中生活越來越富裕，如願取得科舉功名，成為朝廷官員，而且政績卓著，一路升遷順遂，甚至晉升至宰相，名重一時。期間雖然招忌、受奸臣陷害，但往往謫官不久便被平反。最後他被封為燕國公子孫滿堂，壽終正寢。

然而盧生在夢中死去，卻在人世間醒了過來，發現自己還睡在旅館中，周圍的一切都沒有改變。呂翁告訴盧生，人生所經歷的輝煌，不過如此。盧生恍然大悟。

〈枕中記〉對後世影響極大，明朝湯顯祖的戲曲《邯鄲記》的原型由此而來。也是成語「黃粱一夢」的由來。

名句的故事

晉朝陶淵明在棄官、選擇回歸田園後，必須能夠自食其力。他在〈雜詩〉中說：「代耕本非望，所業在田桑。躬親未曾替，寒餒常糟糠。」古代做官領俸祿的人稱為「代耕」，因為官吏是不用耕作的。陶淵明說自己不期待當官，嚮往過著田園的農耕生活，他親自下田勞作，但常常要忍受寒冷和飢餓，甚至總要吃粗食。這是因為農業活動會有天災問題，往往收成不足，日子就會艱苦。

在儒家思想的影響下，求祿常被讀書人引以為戒。《南齊書．樂志》中有一段話，最能表達這個理念：「求祿求祿，清白不濁。清白尚可，貪汙殺我！」能追求高官厚祿、還保有清廉者，歷史上是少之又少，但淪落到貪汙而自毀者，則太多了呀。

歷久彌新說名句

故事中的盧生曾一心求祿，但仕途起伏。古代的文人入仕，不一定能順遂。例如杜甫的父親身有官職，少年時生活並不算差，他也有「致君堯舜上，再使風俗淳」的政治抱負。身為讀書人的他，來到長安參加科舉考試，不料卻落選，即使改走權貴之門，也毫無下文。在長安十年的歲月中，不僅不得志，生活相當貧困。後來為了家計，不得已接受一個小官的職務，當時他已經超過四十歲了。

安史之亂爆發後，杜甫輾轉被唐肅宗授予左拾遺的官職，後因觸怒肅宗、又被貶官。在友人的幫助下，他陸續轉換幾個官職，但始終寄人籬下，生活很是辛苦。杜甫後來辭官，想去投奔親友，路程中卻一再受到戰亂的阻礙，因此到處漂泊，生活困難，始終無法讓全家「禦寒餒」。在流離顛沛中，偉大的詩人居然在一條小船上去世了。何苦求祿？對終其一生無法安定的杜甫而言，實是不可承受之重。

宋朝李孟傳的狀況就很不一樣。李孟傳一直有官可以做，而且政績都還不差，頗受同僚的推崇，雖然為官過程中曾受到當時朋黨之爭的牽連，或多或少遭遇權臣的搆陷，但做為一個士大夫，該對朝廷、皇帝提出的諫言，他還是無所畏懼地提出。他屢次辭官，很多時候被轉調為其他官職，但不多久後總會被升官。李孟傳常告誡他的子孫：「安身莫若無競，修己莫若自保。守道則福至，求祿則辱來。」（《宋史・李孟傳》）意思是說，在社會立足的方法最好是不要與他人有所爭執，修養自己不如懂得保護自己；遵守正道行事、福氣自然會到來，追求名利爵祿、則容易招來羞辱。是的，如果懂得知足、自愛，何苦求祿？

思衣短褐，乘青駒，行邯鄲道中，不可得也

名句的誕生

生惶駭不測，謂妻子曰：「吾家山東，有良田五頃，足以禦寒餒，何苦求祿？而今及此，思衣短褐[1]，乘青駒[2]，行邯鄲道中，不可得也。」

～沈既濟〈枕中記〉

完全讀懂名句

同上篇。

名句的故事

《墨子．魯問》記載，曹公子回家來看墨子，曹公子說：「始吾游於子之門，短褐之衣，藜藿之羹，朝得之則夕弗得，祭祀鬼神。今而以夫子之教，家厚於始也。有家厚，謹祭祀鬼神。然而人徒多死，六畜不蕃，身湛於病，吾未知夫子之道之可用也。」曹公子說，他最初拜墨子為師時，身穿粗布短衣，吃著野菜，早上有得吃，晚上可能就沒有了，也無法祭拜鬼神；現在因為有墨子的培養，家裡比過去富有，有足夠的家底，可以祭拜鬼神。然而雖然日子好過，但家裡卻有人死亡，六畜不繁盛，自己也滿身病痛，因此不知道老師的學說是不是可以用。

墨子說，鬼神想要求人的東西很多，希望人在高官厚祿時懂得讓賢，有多餘的財物要能分送給窮人。鬼神想要的可不僅僅只是祭品而已。你現在享有高官厚祿卻不讓賢，有多的財物不分給窮人。你祭祀鬼神，只徒有祭祀的形

式，卻責怪說怎麼會生病？這就像有一百扇門只關了其中一扇，卻問為什麼會有小偷跑進來一樣。向對你有所責怪的鬼神求福，是對的嗎？

可見，人之於鬼神祭祀所招致的禍與福，不在於貧困時沒有好祭品，也不在於高官厚祿時要擺出豐厚的祭品，而是在於惜福的態度。

歷久彌新說名句

盧生在遭遇到同僚構陷，眼看大禍臨頭，後悔地想著不該在仕途上求顯達，遠離平淡安逸的平民歲月。即使布衣人生略窮些，但至少生活平靜。

晉朝陶淵明在〈五柳先生傳〉說：「環堵蕭然，不蔽風日，短褐穿結，簞瓢屢空，晏如也。」住的地方沒甚麼家具，屋頂亦無法擋風遮雨，粗布短衣上有很多補丁，家中的食物也常常不夠，但還是怡然自得。這就是陶淵明。陶淵明的個性嚮往山水田園生活，雖然也像其他讀書人一樣，有高遠的抱負，但他在每一個官職上都無法長久。當時的名將檀道濟還久仰他的大名，前去看望他，並勸他出仕，陶淵明不僅拒絕，還不肯收下檀道濟的禮物。

《漢書．貢禹傳》記載，漢元帝剛登上帝位時，便徵召貢禹做諫議大夫，並多次向他請教，貢禹也因提出諸多不錯的建議，受到皇帝不斷的重用。貢禹有一次便上書說自己原本是「年老貧窮，家訾不滿萬錢，妻子糠豆不贍，短褐不完」，意即我年紀大了、又窮困，家裡的財產不到萬錢，妻子連糠豆也供養不起，連身穿的粗布短衣都不完整。貢禹將自己當官前的窮困，說得非常直白，為了被徵召當官，還賣掉田地來換取馬車。貢禹深感皇恩厚重、無法報答，想要辭官歸故里，以免客死異鄉，但漢元帝並沒有答應。

陶淵明甘於短褐穿結的生活，是自己的選擇；貢禹改變了短褐不完的窘境，也是自己的選擇。人生的發展其實是掌握在自己的抉擇中呀！

豈其夢寐耶？

名句的誕生

盧生欠伸[1]而悟，見其身方偃[2]於邸舍[3]，呂翁坐其傍[4]，主人蒸黍未熟，觸類[5]如故。生蹶然[6]而興，曰：「豈其夢寐耶？」翁謂生曰：「人世之適，亦如是矣。」

～沈既濟〈枕中記〉

完全讀懂名句

1. 欠伸：打哈欠、伸懶腰。
2. 偃：仰臥。
3. 邸舍：古時的客棧、旅館。
4. 傍：通「旁」，側、邊。
5. 觸類：指接觸相類事物。
6. 蹶然：急起、驚起的樣子。

盧生打著哈欠、伸著懶腰醒來，看見自己還躺在旅館中，呂翁坐在身旁，店主做的飯還沒熟，周遭的事物都跟原來一樣。盧生驚訝地站起來說：「難道這是場夢嗎？」呂翁對盧生說：「人生所經歷的，不過如此而已啊。」

名句的故事

子夏向孔子請教，為何夏禹、商湯、周文王等三位君王的德行，能與天地並列？孔子解釋說，因為他們遵奉「三無私」的精神來照護天下百姓。所謂「三無私」精神就是，像天那樣無私地照護萬物、像地那樣無私地承載萬物、像日月那樣無私地照耀萬物。也就是說，天地日月運行時，會自然顯現出它們要給人類的教化，人君將這些教化變成治理百姓的規則。奉行天道，自身的德行也就會清明，神靈有所感知，也會幫助人君。

孔子接著引用《詩經》上的評語：「三代之王也，必先令聞。《詩》云：『明明天子，令聞不已。』三代之德也。『弛其文德，協此四國。』大王之德也。」明明是努力的意思，令聞是指美好的聲譽。夏、商、周三代的君王，成為君王之前就已經有美好的名聲了，因為他們非常勤勉地奉行天道的教化，轉變成治國的德政，這樣的君王具備高尚的德行，能統領四方各國。子夏聽到這裡便「蹶然而起，負墻而立曰：『弟子敢不承乎！』」子夏一躍而起，倚牆站立，說：「弟子怎敢不接受老師的這番教誨！」表現出恭敬受教的尊敬之意。

歷久彌新說名句

唐朝武將侯君集自認為平定西域很有功勞，但卻因貪財而下獄，心裏很是不服，甚至萌生造反之意。唐太宗得知此事，並未對侯君集有任何處置，依然將他的肖像與其他功臣一樣，掛在淩煙閣中。當時的太子李承乾擔心自己會被廢掉，得知侯君集對朝廷有所不滿，便找他合作。侯君集也想圖謀大業，於是一拍即合。

但議定之後，侯君集常擔心陰謀會洩露，心中時感不安，「每中夜蹶然而起，歎咤久之」（《舊唐書．侯君集傳》），意即每到半夜時會突然驚醒，嘆息許久。他的妻子覺得很奇怪，便說：「你是國家重臣，為什麼會這樣不安呢？其中必有原因。如果不是好事，會辜負國家，最好自首，尚可保全性命。」但侯君集並沒有聽進去。後來謀逆的事情敗露，終究被逮捕。

盧生一覺醒來，得知自己的榮華富貴不過是空歡喜一場，還有機會努力改善；侯君集一覺醒來，失去了榮華富貴、失去了性命，但永遠沒有改變的機會了。

寵辱之道，窮達之運，得喪之理，死生之情，盡知之矣

名句的誕生

生憮然[1]良久，謝曰：「夫寵辱之道，窮達之運，得喪之理，死生之情，盡知之矣。此先生所以窒[2]吾欲也。敢不受教。」稽首再拜而去。

～沈既濟〈枕中記〉

完全讀懂名句

1. 憮然：悵惘若失的樣子。
2. 窒：抑制、停止。

盧生思慮了很久，感恩地說：「得寵和受辱的道理，困窮和通達的運勢，獲得和失去的道理，死亡和在世的情理，我現在都了解了。這是先生您阻止我的貪欲。我哪能不受您的教誨呢！」磕頭拜了兩拜後離開。

名句的故事

《老子．十三章》中說：「寵辱若驚，貴大患若身。何謂寵辱若驚？寵為下，得之若驚，失之若驚，是謂寵辱若驚。」意思是說，受到寵愛和受到侮辱都會感到驚恐，因為將榮與辱當作與自身性命一樣重要。為何得寵和受辱都會感到驚慌失措呢？因為得寵是最不好的狀況，得到它會感到驚慌，失去它也會驚慌，這就是所謂得寵和受辱都會感到驚恐不安的原故。

失寵、受辱一定會感到心驚不安，但為什麼得寵也會呢？得寵之後，能建功立業、出將入相、榮華富貴。但福來之即禍來之，得寵時

也將是受辱時，奸佞小人的陷害會隨之而來，貪慕虛榮的生活也隨之而來，一旦處置不好，隨時都有失去生命、財產的危險，甚至連帶賠上家人親族。其實「寵辱若驚」簡單來說是過於計較得失，才會得寵也慌、得辱也慌。或許人生本就該像本文的盧生一樣「無苦無恙，談諧方適」，身體沒有病痛，言談有度，人生自在。

歷久彌新說名句

提到寵辱若驚，《新唐書》記載了一段唐太宗時期有位吏部的考工員外郎盧承慶的故事。考工員外郎的職務是負責考察官員的表現。有一次，盧承慶考核監督運糧的官員，其中有人在運糧的過程中，因為船沉了，不少糧食掉進了河裡。盧承慶給他的評語是「失所載，考中下」，即管理漕運事務卻損失了糧食，評為中下等。但那位官員知道考評結果，並沒有生氣。盧承慶見狀，便更改考評內容，說他「非力所及，考中中」，即船沉了並非人力所能避免，評為中中等。那位官員得知此事，也沒有因為考評結果變好了，所以就高興起來。盧承慶便讚賞他：「寵辱不驚，考中上。」即得寵或是受辱都不會驚慌失措，評為中上等。由此可見盧承慶很善於發掘他人優點。

盧承慶在臨終之前告誡他的兒子，生死是人生的常理，如同有早晨就有黃昏一樣，他死了之後，入殮只用平常的服飾，祭拜不必特別殺牲，下葬時也不需要占卜，陪葬品只用陶器，棺材用木製的，墳墓高度到可以辨認就好，墓誌上也只要寫明所任官職、生卒年月，其他浮誇之詞就不用了，這就是盧承慶的人生態度。從官員的考評態度、生死大事的淡然處置，「寵辱之道，窮達之運，得喪之理，死生之情」想必盧承慶是了然於胸呀。

為婦之道，貴乎柔順

名句的誕生

夫人戒[1]公主曰：「淳于郎性剛好酒，加之少年；為婦之道，貴乎柔順。爾善事之，吾無憂矣。南柯雖封境[2]不遙，晨昏有間[3]，今日暌[4]別，寧[5]不沾巾[6]。」

～李公佐〈南柯太守傳〉

完全讀懂名句

1. 戒：告知、叮囑、勸導的意思。
2. 封境：邊界、疆界。
3. 晨昏有間：這裡的晨昏，當指晨昏定省，即早晚對父母的問候；有間是指有所區隔、有所不同。意思是說，無法像過去一樣的按時向父母問候。
4. 暌：隔離。
5. 寧：難道的意思。
6. 沾巾：淚溼衣襟，形容淚如雨下。

夫人叮嚀公主說：「淳于郎性情剛烈、喜歡喝酒，加上年輕氣盛；為人妻子的本分，最重要的是溫柔順從。妳好好侍奉他，我就放心了。南柯郡雖然在邊境，但離這裏不算遠，可終究不能像過去一樣地早晚見面，今天就要離別，怎麼能不流淚！」

文章背景小常識

〈南柯太守傳〉的作者是唐憲宗年間的小說家李公佐，我們熟知的成語「南柯一夢」，就是出自本篇故事。故事背景發生在唐朝的德宗貞元七年九月，主人翁淳于棼因為酒醉、進入夢鄉後，被槐安國國王派來的使者迎接去槐安國當公主的駙馬。成為駙馬的淳于棼日漸尊貴，後來還接受國王委派的官職，擔任槐安國南柯郡的太守，政績卓越、生兒育女，榮華富貴，盛極一時，當時沒有人能及得上他。但一次抗敵失敗，緊接著妻子因病過世，淳于棼於是辭官，護送妻子的靈柩回到國都。

淳于棼的聲望日高，權勢日隆，國王開始猜忌他，也有官員上奏天象有變，國家將會崩壞，這場禍事將由外族挑起。國王懷疑淳于棼，限制他的行動，後來更要求他返鄉。淳于棼雖說：「這裏就是我的家。」但國王提醒他，你是從人世間來的，家不在這裏。淳于棼聽了才醒悟過來。於是坐上馬車，車子駛出一個洞穴，淳于棼看見自己住的地方仍和過去一樣，不禁流下眼淚。

到家後，他看見自己的身子躺在廊簷下，送他回來的使者大聲呼叫他的姓名後，真實的淳于棼便醒過來。他在夢中已經過了一生，但醒來不過是半天時光。他便將夢中的經歷告訴兩個朋友，還一起找到了大槐樹下的洞穴，而這個洞穴卻只是個蟻穴，方領悟南柯一夢的虛幻，從此更珍惜生命。

名句的故事

即使貴為公主，但在出嫁前，王后仍叮嚀要柔順侍夫，這也顯示出傳統文化中，對於女性的要求。

《易經》用「坤」代表女性，「利牝馬之貞。君子有攸往，先迷，後得主，利。」意即雌馬應當忠貞的追隨著公馬，如果雌馬跑在公馬的前面，勢必會迷失方向，如果跟隨在公馬後面，就會獲得賞識。由此界定出「順」，就是身為女性者天經地義的內在本質。《禮記．郊特牲》上的說法，更加強了這個概念。出了大門，丈夫要走在妻子的前面，男人要領導女人，女人要順從男人，夫婦間的責任與義務便由此開始。婦人就是要跟隨在他人之後，年幼時要順從父親和兄長，出嫁後要順從丈夫，丈夫死後要遵從兒子。

漢代班昭《女誡》中所陳述的標準，更是對婦女生活有顯著的影響。其一是「卑弱」，對上恭敬、對下謙讓、不與人爭先；其二是「敬慎」，所謂「修身莫若敬，避強莫若順」，敬就是順從、順從自己的丈夫，因為丈夫是比自己剛強的人，不與強者交手，所以要懂得順從。其三是「曲從」，媳婦對於公婆要能逆來順受，公婆才會喜愛她，丈夫也才會感到歡心。其四「和叔妹」，妻子被自己的丈夫喜愛，是因為公婆喜歡她，而公婆之所以喜愛媳婦，來自於叔伯小姑對她的稱讚，要能做到「和叔妹」才能一家和氣。

由此可見，婦女的柔順，不是只對自己的丈夫，而是全面性的人際關係呀。

歷久彌新說名句

《情史類略》是明代文學家馮夢龍所編著的一本筆記小說，其中有一篇〈盧夫人〉是講唐朝宰相房玄齡善妒夫人的故事。但事實上，房玄齡在政途尚未通達的時候，曾經病得幾乎快要死了。他當時告知夫人，如有萬一，不要守寡，應該再嫁個好丈夫。房夫人聞言，居然用利器傷了自己的一隻眼睛，以表決不改嫁的心意。房夫人的行動感動了房玄齡，病好之後，房玄齡處處善待自己的夫人。

沒想到有一天，唐太宗賞賜美女給房玄齡，房玄齡不願接受。唐太宗請皇后出面勸說房夫人，沒想到房夫人仍不給皇帝面子，當場拒絕。唐太宗很生氣，便賜房夫人一盞毒酒，意思是說，想活著就不要嫉妒，如果反對納妾，妳就飲下毒酒。沒想到房夫人寧可喝下毒酒，也不願意丈夫娶妾，連唐太宗都被房夫人的剛烈舉動嚇到了。好在，這杯並不是毒酒，只是醋。

唐太宗原本想震懾房夫人，卻沒想到反嚇到自己，誰說女人當貴乎柔順呢？有時為了維護自己的家庭，必要的剛烈，還是不能忘卻的。

感南柯之浮虛，悟人世之倏忽

名句的誕生

時生[1]酒徒周弁、田子華並居六合縣，不與生過從旬日矣。生遽遣家僮疾往候之。周生暴疾已逝，田子華亦寢疾於床。生感南柯之浮虛，悟人世之倏忽[2]，遂棲心道門，絕棄酒色。

～李公佐〈南柯太守傳〉

完全讀懂名句

1. 生：指主角淳于棼。
2. 倏忽：突然、很快地。

那時淳于棼的酒友周弁、田子華都住在六合縣，和他十多天沒有往來了。他派僕人去探望對方，才知周弁突然生病過世，而田子華也病臥在床。淳于棼因此感到南柯夢的虛幻，體悟到人的一生很快就過去了，於是潛心修道、戒掉酒色。

名句的故事

「悟人世之倏忽」這句話可源於漢朝才女蔡琰的〈胡笳十八拍〉：「人生倏忽兮如白駒之過隙，然不得歡樂兮當我之盛年。」人生的短暫如同一匹白馬跨越過一道縫隙般快速，我正當青春年華卻得不到歡樂。白馬跨越縫隙能需要多久時間？眼睛還沒眨，就過了吧。

蔡琰的感嘆其來有自。她恰巧生長在漢朝氣數快要到盡頭的時候，此時皇權不彰，由權臣、宦官治國，以致整個社會處於爭奪、動盪中。幼年的蔡琰跟著得罪了權貴與宦官的父親蔡邕，到處顛沛流離。不安定的生活並未對她的文學才情與音樂造詣有所影響。後來雖有幸嫁給名門出身的衛仲道，孰料丈夫不久便過世了，沒有子嗣的蔡琰只好回到娘家。

後來董卓之亂起，中原陷入一片混戰，南匈奴也來趁火打劫。蔡琰不僅被俘虜，還被南匈奴的左賢王納為妃子，育有二子。一個有志節才情的女人，如何能夠忍受自己的遭遇？因此她感慨青春年華就這樣倏忽而過。後來蔡琰被曹操贖回歸漢，但對於十二年的異族生活，〈胡笳十八拍〉中的幽幽悲憤，又豈是「倏忽」二字可以帶過？

歷久彌新說名句

身為人，對於自己的一生，以及在世的價值，總有許多的體悟或是感慨，三國時期的曹丕就屬於務實派。他在〈善哉行〉上說：「人生若寄，多憂何為？今我不樂，歲月其馳。」人的一生只是寄居在這個世間，太多的煩憂又有何用？現在我最難過的是，時光如奔跑般地流逝。曹丕深知人生短暫，唯有好好把握時光最為實在，不能只是感嘆。

東漢末年的學者董遇，就很擅長把握時間。《三國志．魏書》記載，董遇在未出仕之前，曾經以砍柴為生，他隨身帶著書本，有空就讀。魏明帝在位時，董遇當上了大司農，很多讀書人都來向他請教，但董遇卻不願意指導，只告訴對方先把每本書讀上一百遍再說。他認為「讀書百遍而義自見」，書讀上百遍，自然可以領會其中的義理。

但其他人會說，沒有足夠的時間呀！董遇就告訴大家，要充分利用「三餘」的空檔：「冬者歲之餘，夜者日之餘，陰雨者時（一作「晴」）之餘也。」冬天是一年收穫後的閒暇，夜晚是白天辛勤工作後的閒暇，陰雨天則是晴天的閒暇。好好趁著「三餘」多讀書，自然會有成果。不論我們幾歲，回首過往，都會覺得歲月匆匆，而捫心自問，當董遇利用時光，將自己累積成一位大學者時，我們又將自己累積成甚麼？

幸以南柯為偶然，無以名位驕於天壤間云

名句的誕生

雖稽神語怪，事涉非經[1]，而竊位[2]著生，冀將為戒。後之君子，幸以南柯為偶然，無以名位驕於天壤[3]間云。

～李公佐〈南柯太守傳〉

完全讀懂名句

1. 經：平常、正常的意思。
2. 竊位：指沒有貢獻，卻享有俸祿；或沒有才能，卻佔有一個職務。
3. 天壤：壤是土地。天壤就是天地的意思。

這個故事雖然神怪詭異，不合一般的情理，但對於不思貢獻、努力，就想一步登天的人來說，是可做為警惕的。後世想通達的人們，希望你們能了解功名富貴就如同一場夢，不要只想僥倖獲得功名利祿在他人面前誇耀了！

名句的故事

在故事的最後，李公佐以提點世人的語氣，勸告有心求取富貴名位的人們，以南柯之夢為戒。這裡提到的名位，主要是指官位。

禮是維繫中國封建社會的重要主軸；依禮行事，階級之間應有的倫理方能受到維護。根據《左傳》記載，莊公十八年春天時，虢公與晉侯（就是晉獻公）都前去晉見周惠王。周惠王不僅用甜酒招待他們，也允許他們向自己敬酒。接著，周惠王居然同時賞賜這兩人玉五對、馬三匹。虢公與晉獻公獲得同樣的賞賜，

這是不合禮數的。所謂：「王命諸侯，名位不同，禮亦異數，不以禮假人。」

「名位」是「禮」當中的一環，指封建制度中的官爵位階。當時的位階區分為公、侯、伯、子、男，虢公的位分是公，晉獻公的位分是侯，兩者的官爵地位不同，所受到的禮數待遇也應該不一樣，把禮數錯置給他人，這是不合禮的行為。而「名位」一詞源自於此。後人對「名位」的解釋則擴大到功名利祿，不僅僅只是爵位名分。

歷久彌新說名句

有人在乎名位利祿，岌岌營營，但也有人堅持不受名位的誘惑。

《宋書．謝瞻傳》中有一個很值得分享的故事。謝瞻跟謝晦是兩兄弟，謝瞻是一個很有才華的讀書人，在劉柳的手下擔任長史的工作；謝晦則擔任宋台右衛，很受朝廷重用，權勢相當顯赫。有一次，謝晦從彭城回到京城，來家中拜訪的賓客之多，居然把街道巷口擠得水洩不通。謝瞻看到這個情況非常震驚，他對弟弟說：「汝名位未多，而人歸趣乃爾。吾家以素退為業，不願干預時事，交遊不過親朋，而汝遂勢傾朝野，此豈門戶之福邪？」意思是說，你的官職並不高，居然會有這麼多人跑來跟你結交，我們家向來講求樸素謙退，不去干涉政事，常往來的不過是親戚朋友，你現在有這麼大的權勢，這難道是我們家的福氣嗎？接著，謝瞻便用竹籬隔開門院，表示不願意看到這種場面，後來更極力向朝廷上奏，表示父親、祖父的官職都沒有超過兩千石，而弟弟剛滿三十歲、能力平凡，竟然擔任要職，一旦沒了福氣、災禍便會來臨，因此請求給謝晦降職貶官，保住即將衰微的家門。

這就是謝瞻對於名位的態度，低調、不浮誇，最後雖病死，卻得到了善終；而謝晦跟哥哥完全不同，相當享受名位帶來的富貴，不僅熱衷朝廷政務，甚至參與帝位奪權之爭，最後的下場是兵敗被捕，年僅三十七歲就被處死了。

貴極祿位，權傾國都，達人視此，蟻聚何殊

名句的誕生

前華州參軍李肇贊曰：貴極祿位，權傾國都，達人視此，蟻聚1何殊。

～李公佐〈南柯太守傳〉

完全讀懂名句

1. 蟻聚：通常用以形容人多如像螞蟻，聚集在一起，這裡是指螞蟻窩。

前華州參軍李肇為這篇故事作了評語：當官做到最高職位，權勢壓倒京城，但通達的人看這些表象，只不過是螞蟻窩裏的騷亂而已！

名句的故事

本句名句中的「蟻聚」是指螞蟻窩，群蟻聚集，但螞蟻窩堅固牢靠嗎？輕輕一彈指，瞬間就被摧毀了；用來比喻名利祿位也是一樣，隨時都有泡沫化的可能。

而「蟻聚」原本是指紛亂擾攘的意思，語出《三國志・董卓傳》。董卓挾持獻帝，要把東漢的國都從洛陽西遷到長安，便有官員警告：「海內安穩，無故移都，恐百姓驚動，糜沸蟻聚為亂。」這是說無故遷都，恐怕驚擾百姓會群起為亂。但董卓居然焚燒洛陽的宮室與住家，強迫居民非搬遷不可，導致洛陽城變得荒蕪凋敝。因為董卓認為，長安位於的關中地區，相當肥饒富庶，所以秦國才能併吞六國、統一天下，他也要效法之。

既然是蟻聚，就不見得可靠。有句成語叫做「蜂扇蟻聚」，比喻人數雖然很多，但起不

了太大的作用。這句成語出自《隋書．房彥謙傳》：「況乎蕞爾一隅，蜂扇蟻聚，楊諒之愚鄙，羣小之凶慝，而欲憑陵畿甸，覬幸非望者哉！」隋文帝的兒子楊諒對繼承帝位的隋煬帝楊廣有所不滿，起兵叛亂。房彥謙當時認為，一定要查明起兵的原因，這樣才符合隋煬帝友愛兄弟的態度，更何況作亂的地方只是整個國家的一小部分，愚笨的楊諒帶領的亂黨，不過是一群蜜蜂和螞蟻，想要直搗京城，簡直就是妄想。

歷久彌新說名句

明成祖時期有個官員叫做吾紳，被分派擔任刑部的主事，任職期間對監獄制度很有貢獻，所以越來越有名氣。後來升遷為郎中，表現得很好，隔年又被擢升為禮部侍郎。《明史．吾紳傳》記載：「紳清強有執，澹於榮利。初拜侍郎，賀者畢集，而一室蕭然，了無供具，眾笑而起。」供具是指擺設酒食的器具。意即吾紳是一個清廉、剛毅、有操守的人，對於榮華富貴與名利看得很淡。他當上侍郎時，很多人來恭賀，卻只見屋子空空如也，連要請客人喝水、飲酒，都沒有杯子可用。可見吾紳官位雖然很高，但不改其淡泊名利的本心呀！

李白在〈行路難．其三〉中感嘆：「吾觀自古賢達人，功成不退皆殞身。」過去多少英雄豪傑，功成之後戀棧權位者，往往都招來殺身之禍。接著他舉出幾個例子：忠臣伍子胥自殺後，被棄屍在吳江中、愛國的屈原投入汨羅江自盡，就連雄才大略的陸機也無法自保。李斯雖然一直想要引退，但為時已晚。李白最後推崇晉朝張翰的適意人生：「且樂生前一杯酒，何須身後千載名。」只要在世能及時開心地喝一杯酒，又何必在乎死後能否留下名聲呢。這話與本篇名句可說相輝映。

今道途之行，人鬼各半，自不辨耳

名句的誕生

曰：「君行自早，非某不當來也。凡幽吏[1]皆掌人生之事，掌人可不行冥[2]中乎？今道途之行，人鬼各半，自不辨爾。」

～李復言《續玄怪錄．定婚店》

完全讀懂名句

1. 幽吏：冥間的官吏。
2. 行冥：冥，幽暗。這裡指在清晨幽暗時行走。

（老人）說：「是你來得太早，不是我不應該來。凡是冥間的官吏，都掌管人間的事情，既然掌管人間的事，怎麼能不來此走走？現在路上走著的人，一半是人，一半是鬼，只是你無法辨別而已。」

文章背景小常識

在《太平廣記》中〈定婚店〉的篇末，提到該文出自《續玄怪錄》，作者為李復言，然而他的生平事蹟已不可考。

〈定婚店〉內容敘述主角韋固想早點娶妻，然而多方求婚，總是不順遂。後來有人告訴他，前清河司馬的女兒正逢適婚年齡，可代為作媒，韋固與那人約定隔日在龍興寺見面，但因心急，天才拂曉便起身前往。

到達龍興寺時，他見一老人倚著布袋坐在臺階上看書。韋固偷看老人在讀什麼書，結果卻發現書中文字一字不識，不禁大感詫異。老人告訴他，他所讀的書並非人間之書，而自己正是掌管人間婚姻大事的神仙。韋固於是詢問婚事是否能成功？老人搖搖頭回答，「你的妻子今年三歲，等她十七歲，才會與你結婚。」老人還說布袋中所裝的是紅線，人從出生時起就與另一半以紅線相繫。

韋固渴望一見未來的妻子，老人引他前去市場，告訴他賣菜的瞎眼老太婆懷抱的醜陋女童便是他的妻子。韋固心生厭惡，於是命僕人殺掉女童，然而僕人失手，僅刺中女童眉心。

十四年後，韋固娶了刺史王泰之女。妻子眉間總是貼著一片花鈿，韋固詢問原因，妻子於是訴說幼年曾遭狂徒襲擊，利刃刺中眉心留下疤痕的經過。韋固想起當年舊事，相信命中注定之事，是無法更改的。全文主旨在說明「姻緣命定」的觀念。而故事中「月下老人」、「牽紅線」等情節，成為千百年來的浪漫傳說。

名句的故事

唐代由於佛、道教盛行，士大夫除了討論心性、道德之外，也經常摻雜因果輪迴、地獄鬼怪、神仙不死等說法。〈冥音錄〉一文中也說：「幽明異路，人鬼道殊，今者人事相接，亦萬代一時。」

在〈定婚店〉的故事中，韋固詢問月下老人，他既然是幽冥之人，又怎麼會出現在人間？老人回答，既是掌管人間之事，自然該至人間看看，而且「今道途之行，人鬼各半，自不辨爾」，意即陽間路上半人半鬼，只是一般人無法辨認而已。

自古以來，人們對於未知的鬼神充滿敬畏與崇拜，於是產生祭祀等行為，希望能夠趨吉避凶。佛教傳入後，認為鬼也是法界中的一個位階，一樣存在於天地之間。因此當月老說「道途之行，人鬼各半」時，除了表達出人鬼同存的概念，另一方面也暗示，看待事情切勿只是尋求表象。

宋代邵雍有〈人鬼詩〉：「既不能事人，又焉能事鬼；人鬼雖不同，其理何嘗異。」邵雍是北宋理學家，儒家對鬼神之說經常保持著

「敬鬼神而遠之」的態度。而在這首詩中，邵雍慨嘆理想無法伸張，雖然無法獲得賞識，但也不願意屈就。人鬼儘管表面上有差異，其實存有之理是一樣的。

歷久彌新說名句

無論古今，談到鬼，人們總是禁不住好奇，想知道又有所顧忌。文學史上，《山海經》、《穆天子傳》等早期文學作品，主要就是講述神話故事；而魏晉南北朝時，干寶收集各種神仙、鬼怪、道術等傳說故事，集結而成《搜神記》，其中的名篇〈宋定伯賣鬼〉，講述宋定伯藝高人膽大，與鬼一同趕路，不但獲取鬼的信任，最後還把變成羊的鬼給賣了。

儘管《搜神記》中的故事簡短，但唐人卻將之發揚光大，從原本零星的資料中，脫胎成結構更完整的傳奇小說。由於唐人想像力豐富，再加上小說寫作手法成熟，故事的可看性更高，而人神戀愛、陰曹地府、神仙法術等故事，更是種類多元。

清代紀昀著有《閱微草堂筆記》，收羅各種狐鬼神仙、因果報應等故事；而同樣是清代蒲松齡所撰寫的《聊齋誌異》，更是將鬼怪等故事推至另一個高峰。蒲松齡認為鬼怪有時比人更有情有義，賦予了鬼怪一個新的價值，給予鬼怪人性化的形象，讓人讀來倍覺親近。

命苟未合，雖降衣纓而求屠博，尚不可得

名句的誕生

曰：「未也，命苟未合，雖降衣纓[1]而求屠博[2]，尚不可得，況郡佐[3]乎？君之婦，適[4]三歲矣。年十七，當入君門。」

～李復言《續玄怪錄．定婚店》

完全讀懂名句

1. 衣纓：指豪門官宦的家族。
2. 屠博：屠，以宰殺牲畜為職業的人；博：賭錢。屠博，借指市井小民。
3. 郡佐：輔佐郡縣之人。
4. 適：剛好。

（老人）說：「不行，如果命中注定不相屬，就算你降低身分以求娶平民百姓，也是不會成功的，更何況是郡佐的女兒呢？你的妻子今年剛滿三歲，等她十七歲時，才會入你的家門。」

名句的故事

這段文字中，韋固聽聞老人掌管婚姻大事，喜出望外，於是向他探問自己的婚事，沒想到老人澆了他一盆冷水，告訴他，若是兩人命中沒有緣分，就算紆尊降貴，也不可能成就婚姻。

在此月老點出了「命中注定」的理論，並強調命運是不可改變的，想要逆天而行，注定徒勞無功。

老人之所以會強調「雖降衣纓而求屠博，尚不可得」，是因為在傳統社會中，婚配講求

門當戶對。不顧世俗眼光，執意迎娶或下嫁家世身分差異太大的對象，恐怕遭到外力的反對。但因現實如此嚴苛殘酷，所以在歷史或文學創作中，經常可見男女為追求愛情而不惜低嫁或犧牲的故事。

例如成語中有「琴挑文君」一詞，講的是司馬相如和卓文君的婚姻。司馬相如是西漢大辭賦家，文章寫得好、琴彈得好，才華洋溢但極其家貧。在一次宴會上，司馬相如彈了一曲〈鳳求凰〉，富豪之女卓文君在簾後偷聽，對他一見傾心，而司馬相如也買通ㄚ鬟轉達愛慕之意，兩人於是趁夜私奔。富豪感覺顏面掃地，與女兒畫清界限，夫妻兩人於是在大街上賣酒為生。富豪眼見女兒為生計拋頭露面，無奈又同情，只好給兩人一筆錢，同意了他們的婚事。

歷久彌新說名句

本篇透露出作者對姻緣天定的看法，且深刻指出「命苟未合，雖降衣纓而求屠博，尚不可得」的慨嘆。然而，婚姻不僅僅是兩個人事，也是兩個家庭的結合，若是身分地位懸殊過大，極有可能造成悲劇的發生。

明代小說家馮夢龍在《喻世名言》一書中，寫了一個〈金玉奴棒打薄情郎〉的故事，講述落魄潦倒的窮書生莫稽，昏倒在乞丐頭老金松的家門口，老金松雖然是乞丐頭，但家財萬貫，女兒金玉奴自小精通琴棋書畫。金玉奴心地善良，見莫稽可憐便救了他，莫稽感激不已，娶金玉奴為妻。

莫稽在岳父和妻子的幫助下終於金榜題名，然而當他考取功名，平步青雲後，便忘恩負義，嫌棄金家父女出身貧賤，因此在赴任途中，用計將金玉奴推落水中。原本落水將死的金玉奴在危急之時被人救起，成為當時權貴許大人的義女，而許大人剛好就是莫稽的頂頭上司。金玉奴將自身遭遇一五一十告訴義父，許大人夫婦決心幫她出氣。

許大人找來莫稽，表示要將女兒許配給他。能夠攀上這門親事，莫稽喜出望外，但等到洞房花燭夜時，卻遭到旁人沒來由的一頓痛打，他叫苦連天，這才發現新娘子竟是金玉奴，不禁感到羞愧萬分。

但在傳統男尊女卑的觀念下，這篇小說的結局，是金玉奴原諒莫稽，兩人言歸於好。後來改編成戲曲，又名「鴻鸞禧」。

不過，在現實人生中，因雙方身分懸殊，造成悲劇收場的故事則不在少數，小說反映這樣的現實，為數更多，例如唐傳奇中的〈鶯鶯傳〉、〈霍小玉傳〉，《警世通言》中〈杜十娘怒沈百寶箱〉等，令人讀來不勝欷噓。

讎敵之家，貴賤懸隔，天涯從宦，吳楚異鄉，此繩一繫，終不可逭

名句的誕生

因問：「囊中何物？」曰：「赤繩子耳。以繫夫婦之足。及其生，則潛[1]用相繫，雖讎敵之家，貴賤懸隔，天涯從宦，吳楚異鄉，此繩一繫，終不可逭[2]。君之腳，已繫於彼矣。他求何益。」

～李復言《續玄怪錄．定婚店》

完全讀懂名句

1. 潛：暗中。
2. 逭：ㄏㄨㄢˋ，逃避。

韋固詢問老人：「袋內裝著什麼呢？」老人回答：「裝著紅色的繩子，用來繫住夫妻的腳。人們出生的時候，我暗中將夫妻的腳用紅繩繫在一起，無論是仇敵之家、貴賤懸殊、天涯海角、相隔千里，只要紅繩一繫，就永遠不能逃脫婚姻的關係。你的腳已經與剛剛那個女孩的繫在了一塊兒，即使你尋求其他姻緣也沒有用了！」

名句的故事

在〈定婚店〉中，月老講述自己攜帶的布囊中裝著紅線，紅線兩端繫著的，就是將來有緣結為連理的男女。「月下老人」與「紅繩」這兩個浪漫的傳說，牽動著未婚男女的心思。而「讎敵之家，貴賤懸隔，天涯從宦，吳楚異鄉，此繩一繫，終不可逭」這段話，也衍生出了後來我們常聽到「千里姻緣一線牽」的典故。

明代戲曲家、通俗文學家馮夢龍，在作品

《警世通言．卷二．莊子休鼓盆成大道》中曾提到：「若論到夫婦，雖說是紅線纏腰、赤繩繫足，到底是剜肉黏膚，可離可合。」《警世通言》的故事，大部分是書寫女性，而這篇文章假託莊子的哲理，反諷世俗對禮教的迂腐。馮夢龍雖然承認夫婦之間的緣分是「紅線纏腰」、「赤繩繫足」的姻緣天定，但當大難臨頭時，夫妻仍可能各自分飛。

明代的汪錂，著有《春蕪記》。文中亦有「赤繩繫足，朱樓合巹，不須白雪窺臣」（紅線縛足，姻緣天定，在婚禮中男女雙方共飲成親、名分確定後，女子不必再遙遠地愛慕男子）；張景《飛丸記》中也有「想赤繩綰足再難逃，只願得同諧到老，歷天長地久，永把瑟琴調」等語，可見月下老人牽紅線的故事，相當深植人心。

歷久彌新說名句

在中國的傳說和文化中，由月下老人掌管姻緣之事。月老在何時成為主管姻緣的主事者，已經不可考，但在唐代，除了〈定婚店〉之外，還有好些以繩子繫住男女雙腳結成婚配的說法，例如戴孚《廣異記．閻庚》中講到有一人名為閻庚，天生膽大，喜歡結交朋友，一日，他攜著酒壺外出時，結識一人，兩人相談甚歡，酒酣耳熱之際，閻庚詢問對方來歷，那人告訴他：「吾非人，乃地曹耳，地府令主河北婚姻，絆男女腳。」此人並非自稱月下老人，而是陰司的官員，他主掌婚姻的方式，也是用繩子絆住男女的腳。

在西方，婚姻的前提是基於愛，因此浪漫的神話故事中，有不同的愛情象徵。羅馬神話中有好幾個愛神，以維納斯最為著名，她同時掌管愛情、美，以及生育與航海。而她的兒子丘比特手裡拿著弓箭，背部長有一對翅膀。據說，他有金箭和鉛箭，金箭射入人心便會產生愛情，如遭鉛箭射中便會產生厭惡。

儘管中西方掌管愛情的神祇不同，詮釋愛情的方法也不一樣，但人們渴望愛情來敲門的心思，卻是千古不變。

吾士大夫之家，娶婦必敵

名句的誕生

固罵曰：「老鬼妖妄如此。吾士大夫之家，娶婦必敵[1]，苟[2]不能娶，即聲伎之美者，或援立之，奈何婚眇[3]嫗之陋女？」

～李復言《續玄怪錄．定婚店》

完全讀懂名句

1. 敵：此指相等的、相當的。
2. 苟：假使。
3. 眇：ㄇㄧㄠˇ，瞎了一隻眼睛。

韋固怒罵道：「這老鬼竟如此荒謬乖誕。我出身書香世家，娶妻必得門當戶對，就算沒有適宜的，也該找個貌美的歌伎，培育她成為正室，怎麼可能娶一個獨眼婆的醜女兒呢？」

名句的故事

由於月下老人告訴韋固，他將來娶妻的對象，是市場裡獨眼老婦的醜陋女兒，韋固不禁惱羞成怒，說出：「吾士大夫之家，娶妻必敵。」他認為自己出身書香門第，至少應迎娶門當戶對、足以匹配的女子為妻。可見在傳統婚姻中，「門當戶對」是非常重要的考量。

「門當戶對」一詞典故出自陳壽《三國志．魏書》中的〈文德郭皇后傳〉。文德郭皇后是曹丕的妻子。她當上皇后後，外戚劉斐倚仗皇親國戚的身分，要與他國的人通婚。郭皇后知道後便說：「諸親戚嫁娶，自當與鄉里門戶匹敵者，不得因勢，彊（強）與他方人婚也。」她認為自家親戚若要嫁娶，應該要選擇鄉里中經濟地位相當的人家，不能因為自己身為權貴，就強迫他人婚配。甚至後來皇后的外甥回到家鄉，想要娶妾，都被皇后所制止。

郭皇后口中的「門戶匹敵」，後來延伸成為「門當戶對」，用以形容結親的雙方家庭經濟和社會地位相當。

歷久彌新說名句

在春秋戰國時代，國與國之間勢力消長迅速，為了保證國家安全、穩固，彼此間相互交換人質、互為聯姻，是稀鬆平常的事情。

春秋時期，秦國和晉國是相鄰的兩個大國。秦穆公為了完成霸業，主動與晉國示好，晉獻公便將女兒伯姬嫁給秦穆公，這就是「秦晉之好」的典故。

後來秦穆公原本將女兒懷嬴嫁給晉太子圉，但因為晉太子圉惹怒秦穆公，秦穆公又命女兒改嫁重耳，並協助重耳返回晉國，是為晉文公。秦晉兩國因實力相當，互相照應，因此亦有「秦晉之匹」的說法。

然而並非每一個聯姻都會成功，也有失敗的例子。據《左傳》記載，鄭太子忽未婚，齊侯想將女兒文姜嫁給他，鄭太子忽委婉地拒絕了，旁人追問他原因，他說：「人各有耦，齊大，非吾耦也。」耦，通「偶」。鄭太子忽表示，每個人都有適合自己的另一半，齊國是大國，自己恐怕匹配不上。後世就用「齊大非偶」比喻門第不相稱，婚姻之事不敢高攀。

乃知陰騭人之定，不可變也

名句的誕生

乃曰：「奇也，命也。」因盡言之，相親愈極。後生男鯤，為鴈門太守，封太原郡太夫人。乃知陰騭1之定，不可變也。宋城宰聞之，題其店曰「定婚店」。

～李復言《續玄怪錄．定婚店》

完全讀懂名句

1.陰騭：騭，安排；陰騭，指冥冥中已經注定的事情。

（韋固聽了之後）便說：「真是神奇，這是命運的安排呀！」於是把過去的事情一一告訴妻子，兩人更加相親相愛。後來夫妻兩人生了一名男嬰取名為鯤，長大後擔任雁門太守，母親則被封為太原郡太夫人。由此可知，冥冥中所注定的事情是無法更改的。後來，宋城太宰聽聞這件事，便將那間旅店題名為「定婚店」。

名句的故事

在〈定婚店〉故事的結尾，韋固因為妻子額頭總是貼著花鈿裝飾，忍不住詢問。妻子告訴他是因為幼時曾遭歹徒襲擊而留下疤痕。韋固想起當年月下老人所說的醜陋女童，以及自己命僕人行刺的往事，不禁大嘆「陰騭之定，不可變也」，深信命中注定之事，是無法改變的，從此與妻子更加相敬相愛。

「陰騭」一詞出自《尚書．洪範》。《洪範》是周武王向箕子請教治理國家方法的紀錄。箕子是商紂王的叔父，曾勸諫紂王，但是紂王不領情，反而將他囚禁，箕子裝瘋賣傻躲過一劫。武王克殷後，將箕子釋放，而且向他請教如何治理天下。有一次武王告訴箕子，「嗚呼，箕子，惟天陰騭下民，相協厥居。」意思是說上天在冥冥之中，安定百姓，讓他們安居樂業。

陰騭，原本是默定的意思，後來則進一步引申為默默行善的德行。在道教中有〈文昌帝君陰騭文〉，主旨是勸人行善積德。

當「陰騭」一詞帶有「行善積德」之意，用法就變得更為廣泛。清李汝珍《鏡花緣》中講到科舉考試時，說：「科場一道，既重文才，又要福命。至德行陰騭，尤關緊要；若陰騭有虧，縱使文命雙全，亦屬無用。以此而論，可見陰騭德行，竟是下場的先鋒。」將功名富貴與個人道德善行相結合。

歷久彌新說名句

在〈定婚店〉最末點出「乃知陰騭之定，不可變也」，這種姻緣命定的思想，其實也反應出唐人的處世婚姻觀念。中唐宰相李泌在《感定錄》中，曾記載許多冥冥之中已安排好的玄妙事情，也認為「天下之事皆前定」。

《續玄怪錄》中另有一篇〈盧生〉的故事，講述弘農令的女兒年滿十五歲，由於盧生與弘農令家中素有往來，因此有意互為聯姻。就在卜吉之日，有女巫告訴夫人，女兒所嫁之人不是盧生，另有其人。大家都覺得女巫胡言亂語，便將她驅逐出門。但到迎娶時，盧生揭開新娘頭巾一看，不知何故竟落荒而逃。

弘農令不解，讓女兒出來拜見眾人，只見女子容貌秀麗，宛如天仙。弘農令表示，如有人可立即下聘，就將女兒嫁給該人。宴席中有一人姓鄭，立刻起身，表明自己願意迎娶。

幾年後，鄭某巧遇盧生，詢問當時為何逃跑？盧生回答，「我掀開頭巾一看，見到一個青面獠牙的怪物！」鄭某於是請出妻子與盧生一見，盧生不禁大感詫異。

而文末，作者以「乃知結縭之親，命固前

定，不可苟而求之也」作結。正與〈定婚店〉中「乃知陰騭之定，不可變也」不謀而合，可見這種「天命難為」的想法，在唐代極為普遍。

唐人傳奇

皎日之誓，
死生以之

知君深情不易，思將殺身奉報

名句的誕生

夜方半，宙不寐，忽聞岸上有一人行聲甚速，須臾至船。問之，乃倩娘徒行跣[1]足而至。宙驚喜發狂，執手問其從來。泣曰：「君厚意如此，寢夢相感，今將奪[2]我此志，又知君深情不易，思將殺身奉報，是以亡命來奔[3]。」

～陳玄祐〈離魂記〉

完全讀懂名句

1. 跣：ㄒㄧㄢˇ，赤腳。
2. 奪：迫使人改變意志。
3. 奔：古之女子未經媒娉私自與男子結合。

時至夜半，王宙尚未入睡，忽然聽聞岸上有人急速行走的聲響，沒多久那人便來到了船上。王宙一探問，竟然是倩娘赤腳徒步趕來。王宙十分驚喜，拉著倩娘的手，詢問她從何處來的。倩娘哭著回答：「你的深情我時時刻刻都深銘感受，而今父親悔婚，想要改變我的意願，但我知曉郎君對我深情不改，思量著即使犧牲性命也要報答，所以就不顧一切私奔了。」

文章背景小常識

〈離魂記〉作者為唐代陳玄祐。敘述王宙與表妹張倩娘原為自小指婚的青梅竹馬，然而成年後倩娘父親張鎰不允婚事，將倩娘另配他人。黯然離別的王宙卻於泊船之際，碰上奮不顧身前來的倩娘，兩人遠離親族，私奔前往南邊的蜀地。

五年後王宙已得功名，並與倩娘育有二子，為解倩娘相思愧對親人之苦，兩人回鄉省親。孰料當王宙攜倩娘歸家時，走下轎輦的倩娘竟與老家臥病在床五年的「倩娘」合為一體，肉體完全疊合。眾人才知原來倩娘的相思之情竟能使其魂靈奔離身體，與愛人長相廝守。

〈離魂記〉雖篇幅簡短，但真愛竟能使戀人「離魂」，以掙脫世俗父母之命、媒妁之言的既定束縛，一解相思之苦的構思卻影響後世深遠。除有元代鄭光祖直接改編〈離魂記〉為雜劇《迷青瑣倩女離魂》之外，明代湯顯祖的《牡丹亭》，也傳達了類似有情人終成眷屬的情感信念。

名句的故事

王宙與表妹張倩娘彼此傾慕，卻無法得到長輩的支持。當倩娘父親將女兒另許他人時，王宙即使無奈卻也無法反抗，只好按捺著失望痛苦辭別張家。然而倩娘這位柔弱的少女竟赤腳奔跑數里，只為投奔王宙懷抱。倩娘僅短短數語表白，卻傳達出極為堅決的真心愛意，也因為她的主動與忠於自我，王宙也一反先前的順從消極，毅然與倩娘私奔。這段情節於鄭光祖的改編雜劇《迷青瑣倩女離魂》中，以倩娘唱曲傳達：「你若是似賈誼困在長沙，我敢似孟光般顯賢達。休想我半星兒意差，一分兒抹搭。我情愿舉案齊眉傍書榻，任粗糲淡薄生涯，遮莫戴荊釵、穿布麻。」更細膩展演出女主角不顧一切，只為與愛人長相廝守，不計富貴名分的心情。

此段私奔情節只描述倩娘的真情流露，並未闡明倩娘是人還是魂，直至篇末倩娘魂歸肉體，才翻然轉出原來當日私奔者竟是倩娘的魂魄，是相當節制卻又深具懸念的伏筆。在家中無法與王宙相聚的倩娘憔悴臥病，似乎是了無生趣的相思病表徵，而跟隨王宙的倩娘身體康健，誕育二子，歸家時端坐舟中，「顏色怡暢」，則彷彿展現了愛情滋潤圓滿的力量。倩娘肉體未曾離家，而魂魄分裂遠颺，這是對重視禮教、難以自由戀愛的傳統社會相當大膽離奇的叛逆。

歷久彌新說名句

〈離魂記〉中，至誠真心竟可驅動魂魄離體，使倩娘成功與王宙私奔，可說是整篇故事最為離奇之處。鄭光祖《迷青瑣倩女離魂》中第四折的唱詞，對倩娘離魂有如下的詠唱：「沒揣的靈犀一點潛相引，便一似生個身外身，一般般兩個佳人：那一個跟他取應，這一個淹煎病損。母親，則這是倩女離魂。」

這樣至情足以超越生死、肉體、社會階級等一切阻隔的信念，於湯顯祖《牡丹亭》題記中亦有相當精彩的至理名言：「情不知所起，一往而深，生者可以死，死可以生。」愛情使人奮不顧身難以自拔，既可生死相許，甚至可超越生死。在中國文學中，我們也可見到幾則戀人即使在現實生活遭逢阻撓，但若真心相愛，必能以另一超現實的形式相聚。如梁山伯與祝英台死後化為蝴蝶，韓憑與何氏先後殉情，死後化為緊緊糾纏的相思樹。人的精魂與真正值得珍視的信念並不會消亡，而是能超越現實的物理限制，永續恆存。即使肉身死亡或現下乍看是不完美的悲劇收場，但歷經新變之後，往往能以不同形式延續與團聚。

縱使長條似舊垂，也應攀折他人手

名句的誕生

泊宣皇帝以神武返正[1]，翊[2]乃遣使間行[3]求柳氏。以練[4]囊盛麩[5]金，而題之曰：「章臺柳，章臺柳，昔日青青今在否？縱使長條似舊垂，也應攀折他人手。」

～許堯佐〈柳氏傳〉

完全讀懂名句

1. 返正：皇帝復位。
2. 翊：韓翊。或作韓翃。翃為蟲飛貌，翊為輔助的意思。此人字君平，與翊的意義相關，應作韓翊較合理。
3. 間行：偷偷、暗自行動。
4. 練：白絹。
5. 麩：小麥磨成麵粉後所留下的皮殼、碎屑，引申為細碎之物。

等到英明的肅宗返回長安執掌帝位後，韓翊才派出使者偷偷搜尋柳氏的下落。他用絹袋盛裝碎金，並在袋上題詩：「章臺邊的柳樹啊，過去你是多麼的翠綠婀娜，如今還和往昔一樣嗎？但我想縱然那柔嫩的柳枝與過去一樣飄垂著，也恐怕已經受他人攀折而損傷了。」

文章背景小常識

〈柳氏傳〉又名〈章台柳傳〉，描述安史之亂後，韓翊與妻子柳氏幾經分合，終於破鏡重圓的真實戀愛情事。

傳主韓翊，本名應為韓翃，真有其人，有文名，是「大曆十才子」之一。《新唐書》、

《全唐文》、《唐才子傳》等文獻皆寫作「翃」，僅〈柳氏傳〉寫為「翊」，較為合理。為求行文統一，以下介紹皆採〈柳氏傳〉之稱謂「韓翊」。

韓翊為鄧州南陽人，早年失意流寓長安，於某次宴席中結識好友李王孫的歌姬柳氏，兩人一見鍾情。李王孫成人之美，將柳氏贈與韓翊。婚後兩人情投意合，卻因戰亂顛沛流離，韓翊棲居青州侯希逸門下為幕府書記，而孤身滯留長安的柳氏則一度削髮為尼以捍衛名節。兩人曾寫〈章台柳〉詩詞唱和，流露出對彼此的愛與造化弄人的深沉感慨。

之後柳氏被蕃將沙吒利強占為妾，韓翊因地位低微束手無策，仰賴侯希逸的部下許俊仗義相助才救出妻子。事後皇帝下旨讓柳氏歸韓，兩人才能安心相聚。〈柳氏傳〉情節纏綿悱惻，於唐代即廣為流傳，後世也有諸多題詠改編，如宋詞有〈章台柳〉詞牌，明清又改編為戲曲，如明吳長儒有《練囊記》傳奇，清代張國壽有《章台柳》傳奇等。

名句的故事

韓翊和妻子柳氏感情恩愛，因柳氏勸韓翊求取功名，又恰逢安史之亂爆發，這對難以團圓的情人便展開一段周折流落的旅程。身為女子，柳氏只能在極度動盪與貧乏的逆境中堅忍等待丈夫歸來，甚至必須在亂時，為避免遭盜賊覬覦，「乃剪髮毀形，寄跡法靈寺」喬裝為尼以躲避戰禍。這位豔絕一時的佳人為了丈夫洗盡鉛華，吃盡顛沛流離之苦。另一方面，韓翊則流落青州，成為節度使侯希逸的幕府書記，即使肅宗收復長安，也無法及時返回與愛妻團聚。心焦的他託人四處尋訪柳氏下落，當得知柳氏潛居寺院，隨即送去一袋救急用的碎金與表達心意的〈章台柳〉詩詞。

這首詩詞以男性視角出發，以楊柳作為主要意象，既雙關指涉妻子的姓氏，也以柳枝的青翠柔軟象徵妻子的麗質。韓翊並不直接表示自身處境，而是關心情人是否安好，也擔心長久分離，情人已琵琶別抱，如柳枝由人攀折，展露殷切相思與嫉妒猜疑混揉的複雜心情。而柳氏的贈答，則是女性角度的忠貞自白。兩人同樣長久分別、同樣書寫〈章台柳〉詩詞，但卻展現出男、女雙方截然不同的觀點。

〈章台柳〉原為故事中韓、柳兩人表達堅貞思念之作，而「章台」一詞最初指稱秦王故宮，藺相如曾在此高舉和氏璧，表露對祖國的忠心。不過於到了後世，章台卻漸漸變成男女放蕩風月處所的代稱，與原作生死不渝的摯情大相逕庭。

歷久彌新說名句

韓翃與錢起、盧綸等人並列「大曆十才子」，早年貧困無名，後因詩才受到重用，官至中書舍人。

韓翃詩作主題多為送別與唱和詩，如〈送崔過歸淄青幕府〉：「春衣過水冷，暮雨出關遲。莫道青州客，迢迢在夢思。」寥寥數句，將春日送別依依不捨的情景點染得十分縹緲有情致。而除了〈章台柳〉這樣的傷感詩詞，韓翃最知名的詩篇為〈寒食〉：「春城無處不飛花，寒食東風御柳斜。日暮漢宮傳蠟燭，輕煙散入五侯家。」描寫清明時節都城煙雨朦朧、輕盈旖旎的景象。

〈寒食〉一詩家喻戶曉，唐德宗也因此詩知曉韓翃的詩名。《中興間氣集》稱韓翃：「興致繁富，一篇一詠，朝士珍之。」而《唐詩品》則認為韓翃詩風纏綿細膩，「性情奔會，詞采蓊鬱，雖格稍不振，而風調彌遠。」雖有時因過度柔媚，失之軟綿無骨，但總體而言仍給予相當高的藝術評價。

楊柳枝，芳菲節，所恨年年贈離別

名句的誕生

柳氏捧金嗚咽，左右悽憫。答之曰：「楊柳枝，芳菲節，所恨年年贈離別。一葉隨風忽報秋，縱使君來豈堪折。」

～許堯佐〈柳氏傳〉

完全讀懂名句

柳氏捧著（韓翃所贈的）金子傷心哭泣，身邊的人也跟著哀戚悲憫。柳氏的贈答詩為：「楊柳是如此柔弱，雖然身處芳華正茂的春日，卻總是成為離人贈別的信物。到了秋天柳枝便枯敗，即使你回來了，我也已不堪折磨。」

名句的故事

柳氏讀到丈夫韓翃寄來的詩作與贈金，明白他掛念自己的纏綿心意，因難以克制對丈夫的思念而哭泣。她寫下應答丈夫的詩句，同樣以比擬自己姓氏的「柳」字，表達在美好春季，楊柳卻是年年任由行人攀折贈送的小物，能否保全自身，完全不由自己。此詩將柔弱女子受命運擺布，只能拚命在夾縫中求生存的痛苦表露無遺。

韓翃收到妻子的詩作，隨即明白柳氏對自己依舊繾綣恩愛，只是苦於時局混亂，一時無法相聚。然而可嘆的是，不久蕃將沙吒利便覬覦柳氏美貌，將她擄為小妾。沙吒利膽敢堂而皇之掠奪人妻，可見他當時聲勢之盛。而韓翃幾經周折回到京城時，又再次失去柳氏的音訊，直到兩方車馬在龍首岡巧遇，柳氏以薄綢包著盛有胭脂的玉盒相贈，言說：「當遂永訣，願置誠念。」（我們將永遠分別，希望你留下此物做為紀念）表明既不捨眷戀又無可奈何的柔情。

明知柳氏身不由己，但韓翊卻因官階低微比不上沙吒利，無法據理力爭。在亂世中，韓、柳兩人只是孤單弱勢的小人物，不得不承受命運一次次捉弄。

歷久彌新說名句

楊柳之「柳」可與「留」諧音。風起時，枝葉低垂拂動，其姿態彷彿留戀樹下行人，早自先秦時起便是中國文學典型的離別象徵。在冬去春來，冰雪受暖融化、行人即將啟程遠行的時節，人們也習慣折下路邊柳枝，傳達殷切的慰留惜別之情。

歷代藉楊柳抒發離情的詩作多不勝數，如《詩經．采薇》中「昔我往矣，楊柳依依；今我來思，雨雪霏霏」一句，便以楊柳的依依不捨描述眷戀故土之情；又如王維的〈渭城曲〉也是以楊柳寫離情的名作：「渭城朝雨浥輕塵，客舍青青柳色新。勸君更盡一杯酒，西出陽關無故人。」詩人惜別友人之情，如楊柳柔媚常青。再如李商隱〈離亭賦得折楊柳〉，也是以楊柳寫離情的名作：「含煙惹霧每依依，萬緒千條拂落暉，為報行人休盡折，半留相送半迎歸。」將柳樹於天氣多變的春日所展露的溫婉朦朧之美，描繪得淋漓盡致。

北宋詞人柳永也是描寫柳樹的高手，小令〈少年遊〉：「參差煙樹灞陵橋，風物盡前朝。衰楊古柳，幾經攀折，憔悴楚宮腰。夕陽閒淡秋光老，離思滿蘅皋。」除了以柳樹抒發離愁的典型意象，也以古蹟旁的憔悴柳樹懷想過往歷史，流露蒼茫懷古之感。

本篇〈柳氏傳〉固然是以女主角柳氏題名，但在男女主角的唱和詩中，也將「柳」作為纏綿離思的主要文學象徵。

義切中抱，雖昭感激之誠；事不先聞，固乏訓齊之令

名句的誕生

「……臣部將兼御史中丞許俊，族本幽薊，雄心勇決，卻奪柳氏，歸於韓翊。義切中抱，雖昭感激[1]之誠；事不先聞，固乏訓齊[2]之令。」尋[3]有詔，柳氏宜還韓翊，沙吒利賜錢二百萬。

～許堯佐〈柳氏傳〉

完全讀懂名句

1.感激：指情意真誠激昂。
2.訓齊：訓示整治。
3.尋：不久。

「……我的部將兼御史中丞許俊，家族本在幽薊一帶，素有雄心壯志，性格勇猛果決，奪回柳氏，還給韓翊。許俊心腸熱忱好義，這項義舉雖然表明了他的情意真誠激昂，但並未事先請示，實在是我平素缺乏訓示整治所導致。」不久後，皇帝便下了詔令，柳氏應歸還韓翊，賜給沙吒利兩百萬錢。

名句的故事

柳氏被戰功顯赫的武將沙吒利強占，身為丈夫的韓翊卻束手無策。侯希逸的部將許俊得知此事，二話不說便武裝輕騎，趁沙吒利外出時闖入宅邸，將柳氏帶回韓翊身邊。然而「沙吒利恩寵殊等，翊、俊懼禍」，兩人生怕沙吒利的迫害，只好求助於長官侯希逸施以援手。侯希逸在奏折中先表明韓翊富文才與柳氏貞節美貌，再指責沙吒利「凶恣撓法，憑恃微功，

驅有志之妾，干無為之政」，最後帶出許俊來歷，解釋許俊私闖沙吒利宅邸實有其正當性與不得已之處。皇帝最終下詔柳氏應歸還韓翊，這對苦命鴛鴦才得以團聚。

這是〈柳氏傳〉相當戲劇化的轉折，亂世中這般劫掠人妻的慘事所在多有，卻未必都能如韓翊與柳氏這般有如此完滿的結局。武將強掠人妻的惡行在法紀制度嚴明的承平時代本不應發生，而這樁非法事件的解決之道，竟是由侯希逸的門將許俊出手奪回，無異於以暴止暴。即使侯希逸事後陳情請罪，也有意抬顯許俊的藩鎮背景，並企圖使皇帝看在侯希逸本人的面子上做出有利仲裁。

事實上柳氏早已被搶回，皇帝最終的決斷不過聊備一格，象徵意義更大於實質。與其說皇帝主張韓、柳破鏡重圓，不如說是為了平弭兩大武將角力爭鬥而做的安撫：一方面給許俊道義上的肯定，另一方面卻也不懲治沙吒利，甚至後來還「賜錢兩百萬」以資安撫。這場風波看似結局圓滿，卻隱隱透出武將耀武揚威，而中央政府權威衰微的現實。

歷久彌新說名句

宋濂的〈義俠歌〉稱：「吾聞古義俠，史冊每足徵。受恩能盡死，義重身則輕。」歌頌俠義之士為人捨身忘死，赴湯蹈火的精神。而唐傳奇中，可見諸多豪邁正直、願為男女主角奮鬥解圍的俠義之士，如將負心李益帶至霍小玉面前的黃衫客、與龍女素昧平生，卻因同情其不幸遭遇而自願趕赴洞庭傳書的柳毅……〈柳氏傳〉中急公好義，二話不說便將柳氏從豪強手中索回的許俊，也是這樣的俠士形象。

馮夢龍在《情史》中稱讚許俊的奮發豪情：「許虞侯義形於色，勃然而往，設遇沙將軍在家，可若何？幸投其間，以計取之，不然，未能折柳，何以報韓？侯帥之表，先沙上聞，遂能動代宗之嗟歎，亦爽剴丈夫哉。一柳氏，而先後三俠士成就之。何韓郎之多幸也。」除了稱許許俊，馮夢龍也指出將柳氏慨然贈與韓翊的李王孫，以及許俊的上司侯希逸搶在沙吒利之前陳情上奏皇帝，兩人之舉雖不如許俊勇猛突擊，不是典型的俠客義舉，但皆以力所能及的合宜方式盡力襄助，同樣玉成韓柳良緣。

馮夢龍對〈柳氏傳〉的評論，著重於人的豪爽正義性情，擴大了對俠義的解釋，對〈柳氏傳〉的男性形象做出頗有見地的詮釋。

不邀財貨，但慕風流

名句的誕生

「蘇姑子作好夢也未？有一仙人，謫[1]在下界[2]，不邀[3]財貨[4]，但[5]慕風流[6]。如此色目[7]，共[8]十郎相當矣。」

～蔣防〈霍小玉傳〉

完全讀懂名句

1.謫：貶謫、放逐。
2.下界：人間。
3.邀：追求、求取。
4.財貨：物質生活。
5.但：只。
6.風流：灑脫不拘，富有才學的人。
7.色目：指品類或身分。
8.共：相當於連接詞「與」。

「您是否做了夢到蘇小小的好夢？有一個美麗的女子，如同被放逐在人間的仙女，她不追求財富、物質的生活，只愛慕風流人物。像這樣的女子，和十郎您正好匹配啊！」

文章背景小常識

〈霍小玉傳〉出自《太平廣記》，屬於傳奇小說。

作者蔣防，字子微（一作「子徵」。季案：防微杜漸，防與微相關，因此字「子微」較合理），是唐代義興（今江蘇宜興）人。唐憲宗元和年間，因作〈韝上鷹〉詩，被李紳推薦於朝廷，但因仕途鬱鬱不得志，年僅四十四歲就離開了人世。

〈霍小玉傳〉是唐代愛情小說的代表作，記敘唐玄宗時進士李益與娼家霍小玉定情成婚，但後來因為李益的母親另有安排，李益另娶高門，拋棄霍小玉，導致霍小玉抑鬱而終。

本文清楚可見唐代的社會現象，尤其是唐朝的門閥制度。李益之所以拋棄霍小玉，除了因他不敢反抗母親安排之外，其實也有個人的現實考量，覺得娶名門閨秀對仕途助益較大，因此不能也不願與母親力爭。再者也突顯出唐代士人的狎妓之風。由於歌妓能知書吟咏，談吐文雅，因此唐代士人喜愛狎妓。但歌妓的身分低微，在愛情中總是弱勢的一方，經常結局淒涼，令人不忍。

明代劇作家湯顯祖根據〈霍小玉傳〉，先改編成崑劇《紫簫記》，後又改為《紫釵記》，將結局改成李益與霍小玉有情人終成眷屬。

名句的故事

唐朝大曆年間，隴西地區有個名叫李益的書生，二十歲時考中進士。他一直想找理想配偶，因而到處廣求才色俱佳的名妓。長安有個媒婆叫鮑十一娘，受到李益誠懇地請託，因此，鮑十一娘把霍小玉介紹給李益時，將霍小玉媲美成蘇小小，讓李益歡欣不已。鮑十一娘對霍小玉的此番介紹，正是本文名句的由來。

文中「蘇姑子」，即指文藝歌妓蘇小小。蘇小小相傳是南北朝的南齊時期，錢塘一地享有盛名的名妓。傳說蘇小小愛過一個名叫阮郁的豪門公子，兩人轟轟烈烈地戀愛，卻因小小在父母雙亡後，淪為歌妓的背景，讓阮父禁止兒子與她來往。後來蘇小小以歌藝謀生，只願身自由、心乾淨。死後，其知己鮑仁將她埋在西泠橋畔，從此蘇小小的芳名與西湖並傳。

歷久彌新說名句

蘇小小的故事，最早出現於《玉台新詠》中。唐朝的白居易、李賀，明朝的張岱，近現代的曹聚仁、余秋雨，都寫過關於蘇小小的詩文，甚至有人認為蘇小小是中國版的茶花女。

在沈三白《浮生六記》中描寫蘇小小故事，將這位青樓名妓的生前住處和身後歸宿定位在西泠橋畔，千百年來流傳的杭州愛情故事，終於有了「完整版」。文中傳說連乾隆皇帝來到杭州，也向臣下詢及蘇小小芳魂何處，而當地官員為了討皇帝的歡心，下令構築蘇小小墳和紀念亭。

法國作家小仲馬最著名的小說之一《茶花女》，講述了青年人與巴黎上流社會交際花曲折淒婉的愛情故事。貧苦的鄉下姑娘瑪格麗特來到法國巴黎，開始了賣笑生涯，花容月貌的她被貴族爭相追逐，成了紅極一時的交際花，因為她的妝扮中總帶有一束茶花，因此人稱「茶花女」。曹聚仁在〈蘇小小墳〉一文中曾說：「我很歡喜蘇小小的唯美主義的風致，有如小仲馬筆下的茶花女。」將蘇小小與茶花女並論。而余秋雨在散文《西湖夢》中也曾提到：「在後人詠西湖的詩作中，總是有意無意地把蘇東坡、岳飛放在這位姑娘後面：『蘇小門前花滿枝，蘇公堤上女當壚』；『蘇家弱柳猶含媚，岳墓喬松亦抱忠』。」和「由情至美，始終圍繞著生命的主題。蘇東坡把美衍化成了詩文和長堤，林和靖把美寄託於梅花與白鶴，而蘇小小，則一直把美熨貼著自己的本體生命。她不作太多的物化轉捩，只是憑借自身，發散出生命意識的微波。」在文人筆下，認真用情的蘇小小，比起詩文並茂的蘇東坡、為國犧牲的岳飛，一點都不遜色。

一生作奴，死亦不憚

名句的誕生

生聞之驚躍[1]，神飛體輕[2]，引[3]鮑手且拜且謝曰：「一生作奴，死亦不憚[4]。」

～蔣防〈霍小玉傳〉

完全讀懂名句

1.驚躍：因驚喜而躍起。
2.神飛體輕：形容神采飛揚，周身輕快。
3.引：牽著、拉著。
4.憚：怕、畏懼。

李益聽說有霍小玉這樣一個女子後，驚喜地躍身而起，神采飛揚，身體也因喜悅而感到輕飄飄的。他拉著鮑十一娘的手，邊行禮邊致謝地說：「我願意一輩子做妳的奴僕，就算犧牲性命也在所不惜。」

名句的故事

在〈霍小玉傳〉中曾描寫李生，寫他：「思得佳偶，博求名妓，久而未諧。」可見李生最初不惜花重金求媒婆鮑十一娘介紹，目的是在尋訪具有美色、才情與愛情的名妓佳人。

而唐代白行簡所著〈李娃傳〉中也有著類似「一生作奴，死亦不憚」的文句。〈李娃傳〉裡的男主角滎陽生答謝老太太將李娃許配給他時，曾說：「願以己為廝養。」用白話文解釋，即是「甘願一生為奴，以為報答」。

〈霍小玉傳〉、〈李娃傳〉兩個故事的男主角很巧的都是在求取美人的當下，甘心搭上自己的一輩子，只為換取美人的青睞和愛情。

或許在當時追求美人的風尚如此，但也表現出，他們追求愛情的渴望。

歷久彌新說名句

「一生作奴，死亦不憚」幾個字，表現出一個人，為了達到目的，連最珍貴的自由都可以捨去。中世紀德國作家歌德在著名的歌劇《浮士德》中，也曾寫到到相似的情景。當浮士德博士與魔鬼梅菲斯特相遇前，浮士德已經精通哲學、法學、醫學、神學等各種學問，但他發覺即使自己博學多才，仍舊無法掌握真、善、美，顯然學術知識這條路是走錯了，然而他已年老，人生不可能再重來，於是在魔鬼梅菲斯特的引誘下，為滿足自己開闊眼界的欲望，把靈魂出賣給了梅菲斯特，換來了二十四年呼風喚雨、遊歷四方的享樂生活……

而十九世紀的愛爾蘭作家奧斯卡．王爾德在《道林．格雷的畫像》中也描述了類似的故事。道林是一名長在倫敦的貴族少年，相貌極其俊美，心地極為善良。道林見了畫家霍爾沃德為他所作的畫像，發現自己驚人的美貌，於是在畫家朋友亨利勳爵的蠱惑下，他向畫像許下心願：「美少年青春永駐，所有歲月的滄桑和少年的罪惡都由畫像承擔。」道林剛開始時並不以此誓願為意，但當他玩弄一個女演員的感情致使她自殺之後，竟發現畫像中的自己發生了邪惡的變化。然而恐懼的道林非但沒有加以自制，反而更加放縱自己的欲望。在實際的外表上，道林美貌依舊，然而畫像卻一日日變得醜陋不堪……

無論是中國文學還是西方文學，故事中總有著「交換」的故事情節，以自我所擁有之物，換取不屬於自己的某個人或是某個目標。可見得貪婪之心並非一地所專有，也不會因為時間、地域的改變而消逝。

小娘子愛才，鄙夫重色

名句的誕生

生[1]遂連起拜曰：「小娘子[2]愛才，鄙夫[3]重色。兩好相映，才貌相兼。」

～蔣防〈霍小玉傳〉

完全讀懂名句

1.生：此指李益。
2.小娘子：指霍小玉。
3.鄙夫：第一人稱的謙稱，這裡是李益自謙辭。

李益站起身來下拜說道：「小娘子妳愛慕的是才情，而我重視容貌美色。雙方的愛好相互映襯，才貌便都有了。」

名句的故事

李生與霍小玉的關係，從兩人初面的對話開始，始終存在著不同的微妙心理。霍小玉對李生的調侃可以說是一種試探，想測試李生肚子裡是真有墨水，還是只是空有其名，這關係到是否能讓她託付終身，一輩子不愁吃穿，而李生機巧的回答倒也深得小玉歡心，留下了文采脫俗的第一印象。這份好印象昇華成日後對李生的專情和深情。但李生的回答其實暗藏玄機，他說：「小娘子愛才，鄙夫重色。兩好相映，才貌相兼。」可見李生對小玉的態度可說是各取所需。小玉期待的是李生可看好的前景，李生喜愛的是小玉的美貌，至於兩人婚姻的承諾，與其說小玉委身，倒不如說她想趁早定下這張「長期飯票」。

歷久彌新說名句

「小娘子愛才，鄙夫重色」是典型為了達到某些目的，彼此各取所需的例子。霍小玉和李益透過利益的交換，來換取互相的需求，雖然看起來好像只是男女之間的交際手腕，不過在中國歷史上，這樣的方式卻是國與國之間常見的外交手段。

早在殷商時代，為了增強和周邊部落民族的關係，君王已經開始利用政治聯姻的方式來收買外族酋長。《史記．殷本記》中曾說：「殷契，母曰簡狄，有娀氏之女，為帝嚳次妃。」

「娀」是戎族，商代的始祖名叫契，曾經與戎狄的女子簡狄通婚。後來商代的開國君主成湯、甚至到末代的紂王，也都屢次與外族女子婚配，所以《史記．殷本記》記載，紂王常賦予外族首領重要的官職，而這些首領為了討好紂王，也會將自己的女兒進獻給他。

藉由政治聯姻，或許可以達到親上加親的目標，但是在爾虞我詐的政治環境中，這種手段往往用來滿足各國之間的利益。《三國志》中曾記載：「權稍畏之，進妹固好。先主至京見權，綢繆恩紀。」描述赤壁之戰後，東吳孫權逐漸畏懼劉備，因此把妹妹嫁給劉備，以加強兩國之間的友好。

為利益而各取所需，雖然彼此可以互補互助、相得益彰而事半功倍，但是如果關係一但變質，因基礎不穩，關係易毀，反而一發不可收拾。而〈霍小玉傳〉中，喜好美色的李益在面臨仕途和未來發展的考量下，選擇順應母親的安排，迎娶出身門閥之家的妻子，變心拋棄霍小玉，似乎早在「小娘子愛才，鄙夫重色」這句話中，已可窺見先兆。

皎日之誓，死生以之

名句的誕生

生且媿且感，不覺涕流。因謂玉曰：「皎日[1]之誓，死生以之。與卿偕老，猶恐未愜[2]素志[3]，豈敢輒有二三[4]。固請不疑，但端居[5]相待。至八月，必當卻到華州，尋使奉迎，相見非遠。」

～蔣防〈霍小玉傳〉

完全讀懂名句

1. 皎日：天上明亮的太陽。
2. 愜：滿足。
3. 素志：平生的願望。
4. 二三：其他念頭。
5. 端居：安心居住。

李益慚愧又感動，不自覺流下淚來，對霍小玉說：「我對天發誓，無論生死都會信守誓約。想和妳一起白頭到老的願望，都還怕不能夠達成，怎麼敢再有三心二意。求妳不要疑慮，只管安心在家等待我的消息。八月我一定會回到華州，隨即派人前來迎接妳，我們相見的日子不會太遙遠。」

名句的故事

李益與霍小玉這一對有情人日夜相隨，無比恩愛了兩年。但因為李益被提拔授官，必須離開長安上任。霍小玉清楚地知道兩人之間的關係並非夫妻，沒有名分，於是趁著餞別宴後探問李益，先表示「堂有嚴親，室無冢婦（嫡長子的妻子），君之此去，必就佳姻。盟約之言，徒虛語耳」，以體諒的語氣表示雖然兩人海誓山盟，然而關係不穩固。李益尚有父母，又沒有娶妻，婚姻之事必須聽從父母之命。緊接著又卑微地表示：「妾年始十八，君才二十有二，迨君壯士之秋，猶有八歲。一生歡愛，願畢此期。然後妙選高門，以諧秦晉，亦未為晚。妾便捨棄人事，剪髮披緇，夙昔之願，於此足矣。」意思是說自己年方十八，李益二十二歲，離三十歲而立之年還有八年時間。如果能把青春歡愛都在這八年內用完，之後李益娶妻、她出家，也算了結此願。

霍小玉話雖如此，但話裡話外都是試探，一方面探問李益能否作主婚姻，是否會另娶他人？另外一方面也是放低身段、態度卑微地提醒李益，自己對他的一番癡心。

「皎日之誓，死生以之」此一句的根源，可上溯至《詩經．王風．大車》中「穀則異室，死則同穴，謂予不信，有如皎日」。而「與卿偕老」則近似於《詩經．邶風．擊鼓》中「死生契闊，與子成說，執子之手，與子偕老」。

《詩經．王風．大車》出自於一女性口吻。描寫女子愛上了身分較高的男子，想要表白，又擔心遭拒，最後以即使生不能親近，但願死能同穴，以天為誓，不負此心，表達出此愛至死不渝的真摯和深情。

《詩經．邶風．擊鼓》則是一位即將出征的男子向妻子訴說，他曾經對妻子許下一輩子的誓言，說好今生不論生死離合，都會緊握她的手，伴她一起白頭偕老，永遠不分開。然而戰爭爆發，男子即將出征，在戰場上很可能生命不保，想起曾經許下的誓言，心中滿是感觸和悲傷。

西漢劉向的《列女傳．貞順傳》中，也有著類似的故事，描述東周時期楚國伐息，息國大敗，楚王將息國國君貶去守城，將息君夫人收入後宮。息君夫人趁著楚王打獵，逃出宮與丈夫相見，訴說衷情：「妾無須臾而忘君也，終不以身更貳醮。生離於地上，豈如死歸於地下哉。」意思是我一刻也沒有忘記過你，終身不再嫁給別人。我們活著的時候被迫分開，那還不如死在一起啊！息君雖然勸阻她，但夫人沒有接受，自殺身死，而息君也隨之自殺。楚王認為息君夫人賢德、守節有義，於是按照諸侯的禮儀將息君與息君夫人合葬。

歷久彌新說名句

在《紅樓夢》裡，寶玉曾說過將來要和大觀園裡的女孩子們一同化煙化灰。在寫給丫鬟晴雯的祭文〈芙蓉女兒誄〉中，寫到：「及聞蕙棺被燹，慚違共穴之盟；石槨成災，愧迨同灰之誚。」意思是：聽到妳的棺木被焚燒的消息，我頓時感到自己已違背了與妳死同墓穴的誓盟。妳的長眠之所竟遭受如此災禍，我深深慚愧曾對妳說過要同化灰塵的舊話。

膾炙人口的梁祝故事，最早紀錄出自於唐代的《十道四蕃志》，歷代可見相關記載。結合各家說法，可以看出一段浪漫淒美的愛情故事：祝家的女兒英臺喜愛讀書，女伴男裝在外遊學，與會稽出身的梁山泊同窗三年，累積了深厚的感情，但梁山泊始終不知道祝英臺是女兒身。

祝英臺後來因故中斷學業，返回故鄉。兩年後，梁山泊到訪祝家，才知道英臺原是女子。

梁山泊懇求父母媒聘英臺為妻，然而時已為晚，英臺許嫁馬家，兩人有緣無份。

失落的梁山泊後來在鄞任縣令，但因為心境抑鬱而病死。

祝英臺出嫁時，船舟經過梁山泊所葬之墓，忽然狂風大作，婚嫁隊伍無法前進。祝英臺前往祭拜憑弔，在墓前情難自己，不禁失聲痛哭，忽然墳墓下陷裂開，祝英臺跳入墓中，墓塚自合。

莎士比亞著名戲劇作品之一《羅密歐與茱麗葉》，也是同生共死的悲劇愛情故事。羅密歐因為意外殺了茱麗葉的表哥而遭到流放，兩人為了能在一起，茱麗葉先服假毒，計畫詐死好和羅密歐私奔。但因為負責傳遞假死消息的人未能及時告知羅密歐，致使他因為不願獨生而自殺，待茱麗葉醒來發現戀人已死，也相繼自盡。

梁祝與莎翁故事，雖然都是悲劇結尾，且故事皆為傳說，未必經得起科學考究，然而傳誦千百年，至今不衰。至於今日，仍有電視、電影不斷翻拍，其中傳達出了愛之一字，不分古今、無分中外，青年男女對於愛情的渴望、為真愛不顧生死，奮力追求的勇敢，和即使生不能相守，也願共死的遺憾求全。這樣強烈的情感和奮不顧身的追求，深深撼動著無數世代的人們。或許，在追求極致圓滿的同時，這些遺憾而不完滿的愛情故事，更強烈地表達出「情之所鍾，正在吾輩」的真情實感。

我為女子，薄命如斯；君是丈夫，負心若此

名句的誕生

玉乃側身轉面，斜視生良久，遂舉杯酒，酹[1]地曰：「我為女子，薄命如斯！君是丈夫，負心若此。韶顏稚齒[2]，飲恨而終[3]。慈母在堂，不能供養。綺羅弦管，從此永休。徵痛黃泉[4]，皆君所致。李君李君，今當永訣！我死之後，必為厲鬼，使君妻妾，終日不安！」

～蔣防〈霍小玉傳〉

完全讀懂名句

1. 酹：ㄌㄟˋ，以酒灑地而祭。
2. 韶顏稚齒：年少青春，容貌美好。
3. 飲恨而終：含恨而死的意思。
4. 徵痛黃泉：將痛苦帶到地下。

霍小玉側轉過身，斜眼注視李益許久，舉酒澆在地上說：「我身為女子，如此薄命。而你做為一個男人，卻如此負心。可憐我美麗的容貌、如此年輕，就滿含冤恨地死去。慈母在世，無法供養。綾羅綢緞和絲竹管弦，將就此永遠拋下。我之所以帶著痛苦走向黃泉，都是你一手造成的。李君啊李君，今天我們就要永別了。我死以後，必將化成厲鬼，讓你的妻妾終日不得安寧！」

名句的故事

早在《詩經》中，即有記載被丈夫給遺棄的女人。如《詩經．王風．中谷有蓷》：「中谷有蓷，暵其乾矣。有女仳離，嘅其歎矣。嘅

其歎矣，遇人之艱難矣。」描寫一個因為不孕而被丈夫拋棄的女子，因犯了「七出」中的「無子」之罪，因此進入山谷採益母草，想要以此調養身體，然而山谷中的益母草都已枯乾無法用。益母草來年還可再長，但女主人公卻等不了，她的丈夫不可能再回頭。

唐代杜甫〈佳人〉詩中，女子被夫婿被遺棄：「夫婿輕薄兒，新人美如玉。合昏尚知時，鴛鴦不獨宿。但見新人笑，那聞舊人哭。」以女子的角度，描寫無情的夫婿拋棄了她，與新人尋歡作樂，一般人只看到了那對恩愛的戀人，卻不見被拋棄之人的聲淚俱下。

歷久彌新說名句

愛的力量究竟有多大？傳統故事中，描寫女子癡心因愛而死的故事太多了。如明代湯顯祖在著名戲劇《牡丹亭》中描寫青春少女杜麗娘在夢中與書生柳夢梅相遇，醒後因思念而消瘦，最後一病不起，彌留之際要求葬於花園中的梅樹之下。三年後，柳夢梅赴京應試，與杜麗娘魂魄相會，在杜麗娘的要求下，柳夢梅掘墓開棺，杜麗娘起死回生，與之結為夫婦……湯顯祖在題記中曾寫下一段著名的文字：「情不知所起，一往而深，生者可以死，死可以生。生而不可與死，死而不可復生者，皆非情之至也。」意思是說愛情是在不知不覺中被激發的，感情逐漸深厚，活著的人可以為愛而死，即使死去了，亦可以因為愛情而復生。不願意為情而死的，或死後不能為情而復生者，都不能說是真正至情之人。

然而同樣是為愛而死，明代馮夢龍的《警世通言》中的杜十娘則是因為心上人的貪財，讓她傷心尋死。〈杜十娘怒沉百寶箱〉講述了京城名妓杜十娘與太學生李甲兩人相互傾心、互許終身，最終李甲為十娘贖身。然而在歸鄉途中，李甲卻變了心，以千金之資將十娘轉賣給鹽商之子。昔日海誓山盟，只說白首不渝，誰知幾句浮言，李甲竟將十娘拱手轉賣。十娘嘆郎有眼無珠，恨他薄情寡義，一片癡情，空付枉然，縱身一躍，葬身水府。

願償平生之志，但未知命也若何

名句的誕生

生曰：「前偶過卿門，遇卿適在屏間。厥後[1]心常勤念，雖寢與食，未嘗或捨。」娃答曰：「我心亦如之。」生曰：「今之來，非直[2]求居而已；願償[3]平生之志，但未知命也若何？」言未終，姥至，詢其故，具以告。

～白行簡〈李娃傳〉

完全讀懂名句

1.厥後：之後。
2.非直：不只是。
3.償：實現。

榮陽生說：「前些時候偶然經過妳家門口，正好看到妳在門邊的身影。從那之後我心裡常思念妳，連睡覺、吃飯都沒有片刻忘記。」李娃回答，「我的心也是一樣的。」榮陽生說：「我今天到這裡來，不只是為了租房子，而是為了實現平生的願望，但不知道命運如何？」話未說完，李娃的母親走出來，問他們在說些什麼，他們就全告訴了她。

文章背景小常識

〈李娃傳〉又稱〈汧國夫人傳〉，是唐傳奇中膾炙人口的才子佳人愛情類故事。

內容敘述天寶年間，常州刺史榮陽公的兒子赴長安科考。一日經過鳴珂巷時，對李娃一見鍾情，於是前去承租李家的空屋。李母同意兩人在一起後，榮陽生便住進李家，每天吃喝玩樂，把父親為他準備考試的錢全部花光。榮陽生一無所有後，李母與李娃設計捨棄他，至此他才明白一切都是騙局。滎陽生淪落到為人辦喪葬後事的鋪子，學唱輓歌，參加比賽。

得知兒子淪落至此後，滎陽公怒不可抑，不但狠狠地鞭打他，甚至與他斷絕父子關係。滎陽生淪為乞丐。一天，他冒著風雪乞討到李娃家門口，李娃聽出是滎陽生的聲音，良心發現，收留了他，除為自己贖身外，並調養滎陽生的健康，支持他求學苦讀。滎陽生不負栽培，名登金榜，拜見父親，並告訴他事情始末。在父親的成全下，兩人結為夫妻。婚後，李娃治家謹嚴有條理，被封為汧國夫人。

因〈李娃傳〉人物形象鮮明，故事曲折感人，所以不斷被後人改寫增益新的情節內容，今人高陽亦有長篇歷史小說《李娃》。可見李娃的故事情節感人，深受大眾喜愛。

名句的故事

關於白行簡創作〈李娃傳〉的動機，歷來說法有二：一是白居易母親落井死亡，但他卻將新作名之為〈新井詩〉，又加上他與牛僧孺是知己，故遭到政敵李黨抹黑，除被譏為不孝外，更被扣上觸犯名教、破壞禮法的罪名，而被貶為江州司馬。與哥哥感情甚篤的白行簡，對於兄長一而再、再而三地遭受到莫虛有的指控與貶謫，十分憤懣，把民間流傳的故事寫成小說，影射某一貴族，揭發門閥制度的虛偽。

二是白行簡與白居易、李公佐、元稹等人一起聆聽《一枝花話》，在李公佐的慫恿下，白行簡將故事改寫成〈李娃傳〉，表達對不同等級禁止通婚律令的不滿；而元稹則有〈李娃行〉的長詩，但詩作流傳至宋朝僅剩滎陽生初見李娃倚門站立的文字：「髻鬟峨峨高一尺，門前立地看春風。」（許顗《彥周詩話》）其餘均已亡佚。

雖然這兩種說法均有其可能性，但以第二種說法，較為大多數人接受。

歷久彌新說名句

「平生之志」，是指自己一生的志向。

宋朝魏泰的《東軒筆錄》中曾記錄一個故事：宰相王曾的父親十分愛惜字紙，一天他夢見孔子，對他說：「你這樣敬重字紙，曾參將生在你家，光耀你家門楣。」不久後王妻果然生了個兒子，取名為王曾。真宗時，王曾參加鄉試、省試、廷試，三試全都高中狀元，當時有位名叫劉筠的翰林學士，開玩笑地說：「狀元試三場，一生吃著不盡。」意思是如此高才，此生不愁吃穿。

但王曾聽說後，正色凜然地回答：「曾平生的志向，不在溫飽。」意思是他所追求的並非凡夫所喜好的富裕，而是比溫飽更重要，超越物質的理想。

然而陶淵明在〈歸去來兮辭〉中，卻說自己「深愧平生之志」，這又是為什麼呢？原來家境貧困的陶淵明為了維持生活所需，擔任彭澤縣令的工作。雖然彭澤縣令的收入可維持生活所需，但官場生涯卻令他十分痛苦，與志趣不合的人們交際，也令他難以忍受。他想念在家鄉自由且自然的生活，於是決定重返家園，此後不再「為五斗米折腰」。

雖然陶淵明與王曾分屬不同朝代，但同樣以具體行動，來證明、捍衛自己的平生之志，那麼你呢？你的平生之志是什麼？當理想與現實有所抵觸時，你的抉擇又會是什麼？

男女之際，大欲存焉。情苟相得，雖父母之命，不能制也

名句的誕生

姥笑曰：「男女之際，大欲存焉。情苟相得，雖父母之命，不能制也。女子固陋，曷[1]足以薦[2]君子之枕蓆[3]？」生遂下階，拜而謝之[4]。曰：「願以己為廝養[5]。」姥遂目之為郎，飲酣而散。

～白行簡〈李娃傳〉

完全讀懂名句

1. 曷：哪裡。
2. 薦：此作服侍之意。
3. 枕蓆：侍寢共眠。
4. 生遂下階，拜而謝之：走下臺階，行禮下拜。古代建築物的房基較高，當對人表尊敬之意時，必須拾階而下，在堂下行禮。
5. 廝養：僕役。

李娃母親笑著說：「男女之間的愛戀，本就是人們最大的欲望。如果你們兩人情投意合，就是父母反對也無法制止。我的女兒醜陋，哪裡能夠服侍您呢？」滎陽生聽完，走下臺階，向李娃母親拜謝說：「我願意為奴為僕來報答您。」李娃母親於是認他為女婿，暢飲了一番才散。

名句的故事

李母的這段言語，認為男女之間的愛戀，是人類自然的天性，即使父母反對，也不能戛然停止付出，於是欣然應允滎陽生的請求。但不是所有的戀情，都像李娃與滎陽生一樣幸

運，可以獲得長輩的認同與支持，像中國第一部長篇敘事詩《孔雀東南飛》裡，就有一對橫遭父母、兄長反對，痛不欲生的戀人，在面對反對聲浪時，他們選擇的是戛然停止，還是繼續付出？

盧江郡有一個小吏，名叫焦仲卿，他的妻子劉蘭芝賢淑、能幹，但焦母卻不喜歡她，常虐待她，還強迫兒子休妻再娶，面對母親的刁難，夫妻兩人無可耐何，蘭芝不得已返回娘家。返家後，縣令派媒人來替兒子提親，但被蘭芝拒絕。又過了一些時日，太守也來提親。當蘭芝又要開口拒絕時，哥哥卻要她把握機會。在家人的壓力下，她只好屈從安排。仲卿知道此事，跑去找蘭芝，但兩人皆無力改變現狀，只能抱頭痛哭。

結婚當天，蘭芝投水自盡，消息傳來，仲卿不忍獨活，也自縊身亡。後來，雙方家人將仲卿、蘭芝合葬在一起，墳墓兩旁種植的松柏、梧桐樹，不久即枝葉茂密，盤屈交錯，緊密相連，林中棲宿的鴛鴦鳥，天天鳴唱，彷彿在歌頌、泣訴兩人真摯的感情。

雖然自殺殉情並不是最好的選擇，但他們生死不渝的愛情故事，卻流傳千古，讓人聞之不勝噓唏，不禁為他們的愛情，掬一把同情的眼淚。

歷久彌新說名句

《禮記．禮運》說：「飲食男女，人之大欲存焉」，意即飲食享受與男女情感的追求，都是人類的天性。但李娃母親為使滎陽生成為甕中之鱉，特意強調其中的男女情感，而謂「男女之際，大欲存焉」。

近代與張愛玲齊名的女作家蘇青將《禮記．禮運》中句子，改成「飲食男，女人之大欲存焉」後，引發眾多的側目。人們認為她想要一個可以在夜裡依偎著她「睡在床上，不必多談，彼此都能心心相印，靈魂與靈魂，肉體與肉體，永遠融合，擁抱在一起」的多情男人，而將她視為「最膽大的女作家」。

其實，蘇青所謂「女人之大欲」，與其生

活境遇有關。初中畢業時，蘇青與李欽後演出話劇《孔雀東南飛》，之後兩人魚雁往返。不久，李家上門提親，母親同意等蘇青大學畢業後結婚，但是李家卻在她考上大學那年，提出完婚的要求。雖然蘇青並不願意，但無法改變父母之命的事實。然而婚後不久，她發現丈夫與外婆的長孫媳婦有曖昧，而後她接連生四個女兒，因為沒有生子，受盡公婆小姑的冷嘲熱諷。

後來李欽後前往上海發展，她原以為惡夢將從此遠離，沒想到到了上海，卻發現丈夫自私、懦弱、虛榮、沒主見、不負責任的毛病一一浮現，蘇青忍了十年，最後決定提出離婚。

因此，蘇青所謂的「大欲」，無關乎情色欲望，而應是像胡蘭成在《談談蘇青》中所說的，她需要的是「一個體貼的，負得起經濟責任的丈夫，有幾個乾淨的聰明的兒女，再加有公婆妯娌小姑也好，只要能合得來。此外還有朋友，她可以自己動手做點心請他們吃，於料理家務之外可以寫寫文章」的生活。蘇青如此的「大欲」，其實正也是普天下許多女性心中對家庭和生活的渴望。

互設詭計，捨而逐之，殆非人

名句的誕生

娃斂容[1]卻睇[2]曰：「不然。此良家子也。當昔驅高車[3]，持金裝[4]，至某之室，不踰期[5]而蕩盡[6]。且互設詭計，捨而逐之，殆非人[7]。……」

～白行簡〈李娃傳〉

完全讀懂名句

1. 斂容：端正容貌，表示肅敬之意。
2. 睇：注視。
3. 高車：古代車篷與車輪高大的馬車，形容富有、地位顯赫的人家出行時，車馬壯盛、排場闊綽的畫面。
4. 金裝：本指貴重、華麗的服飾。這裡解釋為裝滿貴重物品的行李。
5. 逾期：亦作「逾朞」，指過了一年，到了第二年。
6. 蕩盡：耗盡、用光。
7. 殆非人：殆，恐怕、幾乎、大概。這句話是說，恐怕不是人會做出來的行為。

李娃嚴肅地注視她（李母）說：「不可以這麼做（趕走滎陽生）。他是好人家出身的子弟。當初他駕著高大華麗的馬車，帶著裝滿財寶的行李來到此地，還不到第二年就全部用光了。而我們聯合起來設下詭計欺騙他，將他拋棄趕走，這實在不是人會做出來的行為。……」

名句的故事

〈李娃傳〉中的滎陽生對李娃一片癡情，但是全心付出的結果，卻招來青樓老婦和李娃的合謀設局，騙取他的財物，等到滎陽生散盡身上的金銀財寶，老婦翻臉不認人，毫不留情地把他趕出去。滎陽生流落街頭，靠著唱喪葬的輓歌為生，沒想到父親滎陽公得知以後，為了面子和尊嚴，把他毒打得遍體鱗傷，甚至不顧念父子之情，狠心想置滎陽生於死地。

奄奄一息的滎陽生，在風雪中與李娃重逢。李娃觸動了良心與感情，為他的悲慘遭遇所打動，決定收留他。李母想要將滎陽生趕出去，但李娃卻據理力爭，她臉色一沉，義正辭嚴地反對，陳述滎陽生本是清白人家的子弟，因為受自己的美色所迷，才被欺騙了感情。從這段話可見李娃對滎陽生並非沒有感情，只是無奈迫於現實環境，只好聽從李母設下的騙局。

人非草木，豈能無情。李娃對於這位為了她而散盡家財的公子，既同情、又內疚，更對過去的一切產生悔意，她反駁青樓老婦的這段話，以義正辭嚴甚至帶著激憤的口吻，生動地表現風塵女子出身的李娃，依然保有善良、勇敢的一面。

歷久彌新說名句

誣騙欺詐、搆陷他人，是許多宗教嚴厲譴責的行為。在西方宗教中，欺騙、陷害是撒旦、魔鬼的惡行，《聖經．創世記》裡哄騙引誘夏娃、讓她偷嚐禁果的那一條蛇就是魔鬼的化身。既然魔鬼用謊言誘騙人類、把人類引入深淵，那麼人類欺騙的行為，當然也就是魔鬼的行徑了！所以《聖經》中才會稱魔鬼為是「撒謊者」、「謊言的父親」。

合謀設局、騙取財物等行為，令人厭惡與唾棄，在古今中外的許多故事中，這樣可惡的角色、卑鄙的行為，總是讓讀者恨得牙癢癢！《水滸傳》及《金瓶梅》中的西門慶和潘金蓮，以及貪愛西門慶錢財的王婆，三人相互勾結，串通陷害武大郎，行徑令人髮指。

古代的知識分子，也總是引以為戒，唯恐因為自己的貪念和私心，觸犯這條道德底線。早在《易傳》的時代，就不斷耳提面命：「不恆其德，或承之羞。」世人如果不能保持美好的德行，將會蒙受恥辱、導致遺憾發生。

清代劉大櫆〈伯兄奉之墓誌銘〉中說道：「蓋先生自童幼讀書，常自保其嬰兒之性，不敢失墜。及長，而與眾酬接，以至居官蒞民，皆出其天懷以相付與，不知人世有機巧之事。」劉大櫆稱讚他的好友，能保持真誠和善良來待人接物，不論交際應酬、擔任官職、管理百姓，都能謹守本分，絕不使用機巧詐騙的方式，常保嬰兒般的赤子之心。

欺天負人，鬼神不祐

名句的誕生

「……生親戚滿朝，一旦當權者熟察其本末，禍將及矣。況欺天負人[1]，鬼神不祐，無自貽其殃[2]也。某為姥子，迨今有二十歲矣。計其貲[3]，不啻[4]直千金。今姥年六十餘，願計二十年衣食之用以贖身，當與此子別卜所詣[5]。所詣非遙，晨昏得以溫凊[6]，某願足矣。」

～白行簡〈李娃傳〉

完全讀懂名句

1. 負人：違背、背棄他人
2. 貽其殃：貽，此處作遺留之意；殃，原指割肉裂骨，引申為禍害、災難。此句是指不要為自己留下禍患。
3. 貲：財物、財貨。
4. 不啻：不止。
5. 別卜所詣：卜，此做選擇；詣，所往。另尋居處的意思。
6. 溫凊：溫，溫暖；凊，ㄐㄧㄥˋ，寒冷。溫凊，冬溫夏凊之意，在寒冬裡替父母溫暖被褥，在炎熱的夏季替父母搧涼蓆子，意思是以孝侍奉父母。

「……公子的親戚都在朝廷中任官，有一天當權的親戚查明此事的原因，災禍將會降臨到我們的頭上。何況我們做出欺瞞上天、辜負別人的事，鬼神也不會保佑我們了，還是不要為自己招來禍患吧！我做您的女兒，至今已有二十年，算起來您為我花費的金錢，不止千金。您如今已六十多歲了，我願意以您此後二十年衣食花費的金額為自己贖身，與他另尋居處。居處與您所住不會遙遠，好讓我能早晚向您問安，這樣我也就滿足了。」

名句的故事

滎陽生曾經出手闊、身穿華服，然而因為李娃和青樓老婦的詐騙，最後淪落到渾身是傷，沿街行乞的處境。再次見到滎陽生，目睹他的落魄，李娃下定決心收留他、好好幫他調養身體，以贖前過。然而冷漠、勢利的青樓老婦知道之後，再次出面攔阻。面對老練、世故的老婦，李娃為了說服她，當然要動之以情、曉之以理，既要分析現實的利弊，也不忘藉著類似於「舉頭三尺有神明」、「善惡到頭終有報」等傳統宗教思想，對青樓老婦進行道德勸說。

李娃說的「欺天負人，鬼神不祐」這句話，是古代中國民間的普遍觀念，長期被人們深信不疑，用這一類善惡因果報應的理論，來嚇阻、勸告青樓老婦，自然是一種強而有力的說辭。因為早在數千年前的《周易》時代，典籍裡就提醒世人：「積善之家，必有餘慶；積不善之家，必有餘殃。」意思是說能夠行善積德的家族，一定會餘留豐厚的恩澤、福報給自己的後代子孫，相反的，不知多做善事、累積善行的家族，必定會招致災難、禍害。荀子也說：「積善成德，而神明自得。」（《荀子．勸學》）而孟子則是引用《尚書．太甲》的記載感嘆：「天作孽，猶可違；自作孽，不可活。」

元代的石君寶，他的雜劇《曲江池》改編自〈李娃傳〉，其中透過李娃之口說出：「欺天負人，瞞心昧己，神明也不保佑。」比〈李娃傳〉的語言更淺白、更直接。

歷久彌新說名句

閩南語有一句俚語「人在做，天在看」，俗諺也說「天網恢恢，疏而不漏」，這些警語都是在勸戒世人，行事之前，必須三思。〈李娃傳〉雖然是一篇傳奇小說，但故事背後也多少透露著行善止惡、行善積德等目的。

佛教的警世詩〈破不信因果〉：「湛湛青天不可欺，未曾舉意早先知，善惡到頭終有報，只爭來早與來遲。」這是我們耳熟能詳的「不是不報，只是時候未到」觀點。

曹雪芹的小說《紅樓夢》則有一首〈聰明累〉：「機關算盡太聰明，反算了卿卿性命！」可以說是作者對王熙鳳的人生總評。《紅樓夢》中的鳳姊一生聰明伶俐，卻以自身的精明弄權、搜刮，作威作福、傷害人命，最後落得家破身亡，到頭來僅是一場空的結局。相形之下，〈李娃傳〉的主角李娃，更是一位聰慧靈巧的女子，及早醒悟，了解「欺天負人，鬼神不祐」、「不是不報，只是時候未到」的道理，終而獲得圓滿的結局。

雖然李娃是一位虛構的人物，不過反觀中國歷史中，欺天負人，鬼神不祐、自貽其殃最鮮明的負面實例，大概可以首推欺君賣國、陷害忠良的秦檜吧！秦檜在宋代掌握大權、誣陷岳飛，岳飛也因此被皇帝賜死在獄中。獨攬朝政、氣燄囂張的秦檜，確實曾經風光一時，但死後竟被鑄成鐵製跪像，連同他妻子的跪像，永遠跪在岳飛墓前懺悔。想必秦檜生前，絕對沒有想到他們夫妻倆，會永世跪在墓前，千古受人唾棄吧！

結媛鼎族，以奉蒸嘗。中外婚媾，無自黷也

名句的誕生

娃謂生曰：「今之復子本軀1，某不相負也。願以殘年，歸養老姥。君當結媛鼎族2，以奉蒸嘗3。中外婚媾4，無自黷5也。勉思自愛6，某從此去矣。」

～白行簡〈李娃傳〉

完全讀懂名句

1. 復子本軀：復，恢復。恢復你原來的面目、身分。
2. 結媛鼎族：與世家望族的大家閨秀締結婚約。
3. 奉蒸嘗：蒸是冬天的祭祀，嘗是秋天的祭祀，祭祀是古代家庭主婦的重要職務。
4. 中外婚媾：指門當戶對的婚姻。
5. 黷：ㄉㄨˊ，汙辱、侮辱。
6. 自愛：愛護珍惜自己。

李娃對滎陽生說：「如今你恢復原來的身分，我不再虧欠你了。我想用接下來的歲月，回去奉養母親。你應當和世家望族的大家閨秀結親，讓她主持家政。締結門當戶對的婚姻，不要汙辱了門楣，希望你愛護珍惜自己，我從此離開了。」

名句的故事

唐代重視門第觀念，當時社會地位最高的姓氏，分別是清河、博陵崔氏、范陽盧氏、趙郡、隴西李氏、滎陽鄭氏與太原王氏。時人爭相與這五大姓氏聯姻，以提升自己的地位，並

以娶到「五姓女」為最大的榮耀，反之，則為人生最大憾事。

《唐語林》中敘述唐高宗宰相薛元超，雖娶了高祖的孫女、唐太宗的侄女和靜縣主為妻，但人到晚年，仍發出人生「三恨」：沒能由進士出身、沒能修國史、沒能娶到五姓女為妻。言下之意，即使娶了金枝玉葉，仍是恨憾不已。然而為什麼唐高祖出身隴西李氏，也屬於五大姓之一，但薛元超卻依然不滿呢？

這是因為唐朝王室雖然號稱隴西李氏，但當時的人認為他們本是鮮卑出身，胡化嚴重，根據《舊唐書》中說，高祖李淵的祖父曾被賜以鮮卑姓氏「大野」，而高祖的母親是鮮卑人獨孤氏，雖然貴為皇族，但當時的士族卻對皇室血統出身相當懷疑，也有人質疑他們只是李家的分支。事實上，到了唐文宗時，太子想要迎娶宰相鄭覃之女，然而鄭覃寧可把女兒嫁給來自於五姓的九品小官崔皋，也不願意嫁給太子。

由此足見，五姓人家在當時的社會，地位是如何的崇高，又是如何受到重視。

除門第觀念外，唐代習俗和法律明文規定「良賤不婚」。意即不同等級的人民不得相互通婚，若是士族子弟迎娶社會底層的賤民為妻，甚至可能會受到法律的制裁。而唐代教坊女子的社會地位不如布衣，一旦與貴族公子、士、子進士相戀，除非屈居妾室，多半只能走上分手一途，所以李娃在榮陽生中舉後，要他「結媛鼎族」、「中外婚媾」，是希望他能與世家望族締結婚姻，不要因為她的存在，玷汙了榮陽生的門楣。

從這篇故事中我們可以發現，白行簡對當時社會的門第觀念，以及只問姓氏的婚姻制度似乎深表不滿，故藉李娃與榮陽生共結連理，並得到天子的賞賜加封，隱隱批判了當時的社會風氣。

歷久彌新說名句

李娃在支持榮陽生功成名就後，決定離去，並勸告他去找個門當戶對的淑女為妻。這樣的心情轉折，和《聊齋誌異》中的狐女，似乎有異曲同工之妙。

海州的劉子固拜訪舅家，愛上了鄰家的少女阿繡，他想方設法與阿繡親近，到阿繡家開的店鋪中去購買脂粉手帕扇子等物品，然而此事被舅舅所發覺，將他打發回家。一年後，劉子固再次前往舅舅所住的蓋縣，想要尋訪阿繡，卻發現店鋪已經關門。他心灰意冷地回家，幾乎因相思成病，劉母眼見兒子為情所苦，託兄弟向阿繡家提親，然而時已為晚，阿繡已經許嫁他人。得知消息的劉子固痛苦不已，一心希望能夠遇見長相類似阿繡的女子。這時，狐女幻化成阿繡的模樣與之相見，劉子固失而復得，喜出望外，與之親密無間。

然而劉子固的僕人非常精明，看穿了狐女的真實身分。得知對方是妖怪，劉子固驚恐之下，同意僕人以兵器攻擊狐女。狐女明知劉子固對自己不利，卻還是前來相見，並與之坦率告別，還表示要幫助他和阿繡團聚。後來劉子固果然與阿繡再次相遇，阿繡告訴他，在戰亂中，被一個陌生的姑娘拉著手腕逃跑，好不容易躲過了追兵。那姑娘囑咐她：「愛汝者將至，宜與同歸。」愛妳的人就要來了，與他一起回家吧。

狐女雖然是妖怪，但她的愛卻是溫柔而寬容的。她深愛著劉子固，即使他心有旁屬、即使他在得知自己是狐妖後，表現出寡情的一面，甚至蓄意伏擊她，但狐女卻並沒有運用神力反擊，也沒有落井下石，加害他的心上人阿繡，而是運用力量，從亂軍中將阿繡搶救出來，促成兩人的美滿婚姻。

在蒲松齡的筆下，狐女雖然是這段愛情中失意的一方，但她所展現出來的，卻是無比的包容與成全。

通二姓之好，備六禮以迎之

名句的誕生

翌日，命駕與生先之成都，留娃於劍門，築別館[1]以處之。明日，命媒氏通二姓[2]之好，備六禮[3]以迎之，遂如秦晉[4]之偶。

～白行簡〈李娃傳〉

完全讀懂名句

1. 別館：在本來的住宅之外，另外購建的房子。
2. 二姓：締結婚姻的男女雙方。
3. 六禮：婚姻過程中的六種禮儀，即納采、問名、納吉、納徵、請期、親迎。
4. 秦晉之偶：春秋時，秦、晉兩國世代聯姻，後指兩姓聯姻的關係。

第二天，滎陽公讓兒子先去成都，將李娃留在劍門，另外找了一處房舍，安排她住下來。又過了一天，請媒人去向李娃提親，依循六禮迎娶她，使兩人結為正式的夫妻。

名句的故事

因為有滎陽公的支持，所以滎陽生與李娃結為夫婦，甚至之後的妻賢子孝、家道興隆，都是可預見的必然結果，其後續作或改作，也多依循大團圓的結局，唯有近代小說家高陽在長篇小說《李娃》的結局處理上與之不同。

雖然《李娃》主要情節與〈李娃傳〉相同，男主角鄭徽在李娃的照顧下，終於苦盡甘來，功成名就後，決定不顧禮法娶她為妻，而父親鄭公延在得知事情始末後，也極力促成兩人結為正式夫妻。然而李娃在得知喜訊後，並沒有多大的喜悅。

李娃並非不願意與鄭徽共度一生，而是她還得要承擔李母的恩情，也擔憂自己如果與鄭徽結婚，鄭公延將會因違犯「戶婚律」的規定，遭到處分，鄭徽也可能因禍延親人而受到大家的議論與指責，自己更會被隔絕在名門貴族的交遊圈外……幾經思量，最後理智戰勝情感，她選擇不告而別。至於故事結尾鄭徽是否能追回李娃，共結連理，則有賴讀者自己的想像。

高陽《李娃》的結局，雖不像傳奇或其他續作，是以大團圓的方式作結，但根植於現實人生的處理方式，更令人感到無奈和憂傷，但在悲涼之中又隱含著期待，反覺餘韻無窮。

歷久彌新說名句

「二姓之好」首推「秦晉之好」，其次，就屬「朱陳之好」最廣為人知了。根據《朱氏族譜》的記載，「朱陳」原是漢代的村莊名，但到了唐代白居易〈朱陳村詩〉：「徐州古豐縣，有村曰朱陳……一村唯兩姓，世世為婚姻。」而後來「朱陳」就成為兩姓婚姻的代名詞。其後又因有明太祖的詔告，使「朱陳之好」一詞更加聲名遠播。

但明太祖為什麼要下詔呢？傳說明太祖稱帝後，有一天，一位衣衫襤褸的老婦人在宮殿外吵著要見皇帝，衛兵不肯讓她進去，但老人宣稱：「大殿之上，坐的是我兒子。」朱元璋聽了覺得疑惑，於是召見老婦，沒想到一見到老人，他立刻跪倒在地說：「孩兒不孝，讓娘受苦了。」原來朱元璋幼年時，曾認救命恩人陳大娘為乾娘，也就是這位老婦人。後來太祖詔告天下：「朱陳一家、朱遇陳事必恭讓、男遇男於友，男遇女於婚，結朱陳之好永不相背。」有名人軼事的加持，「朱陳」二字從沒沒無聞的小村落，變成家喻戶曉的婚姻代名詞。

常服晬容，不加新飾，垂鬟接黛，雙臉銷紅

名句的誕生

常服晬容[1]，不加新飾[2]，垂鬟接黛[3]，雙臉銷紅[4]而已，顏色[5]豔異，光輝動人。張驚，為之禮。因坐鄭旁，以鄭之抑而見也，凝睇怨絕，若不勝其體者。

～元稹〈鶯鶯傳〉

完全讀懂名句

1. 晬容：晬，ㄙㄨㄟˋ，清明、潤澤的樣子；容，容貌、面容。指兩頰溫和豐潤、臉上有光澤的容貌。
2. 新飾：全新的衣著和飾品。
3. 垂鬟接黛：鬟，ㄏㄨㄢˊ，中國古代女子的一種髮型。古代未婚女子常會把頭髮挽成中空環形，在頭上或額頭旁梳成環形的髮髻，有高低、長短、大小等多種不同的樣式。黛，原本是指青黑色的顏料，古代女子用來畫眉，後來代指婦女的雙眉或眉毛。垂鬟接黛是指頭上垂下來的劉海或髮式，與眉毛相接在一起。
4. 銷紅：又作「斷紅」，古代女性用來化妝的一種物品。這裡借來形容崔鶯鶯臉上的淡妝，表示她稍抹胭脂的樣子。
5. 顏色：顏面、容貌的意思。

崔鶯鶯穿著很平常的衣服，容貌光彩豐潤，身上沒有穿戴全新的衣飾，環形的髮髻下垂到眉毛旁邊，雖然只是淡妝而已，但是兩腮飛紅、十分豔麗，光彩煥發的模樣，非常動人。張生一見驚為天人，連忙向她行禮。崔鶯

鶯坐在母親鄭氏的身邊，因為鄭氏要求她出來與張生見面，因此她目光看著別處，流露出不情願，身體彷佛支持不住一般。

文章背景小常識

〈鶯鶯傳〉的作者元稹，字微之，河南洛陽人，一生創作的詩歌數量很多，是唐代著名詩人。據說從小機智過人，年輕時很有名氣，與白居易同科及第，兩人因理念相同而結為終生詩友，共同提倡「新樂府運動」，所以世人常把他和白居易並稱「元白」、並將兩人的詩作稱為「元和體」。

〈鶯鶯傳〉大約在唐代的貞元二十年（西元八〇四年）九月問世，原題〈傳奇〉。《異聞集》在記載這篇故事時，還保存原題，後來《太平廣記》在收錄時，改作〈鶯鶯傳〉，就一直被後世沿用至今。

很多人都認為元稹編寫〈鶯鶯傳〉，其實是在寫他自己的愛情故事。魯迅在《中國小說史略》中層說：「〈鶯鶯傳〉者，即敘崔、張故事，元稹以張生自寓，述其親歷之境。」意思是〈鶯鶯傳〉中的那位貧寒的張姓書生，其實就是元稹本人，而曾經是貴族、後來家道中落的女主角崔鶯鶯，則是元稹的表妹。

〈鶯鶯傳〉敘述張生與崔鶯鶯在寺廟中相遇而戀愛，但張生要赴京趕考，拋棄了情人，最後崔鶯鶯嫁給別人，張生也另娶親，這場愛情故事以無疾而終的悲劇收場。

後代改編〈鶯鶯傳〉的劇本，高達七十多種，許多作者都在這篇故事人物的基礎上，創作出戲曲和劇場，例如：金代董解元的《西廂記諸宮調》與元代王實甫的《西廂記》等，都是膾炙人口的作品。

名句的故事

「常服睟容，不加新飾，垂鬟接黛，雙臉銷紅」這句話，是〈鶯鶯傳〉在描述崔鶯鶯最初登場時的樣貌，當然也是故事中的男、女主角第一次相遇時，男主角張生對崔鶯鶯的第一印象，精彩的故事劇情也隨之展開。

若是論起輩分，崔鶯鶯的母親鄭氏是張生的遠房姨母，因為張生曾經幫助過他們、對崔家有恩，所以這位姨母雖然是一位寡婦，即使身處外地的寺廟，仍然堅持大擺酒席來款待他，並且要求自己的一對兒女，在宴飲的席間出來拜見。不過，鄭氏的女兒崔鶯鶯並不太情願出面，甚至推說生病。鄭氏不斷催促女兒，最後生氣地說：「張兄保爾之命，不然，爾且擄矣，能復遠嫌乎？」意思是說是人家救了妳的性命，不然妳早就被擄走，還能讓妳這樣講究避嫌嗎？崔鶯鶯在此情境下，勉強答應，但也過了好久才願意走出來。

崔鶯鶯一出場就讓張生驚為天人！依照〈鶯鶯傳〉的描述，崔鶯鶯不僅表現出名門少女所特有的端莊、矜持，更是天生的美人胚子，所以即便只是一點點的淡妝、穿著再尋常不過的樸素衣服，隨手挽起的頭髮、慵懶地走出來，依然掩蓋不住鮮明亮麗的外表。她的天生麗質，在「常服晬容，不加新飾，垂鬟接黛，雙臉銷紅」這句話中，充分展現出來了！

歷久彌新說名句

五代十國的韋莊詞作〈菩薩蠻〉，曾用「壚邊人似月，皓腕凝霜雪」形容江南的賣酒少女，美麗得像一輪明月，不經意露出的潔白手腕，就像凝結的霜雪；宋代張先的詞作〈醉垂鞭〉，用「朱粉不深勻，閑花淡淡香」歌詠他在酒宴上看到的歌舞妓，在張先的筆下，這位只願意薄施淡妝的美麗女子，孤潔自賞、不食人間煙火，簡直是純潔女神的化身。

唐代傳奇的作者，開啟了後代小說對描繪美女的靈感，更讓讀者透過文字，充滿無限的想像。明代小說《初刻拍案驚奇》中的風塵女子滴珠，她「不施脂粉，淡雅梳妝」，不用梳妝打扮就美豔動人；清代小說《花月痕》中的劉秋痕是個十足的美女，但是當杜采秋登場時，「又另是一個麗人，濯濯如春風楊柳，灩灩如出水芙蓉，比秋痕還好。」竟然也讓男主角荷生念念不忘、魂牽夢縈。而堪稱美女如雲的小說，大概非《紅樓夢》莫屬了！林黛玉

「嫻靜似嬌花照水」、「兩彎似蹙非蹙籠煙眉，一雙似喜非喜含情目」；薛寶釵「眼如水杏」、「唇不點而紅，眉不畫而翠」；王熙鳳「一雙丹鳳三角眼，兩彎柳葉吊梢眉；身量苗條，體格風騷」、「俏麗若三春之桃，清素若九秋之菊。」；賈迎春「腮凝新荔，鼻膩鵝脂」。在曹雪芹生動的筆下，《紅樓夢》中的佳麗各個爭奇鬥豔、簡直到了令人目不暇給的地步！

待月西廂下，迎風戶半開。拂牆花影動，疑是玉人來

名句的誕生

是夕，紅娘復至，持綵箋[1]以授[2]張，曰：「崔所命[3]也。」題其篇曰〈明月三五夜[4]〉。其詞曰：「待月西廂下，近風戶半開。拂牆花影動，疑是玉人[5]來。」張亦微喻其旨。是夕，歲二月旬[6]有四日矣。

～元稹〈鶯鶯傳〉

完全讀懂名句

1. 綵箋：供題詠或書信用的小張彩色紙片，後借指詩箋或書信。
2. 授：給。
3. 命：指派、命令。
4. 三五夜：指陰曆十五日的夜晚。
5. 玉人：比喻資質聰穎，神采秀朗的人。
6. 旬：十日為一旬。

這天晚上，紅娘又來了，拿著詩箋交給張生說：「這是崔小姐命我交給你的。」詩的題目是〈明月三五夜〉。詩的內容說：「等月亮移照至西廂，迎風的窗戶半開。月光下，映照在牆面上的花影隨風拂動，懷疑是郎君來了。」張生稍微明白了詩的含義，這天晚上，是二月十四日。

名句的故事

張生為崔鶯鶯神魂顛倒，卻苦無機會表白，在鶯鶯的丫鬟紅娘建議之下寫了兩首詩，由紅娘轉交鶯鶯。這天，紅娘帶著鶯鶯的回信交給張生，題目是「明月三五夜」，三五夜亦

即十五夜，張生於是「且喜且駭」，並在隔天晚上爬樹翻牆到了鶯鶯所在的西廂。

詩中說明了會面的時間與地點，微風輕拂，花樹搖曳，月色清朗，半開的門表示自己的歡迎態度。同時也表達了等待情人的心情微微焦躁，難以按捺，因此看見花影拂動便以為對方已經來到，勾勒出約會時的微妙心情。由這首詩看來，崔鶯鶯對張生充滿盼望與多情，令張生激動不已。沒想到等兩人相見後，鶯鶯竟說自己是故意用「鄙靡之詞」引張生前來，好當面告誡他應該「以禮自持，無及於亂」，以禮教自制，不要做出越軌的言行。滿懷熱情的張生被鶯鶯一頓數落，只好又翻牆回去，徹底絕望。

李臨秋作詞的閩南語老歌〈望春風〉相當膾炙人口，有許多人認為歌詞正是脫胎自〈鶯鶯傳〉此詩而來。第二段歌詞如下：「想要郎君做尪婿，意愛在心內。等待何時君來採，青春花當開。聽見外面有人來，開門甲看覓。月娘笑阮憨大呆，被風騙不知。」十七、八歲情竇初開的少女等待情郎出現，來摘採自己這朵正當美貌的青春花。這夜仿佛聽見外面有人聲，以為是意中人來了，趕忙開門出去看，卻發現只是風聲。抬頭一看，月光明亮皎潔，彷彿在笑少女癡傻，多情卻被無情惱。

這般患得患失的心情，與崔鶯鶯詩「待月西廂下，近風戶半開。拂牆花影動，疑是玉人來」所描寫的情境相同，都因為心中有所期待，而被風聲所觸動。

在愛情中最美的，往往都是自己的想像。

歷久彌新說名句

「玉人」原指容貌美麗的人，也用來作為對親人或所愛者的愛稱。

西晉的裴楷是當代傑出人物，年輕時便極富名望，不僅精擅《老子》、《易經》，學識廣博，且氣質卓越，相貌英俊。《世說新語．容止》中記載：「裴令公（楷）有俊容儀，脫冠冕，粗服亂頭皆好，時人以為『玉人』。」當時人以「玉人」來稱呼他，因為裴楷不僅盛裝打扮時容儀英俊，甚至脫去冠冕時，衣服粗劣頭髮蓬亂的模樣也極好看，甚至有人感嘆：「見裴叔則（楷），如玉山上行，光映照人。」可以想見裴楷姿容風采。

西晉時尚有另一位著名的美男子，衛玠。他的舅舅王濟是一位俊美男子，然而每每感嘆：「與（衛）玠同游，炯若明珠之在側，朗然照人耳。」將衛玠比喻為發光的明珠，總為他奪目的光彩所迷，又說衛玠在身邊，就如同「珠玉在前，覺我形穢」。身為美男子，卻因為另一名男兒自慚形穢，可以想見衛玠的俊美，也因此衛玠極受眾人仰慕。他七、八歲時搭著白羊拉的車到洛陽街上，大家都爭相圍堵，詢問：「這是誰家的璧人？」然而衛玠身體羸弱，常因為被群眾包圍而勞累不堪。《世說新語．容止》記載：「衛玠從豫章至下都，人聞其名，觀者如堵牆。玠先有羸疾，體不堪勞，遂成病而死，時人謂『看殺衛玠』。」因為聞名而來的民眾如牆將他團團包圍，結果衛玠不堪勞累，竟因而病死，年僅二十七歲。當時人稱衛玠是被「看」死的，這也是成語「看殺衛玠」的由來。

魏晉時代欣賞的不僅是人的容儀舉止，更重視此人所散發出的氣質風度，因此他們以「玉人」、「璧人」等詞稱呼美男子，質白而潔，曖曖藏光芒，充滿君子溫潤意象，相較於現代稱美人、美男子的種種形容詞，更多了飄逸的想像。

愁豔幽邃，恆若不識；喜慍之容，亦罕形見

名句的誕生

待張之意[1]甚厚，然未嘗[2]以詞繼之[3]。時愁豔幽邃[4]，恆若不識[5]；喜慍之容[6]，亦罕形見[7]。

～元稹〈鶯鶯傳〉

完全讀懂名句

1.待張之意：意，情意、愛意。指崔鶯鶯對待張生的情意。

2.未嘗：不曾、未曾、沒有的意思。

3.以詞繼之：詞，指言詞、話語。「繼」原本是連續、接著的意思，此處引申作表達、表現。

4.愁豔幽邃：愁豔，指豔麗的外表下卻帶著愁容。幽邃，本是幽深、深邃的意思，此處也是在形容崔鶯鶯幽怨、愁苦的樣子。

5.恒若不識：恒，通「恆」字，恆久、持久、經常的意思。若，如同、好像。不識，原本是不懂、不知的意思，此處可以引申作不在意、不在乎的樣子。

6.喜慍之容：慍，怨恨、惱怒；容，容顏、面容。指高興和惱怒等臉部表情。

7.亦罕形見：罕，很少、稀少的意思。見，「現」的古字。形見，指顯現、流露。

崔鶯鶯對待張姓書生的情意極深厚，但卻不曾利用言語來表達。她美豔的外表下，時常顯露出哀怨、憂愁的面容，卻又要表現出不在意的樣子；無論是開心、高興的心境，還是怨恨、惱怒的情緒，都很少在臉上流露出來。

名句的故事

當張生與崔鶯鶯幽會後，逐漸了解崔鶯鶯的性格。她外表態度冷淡，但其實也是一個敢愛敢恨的女子，然而對於與張生幽會的事實，無法向母親表白。當張生詢問她鄭氏對此事的態度時，崔鶯鶯只能回答「我不可奈何矣」，意思是我不能把這件事情告訴她。而他們多次幽會，崔鶯鶯從沒有跟張生要求任何許諾，而張生每次來去，崔鶯鶯的態度永遠是「宛無難詞，然而愁怨之容動人矣」，從不說責難的話，只是臉上表露出幽怨動人的神情。

這些敘述，從張生的角度，細細說明了崔鶯鶯的為人，即使善於文字，但不肯表露於人，張生用文章挑逗對方，崔鶯鶯也不太閱讀，她雖然在許多方面都表現出眾，但態度得含蓄，並不驕人。而此句「愁豔幽邃，恆若不識；喜慍之容，亦罕形見」更生動地展現出崔鶯鶯內心的矛盾與複雜的情緒，如「愛在心裡口難開」、「欲言又止」、「愛恨交織」等性格特質。而這樣的人性真實面，元稹竟能以不到二十字，就充分的型塑出來，真可謂之傳神已極。

「喜慍之容，亦罕形見」最早是用來說明深諳處世哲學、懂得明哲保身之道的人物。《世說新語》記載王戎「與嵇康居二十年，未嘗見其喜慍之色」。因為嵇康向來不喜歡與人爭執、又希望在亂世避禍，所以王戎和他相處多年，卻很少看過他有喜怒的表情。《晉書．衛玠傳》：「玠嘗以人有不及，可以情恕，非意相干，可以理遣，故終身不見喜慍之容。」衛玠在待人接物上，仁厚而寬恕，遇事也不計較，所以終其一生，旁人都見不到他高興或惱怒的臉色。

但是崔鶯鶯並非是沒有感情、不是「喜怒不形於色」之人，而是因為內心世界充滿矛盾，索性不想把情感輕意地外露出來。在崔鶯鶯心中不可遏止的情欲中，不時流露莫名的幽怨，最後又努力隱忍等種種微妙的心理反應，這些內心衝突的過程，加上行為舉止的矛盾，讓她背負著沉重的心理包袱。但也正因為如此隱晦、曲折的複雜心境，每每觸動歷代讀者的心頭，這就是〈鶯鶯傳〉令人著迷之處。

歷久彌新說名句

已故的知名作家梁羽生透過他的武俠小說《冰河洗劍錄》中的女主角，寫下「中年心事濃如酒，少女情懷總是詩」的詩句，從此成為華人世界裡，家喻戶曉的名句。

大膽追尋愛情、對情感世界充滿幻想的少女，過程中的喜悅與哀愁等情懷，既曲折又美妙，就彷彿是令人顫動心弦的詩篇。

其實古代女性的這些心理狀態，非常近似於歷代許多「閨怨詩」想體現的心路歷程，如李白〈怨情〉：「美人卷珠簾，深坐蹙蛾眉。但見淚痕濕，不知心恨誰。」戀愛中的少女，眉頭深鎖的坐在深閨，因為又愛、又怨、又恨，不禁偷偷落下深情的眼淚。另外，李白〈妾薄命〉中的「君情與妾意，各自東西流」、「昔日芙蓉花，今成斷根草」等，也都鮮活地展現了女性情竇初開、卻又充滿矛盾的內心世界。

女性詩人的自我表白，或許比男性詩人更貼切，李清照的詞作〈一剪梅〉：「花自飄零水自流。一種相思，兩處閒愁。此情無計可消除。才下眉頭，卻上心頭。」我們自然能想像李清照在思念丈夫時，那愁容滿面的臉部表情。

現代作家席慕蓉〈在黑暗的河流上——讀「越人歌」之後〉：「那滿漲的潮汐／是我胸懷中滿漲起來的愛意」、「我幾乎要錯認也可以擁有靠近的幸福／從卑微的角落遠遠仰望／水波蕩漾／無人能解我的悲傷」、「但是如果不肯燃燒／往後／我又能剩下些什麼呢？除了一顆／逐漸粗糙、逐漸碎裂／逐漸在塵埃中失去了光澤的心」。席慕蓉細膩地寫下單相思之苦，敘述暗戀者不敢表白、只能偷偷仰望愛人的內心苦楚。

始亂之，終棄之

名句的誕生

崔已陰知[1]將訣矣，恭貌怡聲[2]，徐謂張曰：「始亂之，終棄之，固其宜矣，愚不敢恨。必也君亂之，君終之，君之惠也。則歿身之誓，其有終矣。又何必深感於此行？然而君既不懌[3]，無以奉寧。君常謂我善鼓琴，向時羞顏，所不能及。今且往矣，既君此誠[4]。」

～元稹〈鶯鶯傳〉

完全讀懂名句

1. 陰知：隱隱然知曉。
2. 恭貌怡聲：態度恭敬、聲音和悅。
3. 不懌：不悅、不愉快的意思。
4. 既君此誠：完成你的心願。既，完成。

崔鶯鶯已經隱然知曉兩人即將訣別，態度恭敬、聲音和悅地緩緩向張生說道：「你起先是玩弄這份情感，最後是拋棄它，這對你來說自然是恰當適宜的，我也不敢有所怨恨。假使由你開始的情感，由你所終結，那是你所給予的恩惠；至死不離的盟誓，也算是有所交代了，又何必對於此次的離去如此感慨？你既然心中不悅，我也沒有什麼可以安慰你的。你常說我擅長彈琴，往時因為難為情，所以往往無法盡與彈奏給你聽。今日你即將離去，我願意完成你的心願（彈奏一曲）。」

名句的故事

在〈鶯鶯傳〉中，崔鶯鶯的感情是很微妙的。最初對於張生的態度，好似只是因為感激而在長輩的要求下出面道謝，面對張生後來的情意表露和挑逗，她顯得冷淡，甚至假意作詩相和，引得張生出來見面後加以斥責。然而當張生徹底絕望時，她又主動親近張生，與他幽會共枕。這種種表現，看似反覆無常，卻也表現出一個在嚴格閨訓中長大的女子，內心對於愛情的渴求和猶豫，她忽而嚴肅、忽而大膽，這其中的矛盾，正是她渴望愛情又恐懼違背禮教的反應。

然而當崔鶯鶯決定順從本性，追求愛情時，張生的背棄，卻又讓她無比痛苦。「始亂之，終棄之」表現出傳統禮教下的女子，在愛情中的無奈與弱勢，她所能做的也只有「不敢恨」。但她雖然說「不敢恨」，內心的幽怨卻可見一般。

《易傳》中曾提及「乾道成男，坤道成女」，藉此象徵男女的位置，但這種位置的區分卻是在某種尊卑序列中被強化的，所以它說：「天尊地卑，乾坤定矣；卑高以陳，貴賤位矣。」這就是說男與女所象徵的乾坤天地，正好呈現了彼此的貴賤地位，男性對於女性的主控權通過階級與義理的方式被固定，這種階級關係進一步也會延伸至親密情感中。於是男人往往成為情感關係中具有主動性與控制能力的一方。

「始亂也」，意味著彼此的情感關係並不是從一個正常的對等位置開始的，這也使得男人對待情感關係的態度可以是玩弄而不必負責，因為男人早就成為掌握權力的一方，而女人不時得要面對「終棄」的結果，「被棄」因而也成為女性必須獨自舔舐的傷口。樂府詩〈怨歌行〉就細膩地利用「棄」來表達女子面對情人離去的悲傷：「棄捐篋笥中，恩情中道絕。」這首詩敘述女子看見自己過去贈送給情人的合歡扇，雖然曾經被情人使用、把玩，甚至為情人消熱拂風，但是一旦情感斷絕，兩人恩情不再後，也只能被丟棄到竹箱中。以扇子的遭遇來比喻自身的心境，也成為了遭棄女子的幽微心聲。

歷久彌新說名句

身為女子，一旦面臨男人對自己情感的玩弄與拋棄，很多時候卻未必能夠像崔鶯鶯一樣，在離別之際還選擇恭貌怡聲的方式訣別。紀昀在《閱微草堂筆記》中記載了一則故事，便生動刻畫出女人的怨恨即便成為鬼魂也無法止息。故事敘述乾隆年間，有一生員應考鄉試，準備進入貢院號舍時，卻被號軍攔下詢問姓名籍貫，原因是前晚有一女子託夢給號軍，將一株杏花插在號房之內，要請號軍轉告。該生聽聞此事，連忙逃出貢院，連鄉試也不願應考了。同鄉之人知道這件事後，述及該生家中有一婢女名為小杏，卻遭生員始亂終棄而流落他鄉，含恨而死。

始亂終棄成為被批判的道德汙點，甚至連狐精都避之唯恐不及。同樣是《閱微草堂筆記》，另外一則故事敘述有一狐精與十三、四歲的村間少女交好，每晚都要同寢共枕，而狐狸也時常為少女一家提供家用。過了兩、三年，狐狸忽然告訴少女的父親說：「我將還山，汝女奩具亦略備，可急為覓一佳婿，吾不再來矣。汝女猶完璧，無疑我始亂終棄也。」原來少女跟狐精一直都保持純潔的友誼關係，於是當狐精準備回到山中，便向少女父親說可以用我所提供的家用為少女準備嫁妝，覓求一良人佳婿，他與少女從未有踰矩之事，更不願被誤會為始亂終棄的負心漢。這則故事連紀昀都感到前所未聞而嘖嘖稱奇。然而，狐狸尚且能夠了解情感不能隨意玩弄的道理，自許為萬物之靈的人類又如何呢？

君子有援琴之挑，鄙人無投梭之拒

名句的誕生

「……鄙昔中表相因，或同宴處，婢僕見誘，遂致私誠。兒女之心，不能自固[1]。君子有援琴之挑[2]，鄙人[3]無投梭之拒[4]。及薦寢席[5]，義盛意深，愚陋之情，永謂終託。豈期[6]既見君子，而不能定情，致有自獻之羞，不復明侍巾幘[7]。沒身永恨，含歎何言？……」

～元稹〈鶯鶯傳〉

完全讀懂名句

1.固：控制。
2.援琴之挑：指西漢時，司馬相如琴挑卓文君之事。
3.鄙人：自謙詞，我。
4.投梭之拒：指女子拒絕男士的引誘。
5.薦寢席：指女子獻身侍寢。
6.豈期：哪裡想得到。
7.巾幘：幘，ㄗㄜˊ。巾幘是指頭巾，

「……我先前與你因為表親關係接觸，有時一同宴飲相處。因為婢女引誘，所以私下與你相交。少女的心情，無法自我控制。你像司馬相如用彈琴挑逗卓文君那樣來挑逗我，我卻未能像高氏之女一般，用投梭拒絕謝鯤那樣拒絕你。等到與你同寢共枕，情濃意深，我愚蠢淺薄的心還以為終身有靠。哪裡知道我們卻不能成婚，造成這種自取其辱的局面，不能光明正大的得到為人妻子的名分。面對這種死了也無法抹除的遺憾，除了心中歎息，還能說什麼呢？……」

名句的故事

在與崔鶯鶯幽會纏綿一段時間後，張生並沒有告知鶯鶯的母親鄭氏，想要求娶崔鶯鶯之心，這種態度逐漸讓崔鶯鶯感覺到這是一段沒有結果的愛情，然而在與張生相處的過程中，她雖然幽怨，卻不曾表達怨恨或憤怒的意思。

後來張生因考試離開，之後又因為沒有考中，滯留長安，去信要求鶯鶯把兩人之事看開。而鶯鶯回信，信中清楚地表露出她的情感和無奈，字句中「喧譁之下，或勉為語笑」、「閒宵自處，無不淚零」、「夢寢之間，亦多感咽」，滿是對這段愛情無可奈何的痛苦。而後以「援琴之挑」和「投梭之拒」兩句，表現出這段感情並非是一人的獨角戲，而是張生的挑逗與自己的不堅定所釀成的錯誤，充滿悔恨與對感情有始無終的怨嘆。

「援琴之挑」的故事出自於漢代文學家司馬相如與卓文君的愛情故事。「投梭之拒」則是出自《晉書．謝鯤傳》。

晉朝名士謝鯤少年時名聲遠播，為人豁達、不拘禮節，見識高，能琴善歌。謝鯤的鄰居有戶高姓人家，高家女兒模樣非常漂亮，謝鯤曾去調戲她。當時高女正在織布，順手將織布機上的梭子擲向謝鯤，打落了他的兩顆牙齒。當時的人譏笑謝鯤，但他卻毫不在意，依然說，此事尚未影響自己仰歌長嘯，折斷牙齒又何妨。之後，這個典故被引用為成語「投梭之拒」、「投梭折齒」，表示女子拒絕男子的調戲。

歷久彌新說名句

唐代杜甫詩〈琴台〉曾引了司馬相如與卓文君的故事：「茂陵多病後，尚愛卓文君。酒肆人間世，琴台日暮雲。野花留寶靨，蔓草見羅裙。歸鳳求凰意，寥寥不復聞。」杜甫從相如與文君的生活著墨，寫他倆始終不渝的真摯愛情。一個文弱書生，一個富戶千金，竟以「酒肆」來蔑視世俗禮法，在當時社會條件下，是要有很大的勇氣的。杜甫對此情不自禁地表示了讚賞。又看到琴台旁一叢叢美麗的野花，使得詩人聯想到它彷彿是文君當年臉頰上的笑靨，而一叢叢嫩綠的蔓草，彷彿是文君昔日所著的碧羅裙。最後話鋒一轉，感嘆地說道，當時兩人的琴聲已不可再得而聞，就如同現在知音的難求。

宋朝文學家蘇東坡則將謝鯤「幼輿折齒」的趣事，寫入〈百步洪〉中：「佳人未肯回秋波，幼輿欲語防飛梭。」蘇軾以玩笑的方式寫美人不肯回首一望，周遭的男子想要上前追求，卻又怕跟謝鯤一樣的下場。

明代吳敬圻《國色天香．相思記》也同時引了司馬相如與謝鯤的求愛之舉，寫一男子對自己的心愛的女子寫道：「鑽穴逾牆，吟琴折齒，妹獨不知。」說盡自己該做的都做了，為什麼女子無法感受到他的心？此女子大受感動，回覆了男子的心意，最後幸得有情人終成眷屬。

因物達情，永以為好耳

名句的誕生

「……玉環一枚，是兒[1]嬰年所弄，寄充君子下體所佩。玉取其堅潤不渝，環取其終始不絕。兼亂絲一絇[2]，文竹茶碾子[3]一枚。此數物不足見珍，意者欲君子如玉之真，弊志[4]如環不解。淚痕在竹，愁緒縈絲。因物達情，永以為好耳。……」

～元稹〈鶯鶯傳〉

完全讀懂名句

1. 兒：古代婦女的自稱。
2. 絇：ㄑㄩˊ，原指用布縷絲麻搓編成的繩索，此處用作量詞，指一束頭髮。
3. 茶碾子：古時一種內圓外方、有槽有輪用以碾磨茶葉的器具。
4. 弊志：弊通「敝」，此處解作我的心志。

「……玉環一枚，是我嬰兒時戴過的，寄去權充您配戴的飾物。玉取意於潤澤不變，環則是取意於終始不斷。另外附上我的頭髮一束，以及文竹茶碾子一枚。這幾樣東西不足以被珍視，但卻表達了我的心意，希望您能夠如玉一般真誠，我的心志也像玉環一樣不曾解開。淚痕落到了竹子上，愁悶的情緒彷彿縈繞的絲線，借用這些物品表達我的情意，願我們的感情能永遠不變。……」

名句的故事

《詩經．衛風．木瓜》曾經這樣描述男女之間的定情經過：「投我以木瓜，報之以瓊琚，匪報也，永以為好也。」這首詩雖然可從傳統政治的角度來詮釋，但更多時候也被看作是男女相贈答之辭。這是因為木瓜往往在入秋以後才有纍纍果實，而秋季亦多為男女嫁娶之時，於是以木瓜和瓊琚作為男女之間的定情物，便不能單純的視為一種禮物的回贈關係而已，因為真正的目的是為了表達與對方友好的心意。

在誰也不能把握未來的現實人生中，為了傳達自己的心意，而互相贈送足以表示內心想法的禮物，讓彼此關係能夠永遠延續，或許就是禮物往往蘊含濃厚情意的原因。

投遞瓜果以表達傾慕的心意，從《詩經》延續下來，似乎也成為了一種風尚。《晉書》記載美男子潘岳外出的情況頗為有趣：「少時常挾彈出洛陽道，婦人遇之者，皆連手縈繞，投之以果，遂滿車而歸。」潘岳車行出外，總是會遇到喜愛他、傾慕他的婦女們，將手中的果物投擲進車中，讓他能夠滿載而歸。也許，投擲進潘岳車中的不只是有形的瓜果，還有無形而濃厚的心意。

歷久彌新說名句

借物傳情往往是古時男女雙方最容易表達情意的方法，物因為有人的情感蘊藉於其中，所以物的價值也因為情感本身獲得昇華，特別是曾經使用過的舊物，饋贈禮物時如果是以自己用過的舊物來相送，往往表示對方是自己極為親密的人，這是一種屬於兩人的默契與私密。也只有透過舊物，我們才會在觀賞、撫摩那些物品的時候，不時想像到贈送禮物給自己的那人的模樣。

《紅樓夢》中便利用了這樣的情節為寶玉跟黛玉的感情做了見證。第三十三回中描寫寶玉因為被賈政誤會自己與琪官關係不清，所以吃了一頓毒打，躺在床上。第三十四回便描寫寶釵、黛玉都來探望，寶釵固然心疼寶玉，但黛玉卻一反常態地要寶玉「可都改了罷」，引起寶玉內心掛念。黛玉離開之後，寶玉又讓晴雯拿了兩條舊帕子給黛玉送去，晴雯不解其中原由，還問說：「他要這半舊不新的兩條絹子？他又要惱了。」沒想到寶玉只簡單的回了一句：「你放心，他自然知道。」

而黛玉收過絹子，知道是寶玉家常用舊的，頓時「神癡心醉」，體會到寶玉的用心，認為只有寶玉能領會她的一番苦意，最後更在絹帕上題了三首詩，詩句中有「為君哪得不傷悲」、「彩線難收面上珠」等句。

就在舊絹帕的饋贈與題詩中，我們又一次看到因物達情，永以為好的誓約。

大凡天之所命尤物也，不妖其身，必妖於人

名句的誕生

張之友聞之者，莫不聳異[1]之，然而張志亦絕矣。稹特[2]與張厚[3]，因徵[4]其詞。張曰：「大凡[5]天之所命[6]尤物[7]也，不妖其身，必妖於人。……」

～元稹〈鶯鶯傳〉

完全讀懂名句

1.聳異：驚奇。
2.特：特別、不平常的。
3.厚：交情深厚。
4.徵：詢問。
5.大凡：大抵、大概。
6.命：派遣、指派。
7.尤物：指特別珍奇優異的人或物，也指能誘人的美貌女子，但帶有貶義。

張生的朋友中聽聞此事者，沒有不感到驚奇的，然而張生已經徹底（對崔鶯鶯）斷念。元稹與張生的交情特別深厚，於是詢問他的想法。張生說：「大抵上天所造的美貌女子，都是妖異之物，若不危害她自身，必定禍害別人……」

名句的故事

張生為了到長安考試拋下崔鶯鶯，被認為是「始亂之，終棄之」，又因為沒有考取功名，必須在長安多留一年，於是寫信給崔鶯鶯，勸慰她對兩人分別之事看開一些。鶯鶯回贈幾件貼身物品並附信一封，信中請張生千萬

珍重，「無以鄙為深念」，亦即要張生「別再將我放在心上」。張生將回信給許多朋友看，於是很多人都知道了這件事，楊巨源、元稹等人且為此事作詩，甚或認為是椿令人遺憾的風流韻事。元稹詢問張生對這件事的想法，沒想到張生的回答竟把崔鶯鶯比作禍害世間的「尤物」，甚至說「予之德不足以勝妖孽，是用忍情」，認為自己的德性無法勝過妖孽，只有極力克服自己的感情，與鶯鶯斷絕關係。當時在座的人都為此深深感嘆。

〈鶯鶯傳〉開頭提到張生「年二十三，未嘗近女色」，朋友因此感到好奇，張生解釋：登徒子並非好色的人，卻留下了惡名；自己是真正好色的人，因為「大凡物之尤者，未嘗不留連於心，是知其非忘情者也」，意即凡是出眾的美女，他都曾留心，只是不曾遇到喜歡的美麗女子。就憑這點，可以知道張生並非沒有感情的人。

張生所言的登徒子，是戰國時期宋玉〈登徒子好色賦〉中所提到的人物。登徒子說宋玉好色又巧於辭令，希望楚王不要讓宋玉出入后妃所住的宮殿。宋玉反駁說：登徒子的妻子整日蓬頭垢面，兔唇、暴牙、彎腰駝背，走起路來歪斜搖晃，身上長滿疥瘡及痔瘡，醜陋不堪，登徒子卻和她一連生了五個孩子。而世上最美的女子常常攀上宋玉家牆頭偷窺，三年來宋玉還沒有接受她的追求。

宋玉藉由自己與登徒子的對比，請楚王明察究竟誰才是好色的人。後來，「登徒子」就成為貪戀女色不擇美醜者的代名詞。

告子曰：「食、色，性也。」孟子〈盡心下〉也說：嘴巴喜歡美食，眼睛喜歡美色，四肢喜歡安逸，這都是人的本性。張生喜歡美色，卻因為尚未遇到喜歡的女子而不近女色，直到遇見崔鶯鶯才熱烈追求，可見鶯鶯的姿色絕麗，為世間少有。然而在歡情轉薄之後，張生卻將曾經喜愛過的女子比喻為「尤物」、「妖孽」，甚至需要「忍情」才能戰勝，實乃薄倖者為將自己的行為合理化，因此刻意貶低女性的心態。

歷久彌新說名句

「尤物」一詞出現甚早，《左傳．昭公二十八年》便有記載。晉國大夫叔向想娶申公巫臣的女兒，但他的母親則想要他娶自己親族的女兒，為了說服叔向改變心意，叔向的母親說：「天鍾美於是，將必以是大有敗也。」意思是上天將美麗集中在這女子身上，必定是要用她來敗壞事物，且「夫有尤物，足以移人；苟非德義，則必有禍」，此處的「尤物」指特別美貌的女子，意指美女能夠移易人的情志，若不是極有道德正義的人，必定會遭受禍害。叔向因此感到害怕，不敢娶巫臣的女兒。

歷史上許多傾國傾城的女人，憑藉美貌改變男性的意志，甚至扭轉歷史走向，也讓「尤物」一詞蒙上不祥之名。

《紅樓夢》中也有這樣一位尤物。尤三姐是外貌標緻、性情剛烈的女子，被賈府中如賈璉等好色之徒垂涎，但尤三姐心中認定非柳湘蓮不嫁。第六十六回中，柳湘蓮向賈寶玉詢問尤三姐為人，寶玉先是恭賀柳湘蓮，說：「難得這個標緻人，果然是個古今絕色。」但又暗指尤三姊姊妹品行不佳，柳湘蓮聽了大大吃驚，於是向尤三姐索回作為聘禮的鴛鴦劍。尤三姐知道柳湘蓮反悔，認為他嫌棄自己，竟自殺而死，懊悔不已的柳湘蓮撫棺大哭，最後竟看破紅塵離世出家。

賈寶玉用「混」、「尤物」等字眼形容尤三姐，自然帶有蔑視意味，這般態度影響了柳湘蓮對尤三姐的評價，雖是無心之過，但也壞了一段姻緣，害死一條人命。

遇合富貴，乘寵嬌，不為雲，不為雨，為蛟為螭，吾不知其所變化矣

名句的誕生

張曰：「大凡天之所命尤物也，不妖其身，必妖於人。使崔氏子遇合[1]富貴，乘[2]寵嬌，不為雲，不為雨，則為蛟[3]，為螭[4]，吾不知其所變化矣。昔殷之辛[5]，周之幽[6]，據百萬之國，其勢甚厚。然而一女子敗之，潰其眾，屠其身，至今為天下僇笑[7]。予之德不足以勝妖孽，是用忍情。」

～元稹〈鶯鶯傳〉

完全讀懂名句

1. 遇合：亦作「會合」，遇見、碰到、遭逢的意思，也泛指一切的相遇而投合者。此處是指遇到合適的婚配富貴人家。
2. 乘：利用、憑藉。
3. 蛟：古代傳說中能發水的一種龍。
4. 螭：ㄔ，傳說中一種沒有角的龍，在古代建築或工藝品上常見到以它形狀作成的裝飾。
5. 殷之辛：殷，商朝。辛，商紂王的名字。指商朝的亡國君主紂王。
6. 周之幽：周，周朝。幽，周幽王的帝號。周幽王因為寵愛褒姒而造成犬戎進攻的災禍，最後被殺於驪山之下。
7. 僇笑：僇，ㄌㄨˋ，侮辱。指恥笑。

張生說：「大凡天命而生的特特出之物，即使不危害自己，也一定會造成災禍，禍延他人。如果崔鶯鶯能遇到富貴人家，憑藉著寵愛，一定能使出手段，若不能翻手成雲、不能覆手為雨，也會成為蛟、成為螭，我還真的不

知她會變成什麼啊！從前商紂王、周幽王，都是擁有百萬人口的國家之主，勢力強大。然而卻因為一個女子而使國家潰敗，甚至連自己也被殺了，至今仍然遭受天下人的恥笑。我的德行不足易勝過這種怪異不祥之物，只能克制自己的感情。」

名句的故事

龍，在中國的神話與傳說中，是一種神異動物，具有蛇身、鱷首、蜥腿、鷹爪、蛇尾、鹿角、魚鱗、口角有鬚、額下有珠的形象。前人分龍為四種：有兩角為龍，獨角為蛟，無角為螭，無腳為蠋。可惜〈鶯鶯傳〉舉出螭、蛟，完全沒有稱讚、尊崇的心態，而是男主角卑鄙、殘忍性格下的辯護之詞。

在〈鶯鶯傳〉中，張生的這幾句話，表面上是在敘述崔鶯鶯善於迷惑人心、諷刺她太會利用別人對她的嬌寵而使出手段，實際上根本是在為自己的「始亂終棄」脫罪。

張生的言語極其尖酸刻薄，他不但公開崔鶯鶯寫給他的情書，還把崔鶯鶯比喻成褒姒、妲己等歷史上禍國殃民的女禍之輩，甚至認為崔鶯鶯只要能嫁進富貴的人家，一定能更加「大展長才」，使出「不妖其身，必妖於人」的各種陰險手段。

「遇合富貴」的「遇合」，本來是指臣子遇到能善用其才的君主，因為彼此欣賞而情投意合、賓主相得甚歡，呂不韋的《呂氏春秋》就有一篇〈遇合〉：「凡遇，合也。時不合，必待合而後行。」意思是指人要找尋適合自己的機會。而杜甫〈貧交行〉中曾說：「翻手作雲覆手雨，紛紛輕薄何須數。」詩句的意思是說，翻手時是雲、覆手時便成了雨，世上的輕薄之徒，真的是多到數不清！此後「翻手為雲，覆手為雨」常被人們拿來形容反覆無常、善於要手段，搬弄權術。

歷久彌新說名句

近現代作家茅盾，在小說《手的故事》中曾經諷刺的說：「猴子雖然有手，卻不會製造工具，至於『翻手為雲，覆手為雨』，猴子更不會。」而〈鶯鶯傳〉中的張生，想盡辦法的大放厥詞，拚命地醜化崔鶯鶯的形象，甚至不惜利用「層遞」的修辭技巧：「不為雲，不為雨」、「為蛟為螭」，只為了幫自己的負心行為辯護，譏諷崔鶯鶯在「遇合富貴」之後，肯定是如魚得水，更能恃寵而驕，掀起家庭風暴。

西漢文帝的身邊有一個男寵，名叫鄧通，文帝對他喜愛有加，即使鄧通當著朝臣的面前，數落君王舉止怠慢、有失禮節，文帝也不怪罪，甚至發明「弄臣」這個詞彙來稱呼鄧通。

奸臣弄權，是國家的不幸。而家族成員的你爭我奪，雖然只是「茶壺裡的風暴」，也常常是腥風血雨，悲劇收場。小說《紅樓夢》裡的鳳姐，最令人津津樂道的評語：「機關算盡太聰明，反算了卿卿性命。」王熙鳳聰明伶俐，一生處心積慮的討長輩歡心，依勢擅權、作威作福，四處奪取搜刮、傷害人命的結果，弄得家破身亡一場空。而近年來華人世界時興的「後宮佳麗鬥爭」電視劇戲碼，則是將家庭風暴的場景搬到宮廷，敘述歷朝各代期望「母憑子貴」的貴妃娘娘們，在宮中內廷昏天暗地的勾心鬥角，倒是真的應驗了〈鶯鶯傳〉的「遇合富貴，乘寵嬌，不為雲，不為雨，為蛟為螭」這句話。

還將舊時意，憐取眼前人

名句的誕生

後數日，張生將行，又賦一章以謝絕[1]云：「棄置今何道[2]，當時且自親。還將舊時意，憐取眼前人。」自是[3]，絕不復知矣。

～元稹〈鶯鶯傳〉

完全讀懂名句

1.謝絕：推辭、拒絕。
2.道：說。
3.自是：從此。

過了幾天，張生即將離開了，崔鶯鶯又寫了一首詩徹底拒絕他：「既然那時拋棄了，現在還有什麼好說呢？當初我們之間有過那麼多親愛深情。還是將這片難以忘懷的心意，拿來憐惜此刻在你眼前的人吧。」從此以後徹底斷絕音信。

名句的故事

自從張生將崔鶯鶯貶為禍水尤物，用「忍情」斷絕關係之後，過了一年多，崔鶯鶯與張生各自婚嫁。有一次，張生經過崔鶯鶯的住處，透過她的丈夫向崔鶯鶯請求以表哥的身分相見，但鶯鶯始終不出現，張生於是將怨恨的心思明顯表現在臉上。崔鶯鶯知道了之後，暗中寫了一首詩給張生，但仍不肯見他。幾天後張生即將離開了，崔鶯鶯又再寫了這一首詩，表達徹底拒絕的意思。

鶯鶯給張生的拒絕詩總共有兩首，第一首：「自從消瘦減容光，萬轉千回懶下床。不為旁人羞不起，為郎憔悴卻羞郎。」意思是自從我因相思而消瘦，往日的容貌風采已不復見，心中有千萬種思緒纏繞，但這般模樣使我懶得下床見人。羞愧不肯起身的原因不是為了別人，實在是為你憔悴而又羞於見你。

由此二詩可見，崔鶯鶯對張生仍舊滿懷情意，但面對薄倖的情郎，她勇敢斬斷情絲，承擔自己勇敢追求愛情又被始亂終棄的後果，即使舊情人的回頭挑逗，她也始終理智而堅定，以禮防大義拒絕這個不該愛的男人，甚至提醒他：不該傷害自己現在的妻子。

當時的人多半認為張生是「善補過者」，懂得急流勇退，修正行為，因為張生不僅正義凜然地拒絕被妖物迷惑，更不時在聚會中向朋友宣揚，甚至公開崔鶯鶯寫給他的信，使這段戀情不過是一時腳步行錯踏差的人生出軌，且能作為大家的警惕。

但從今日的角度來看，面對往日戀情，即使張生與崔鶯鶯同樣「理智」，然始終帶著情感祝福對方的崔鶯鶯，其智慧與胸襟度量，或許較張生更勝一籌。

歷久彌新說名句

崔鶯鶯提醒張生的「不如憐取眼前人」，此句後為北宋著名詞人晏殊所用。其〈浣溪沙〉一闋，下片言：「滿目山河空念遠，落花風雨更傷春。不如憐取眼前人。」眼前所見的山河已讓人心情沉重，更何況風雨對繁花的摧折，更勾引人的傷春情懷。既然這般情緒都徒勞無益總成空，不如珍惜眼前這輕歌曼舞、窈窕解語的美人吧。

而杜甫〈佳人〉詩中有這樣一句：「但見新人笑，那聞舊人哭。」喜新厭舊從來就是人之常情。但唐代詩人孟棨的《本事詩》中則記載了「破鏡重圓」的故事。陳朝末年政治動盪，徐德言知道一旦國破，自己將無法保護妻子樂昌公主，於是將一面銅鏡摔成兩半，夫妻各持一半，約定往後每年正月十五日在街上叫賣破鏡，直至找到對方下落。陳亡之後，樂昌公主被許配給隋朝大臣楊素，十分受寵，然徐德言一路顛沛流離。三年後，破鏡終於重圓，久別的夫妻得以相見，但一邊是細心體貼，照顧自己多年的楊素；一邊是結髮盟約，如今已蒼老不堪的徐德言，樂昌公主同時面對新舊兩任丈夫，哭笑不是，左右為難，於是寫下了這樣一首詩：「今日何造次，新官對舊官；笑啼俱不敢，方驗作人難。」心中的複雜情緒難以言喻。楊素惻隱之心大動，將公主送還徐德言，終於使夫妻團圓。

面對舊情人與現任丈夫，崔鶯鶯既惦念舊情，又顧及眼前丈夫的感受，在新人與舊人之間「笑啼俱不敢」，著實感到為難，只好勸對方忘卻過去，各自珍重眼前人。

夫娼以色事人者也，非其利則不合矣

名句的誕生

夫娼[1]以色事[2]人者也，非其利則不合矣。而楊能報帥以死，義也；卻[3]帥之賂，廉也。雖為娼，差足多[4]乎！

～房千里〈楊娼傳〉

完全讀懂名句

1. 娼：娼妓，或指古代以歌舞演戲為業的人。
2. 事：侍奉。
3. 卻：拒絕。
4. 足多：值得讚美。

娼妓，是靠色相來侍奉人的，如果沒有得到利益就不會與人結合。但是楊娼能以死報答元帥對她的恩情，這是義；拒絕元帥給她的財貨，這是廉。雖然是娼妓，還是值得讚美的。

文章背景小常識

唐代傳奇，是在六朝志怪小說和商業經濟發達的社會基礎上發展起來的。各級官府有官妓和擔任演出、歌舞、音樂事務的教坊女子，依色藝高低分為不同等級，一般士人與妓女的關係也十分密切，白行簡〈李娃傳〉、蔣防〈霍小玉傳〉，和本篇的〈楊娼傳〉都揭露了此種關係的某些面向。

故事中的楊娼是長安城著名的絕色美人，又善打扮，因此王公大人爭邀，年輕人為她家破人亡也不後悔。嶺南某元帥，好遊樂，也拜伏在楊娼的石榴裙下，苦於曾與妻約定，變心便死於刀劍之下，所以偷偷用重金贖出楊娼，至南海另置館舍金屋藏嬌，公務之餘便前去找她相伴，楊娼也謹守分寸，厚待元帥身邊的人，使元帥更寵愛她。

隔了一年，元帥重病，想找楊娼又忌妻妒，便假監軍騙元帥妻，想請楊娼偽裝成婢女入府服侍。沒想到事跡敗露，元帥妻帶數十健壯婢女，在庭院燒起油鍋，就等楊娼入府。元帥聽說此事，慌忙派人阻止楊娼前來，又送她珍奇寶物，護送她回北方。但是元帥憤恨交加，不到十天後就死了。

楊娼哭著把元帥所贈歸還，設靈祭奠，說：「將軍是因我而死。將軍既然死了，我活著又有什麼意思呢？」於是以死相殉。

楊娼為報答元帥恩情而死，而且不受財貨，人雖然死了，卻留下義與廉的美名。

名句的故事

娼妓靠色藝事人，得到利益，士人則因娼妓的美貌與才華而接近，士與娼關係的建立，本是基於供需的市場需求，但因為人性的表現，卻成就出一篇篇傳奇的際會。

唐代的娼妓並非真的都是賣身的妓女，許多人是擅長歌舞演奏的女子，例如大詩人白居易在〈琵琶行〉中提到的琵琶女，就是以擅長彈奏琵琶而成為名噪一時的樂妓。在〈琵琶行〉中，更寫出了當紅歌妓在表演時的盛況：「五陵年少爭纏頭，一曲紅綃不知數，鈿頭雲篦擊節碎，血色羅裙翻酒污。」富貴子弟爭相給歌妓纏頭、紅綃作為獎賞，鑲嵌花形的飾物和雲紋梳子在表演時隨節拍而拍碎了，鮮紅色的裙子被翻覆的酒弄髒……琵琶女在當紅的全勝時期，財富得來如此容易，因此毫不顧惜心疼地浪費。由此想見，名貫一時的楊娼在受歡迎的程度上也不亞與此。

然而以色事人，豈能久乎？在〈琵琶行〉中，白居易描寫名噪一時的樂妓後半生：「弟走從軍阿姨死，暮去朝來顏色故，門前冷落車馬稀，老大嫁作商人婦。」即使曾經受到富貴子弟、官宦富豪的追捧，然而隨著年老色衰，逐漸失去顧客，不得不下嫁給商人為妻，過著與往昔熱鬧毫不相干的冷清生活。

士人與娼妓來往密切，是唐代的普遍現象，例如白居易家中便蓄有歌妓，而「櫻桃小口」、「小蠻腰」分別是他對歌妓樊素、小蠻兩人的形容。士人如此，嶺南元帥與楊娼來往頻繁也不是稀奇的事。

歷久彌新說名句

在〈楊娼傳〉中，嶺南元帥妻子的表現相當突出，她甚至與元帥定下變心將死於刀劍的約定，導致元帥雖然喜歡楊娼，卻只能與她暗中往來，甚至為了欺瞞妻子，設計讓楊娼喬裝婢女入府服侍。

然而元帥的妻子在得知消息後，為捍衛婚姻，竟率領健壯的婢女，在庭院中燃起油鍋，這種打算玉石俱焚的態度令元帥畏懼，不得不與楊娼分手。

相較於元帥夫人敢愛敢恨的表現與楊娼至情至性的態度，在〈楊娼傳〉中，元帥的性格顯得十分懦弱，一方面想瞞住妒妻，另一方面又想享齊人之福，結果兩個女人都因為他得不到幸福。

其實將領與美人的遇合不只這一例，在稗官野史的傳說中，南宋的梁紅玉本是妓女出身，為將軍韓世忠所救，梁紅玉感其恩義，以身相許。她曾獻計誘兵深入，擊鼓為號，使金兵誤中埋伏，死傷無數，保家衛國的同時，也成就了韓世忠的威名戰功。

蕙蘭弱質，不能自持

名句的誕生

咸通初，遂從冠帔1於咸宜，而風月賞翫之佳句，往往播於士林。然蕙蘭弱質，不能自持，復為豪俠所調，乃從遊處2焉。於是風流之士，爭修飾以求狎。或載酒詣3之者，必鳴琴賦詩，間4以謔浪5。

～皇甫枚《三水小牘．綠翹》

完全讀懂名句

1.冠帔：帔，ㄆㄟˋ。古代官家夫人的服飾。
2.遊處：交遊相處。
3.詣：到。
4.間：有時，間歇。
5.謔浪：指嘲謔、放浪的調情言辭

咸通初年，魚玄機就在咸宜觀入道做了女道士，而她閒暇賞玩時所創作的詩句，也常在文人圈中流傳。然而她資質美好卻性格軟弱，難以把持自己，所以常被豪客俠士調戲，與他們廝混交遊。於是一些生性放誕的人士競相打扮外表，以求一親魚玄機的芳澤。有的人拿著酒菜到她的居處飲酒作樂，彈琴、吟詩，並間雜著說些戲謔調情的話。

文章背景小常識

本篇出自皇甫枚《三水小牘》。篇題〈綠翹〉，實則主角為魚玄機，綠翹則是枉死後施展離奇報復的重要配角，全文故事敘述唐代女道士魚玄機因妒殺死婢女綠翹，獲罪處死的真實案件。

《唐才子傳》稱魚玄機「性聰慧，好讀書，尤工韻調，情致繁縟」。現今可考的詩作便有四十九首之多。少女時期曾為妓女，與溫庭筠等名士交往，後為士人李億之妾，卻遭正妻妒恨而遣送至咸宜觀修道。

成為女道士的魚玄機並無修行之實，而是以女冠（女道士）名義與諸多名士交流酬唱，成為文人圈有名的交際花。雖然因感情糾葛香消玉殞，但魚玄機出眾的才貌與糾葛愛情，是唐代文壇難以抹滅的焦點，也是現今諸多學者與小說影劇的探討對象。

名句的故事

魚玄機是唐代知名的女道士，貌美才高，與諸多文人皆有交遊，甚至露水姻緣。〈綠翹〉中的這段文字，便是描述魚玄機雖有名義上的道士身分，實際上卻是以美色才藝揚名立足的交際花，鎮日送往迎來，耽溺於眾男子的吹捧示愛與聲色調笑中。

道教承認女仙的存在，部分理論甚至認為女子天生比起男子更適於煉仙修道，男女地位較之世俗社會更對等一些，女道士比起傳統婦女也有更充分的行動自由與公眾交際空間。唐代女子入道者不在少數，或為修道，或為守寡，也有像楊貴妃、李季蘭、魚玄機這類名義上入道，實際上兼具美色與才藝，身分行動相當獨立自由的女子。然而女道士與一般女子大相逕庭的開放生存樣態，也招致不少私德批評，予人淫亂的印象。如孫光憲《北夢瑣言》便直言魚玄機「自是縱懷，乃娼婦也」，是披著宗教外衣的妓女，有相當嚴厲的苛評。然而〈綠翹〉這段文字描述魚玄機條件出眾，因「蕙蘭弱質」，難以把持少女情竇初開的自我，以致受男人誘惑，縱情風月，對其交際花生活的描述較為含蓄隱晦，也不無同情感嘆的意味。

歷久彌新說名句

〈綠翹〉一篇引述魚玄機諸多詩句，著意展露這位唐代才女的驚人才華。相傳魚玄機曾登上崇真觀南樓觀看新榜進士題名，賦七言絕句一首：「雲峰滿目放春情，歷歷銀鉤指下生。自恨羅衣掩詩句，舉頭空羨榜中名。」頗有不甘屈居女身，願為男子一較詩才的不凡志氣。除了小說中引述的「綺陌春望遠，瑤徽秋興多」、「殷勤不得語，紅淚一雙流」、「焚香登玉壇，端簡禮金闕」、「雲情自鬱爭同夢，仙貌長芳又勝花」等詩句以外，〈江陵愁望寄子安〉也是魚玄機的知名作品：「楓葉千枝復萬枝，江橋掩映暮帆遲。憶君心似西江水，日夜東流無歇時。」

綜觀魚玄機的五十首詩作，大多為旖旎纏綿，婉倩悲淒的情詩，流露女子對愛情的幽怨與憧憬，與對心儀對象或熱戀、或幽怨等多樣風情。於〈賣殘牡丹〉中「應為價高人不問，卻緣香甚蝶難親」一句，我們可讀出魚玄機恃才傲物的性格。而〈贈鄰女〉裡「易求無價寶，難得有心郎」的喟嘆，更是膾炙人口的名言，同樣展露出佳人孤芳自賞，卻苦無良人真心對待的閨怨。

易求無價寶，難得有心郎

名句的誕生

遂錄玄機京兆府，府吏詰[1]之辭伏[2]，而朝士多為言者。府乃表列上，至秋，竟戮之。在獄中亦有詩曰：「易求無價寶，難得有心郎。明月照幽隙，清風開短襟。」此其美者也。

～皇甫枚《三水小牘．綠翹》

完全讀懂名句

1. 詰：追查、查辦。
2. 伏：認罪。

於是便將魚玄機逮捕歸案，交由京兆府審理。官吏查辦此案時，她雖俯首認罪，然而朝中卻有許多人替玄機說情。京兆府官吏只好將此案呈報皇帝，到了秋天，還是將魚玄機處決了。在獄中，魚玄機也寫了詩：「易求無價寶，難得有心郎。明月照幽隙，清風開短襟。」這是她詩句中最具文采的一篇。

名句的故事

魚玄機因懷疑女侍綠翹與自己的門客有染，妒恨交加，連夜將綠翹審問鞭打致死。綠翹彌留之際指責魚玄機：「欲求三清長生之道，而未能忘解佩薦枕之歡，反以沈猜，厚誣貞正。」明明棲身道門，卻耽溺男女情事難以自拔，還因此猜忌無辜婢女。故事的結尾似乎暗示冥冥中自有報應，埋在後院的綠翹屍身招來蒼蠅，終究使這樁殺人案東窗事發，魚玄機鋃鐺入獄。不過入獄後的魚玄機反倒流露哀莫大於心死的平靜，不僅慨然承認罪狀，還寫下深具情致的詩句，真切道出女子渴盼愛情而不可得的寂寥。

這首詩原題〈贈鄰女〉，全詩為「羞日遮羅袖，愁春懶起妝；易求無價寶，難得有情郎。枕上潛垂淚，花間暗斷腸；自能窺宋玉，何必恨王昌。」小說引述的詩句與原作略有出入，以明月、清風等疏朗意象，將原本的纏綿傷懷轉化為一種淡然疏蕩的風骨，似乎更著意表現魚玄機的不凡氣度。起初這位女子何等風華絕代，卻因情關難過自甘沉淪，和婢女爭寵吃醋，最終走火入魔的癡心將自己逼上了絕路。無論是玩火自焚的魚玄機，抑或無辜枉死的綠翹，都是令人同情、命運多舛的不幸女子。

歷久彌新說名句

魚玄機「易求無價寶，難得有心郎」一語，精闢道出女子難尋真愛，自憐自喟的困境。早在西漢，卓文君〈白頭吟〉便道：「願得一心人，白首不相離。」覓得如意郎君長相廝守，是古代中國多數女子的心願，即使是才華洋溢、經濟相對獨立的妓女、女冠也不例外。可惜這願望看似單純，在一夫多妻、難以自主戀愛的古代中國卻不容易達成。

《聊齋誌異》中有一個故事，杭州名妓瑞雲貌美而有才，名聲響亮，她看上了家境中等的賀姓書生。賀生雖然仰慕瑞雲，卻無力為她贖身，正當兩人一籌莫展之際，一名秀才與瑞雲相見。秀才以指按住她的額頭，連呼「可惜」，隨後離去。瑞雲很快發現額頭上出現黑色指印，指印蔓延開來，遍布全臉，從此再也沒有客人登門見她，身價驟跌。

得知消息，賀生典當家產將瑞雲贖回。瑞雲自認貌醜，只願為妾。賀生卻說：「人生難得一知己，昔日妳鼎盛時不曾看不起我，我怎麼會因為妳落魄了而忘記妳呢！」不顧旁人嘲諷，不肯娶妻，只與瑞雲相守。

後來賀生在旅途中遭遇一位和姓書生，施法讓瑞雲恢復了原本的美貌，成就了兩人的一段良緣。

對於魚玄機或怒沉百寶箱的杜十娘這般美貌聰慧的交際花而言，賺取物質享受並非難事，但終日送往迎來，卻罕有真心良配。她們終生等待，不過只是一個像聊齋故事中這般有情有義的有心郎賀生，而她們的感傷喟嘆，或許也是諸多遇人不淑女子的心聲。

一覩傾城貌，塵心只自猜。不隨蕭史去，擬學阿蘭來

名句的誕生

象發狂心蕩，不知所持，乃取薛濤箋[1]，題絕句曰：「一覩[2]傾城貌，塵心只自猜，不隨蕭史[3]去，擬學阿蘭[4]來。」以所題密緘之，祈門媪達非煙。煙讀畢，吁嗟良久，謂媪曰：「我亦曾窺見趙郎，大好才貌。此生薄福，不得當之。」蓋鄙武生麤悍[5]，非良配耳。

～皇甫枚《三水小牘．非煙傳》

完全讀懂名句

1. 薛濤箋：唐代女詩人薛濤製作的深紅紙箋，相傳由浣花溪水、木芙蓉皮、芙蓉花汁所製，是唐代文壇盛行的風雅文具。
2. 覩，通「睹」，指觀看、看見。
3. 蕭史：《列仙傳》中記載，秦穆公時，蕭史善於吹簫，成功以簫聲贏得秦穆公之女弄玉的芳心。
4. 阿蘭：《搜神記》中記載，東漢美女杜蘭香為天仙下凡，主動與凡人張碩相戀。
5. 麤悍：麤，通「粗」。在此指行止粗魯凶悍。

趙象為了非煙欣喜發狂，心神搖蕩，已不知如何把持自己了。於是他取來薛濤箋，寫下一首絕句：「一見到妳的傾城美貌，我的心便暗自惶惑浮想，希望妳不要像弄玉那般隨蕭史乘仙而去，而如仙女杜蘭香翩然下凡，尋求她人間的夫婿。」趙象將寫好的詩密封，請求看門的老太婆轉交給非煙。非煙讀完，感慨嘆息

許久，對老太婆說：「我也曾偷偷看見過趙郎，才華相貌都極好。只可惜我這輩子福分淺薄，配不上他。」話中含意其實鄙視丈夫武功業粗魯凶悍，並不是理想的配偶。

文章背景小常識

〈非煙傳〉出自皇甫枚的《三水小牘》，描述臨淮武公業的寵妾步非煙色藝雙全，令年輕公子趙象一見傾心，進而熱烈追求的禁忌愛情故事。

趙象賄賂武家門房下人，向非煙傳遞情詩。詩書往返數次後，非煙被他的熱情打動，兩人陷入熱戀。但後來非煙因懲罰侍女，被心有不甘的侍女向武公業告發偷情。武公業設下埋伏，當場抓獲兩人幽會。趙象匆忙逃脫，而非煙則被武公業狠狠鞭打審問，卻至死不願供出偷情始末。弄出人命的武公業心慌之餘，藉口非煙暴斃，將她草草埋葬。後來趙象改名換姓逃往異鄉，這件事情不了了之。事後，兩位文人以詩表達出對非煙的不同看法，然而貶抑非煙的文人無故暴斃，使整樁故事憑添一抹奇詭幽怨的色彩。

名句的故事

趙象心儀非煙，寫情詩表明戀慕之意，於詩中引用蕭史與杜蘭香兩則愛情典故。

《列仙傳》中記載，秦穆公時，有個善於吹簫的才子蕭史，以樂曲成功打動秦穆公的女兒弄玉的芳心。兩人終日相偕琢磨音樂，絕妙的合奏甚至引來鳳凰流連，最後蕭史與弄玉歸隱華山，旋即乘龍鳳遊仙而去，是樁雙宿雙飛的圓滿愛情韻事。

趙象在引用蕭史與弄玉的美滿良緣故事後，更進一步引用女仙落凡尋夫的典故（《搜神記》中記載，東漢有個主動下嫁凡人的仙女，名叫杜蘭香，最後扶助夫君張碩得道成仙），除了盛讚非煙才貌如仙，也有希望女方更為主動的暗示。

只是非煙已名花有主，自然不可能如女仙般來去自如，趙象的詩篇雖然情意真切，卻也因急切而顯得失度甚至猥瑣。然而非煙對趙象頗有好感，半推半就寫下「郎心應似琴心怨，脈脈春情更泥誰」的曖昧詩句。趙象因此知曉有機可乘，持續寫詩調情。小說也補充非煙不快樂的婚姻處境：其夫性情粗暴急躁，並非理想伴侶，這也側面表達正值花樣年華的非煙，對愛情仍有一定程度的渴望。

歷久彌新說名句

趙象寫給非煙的第一首詩，明確表達他對非煙的傾慕愛意，而漢代司馬相如的〈鳳求凰〉，也是首男子向女子表達露骨愛意的情詩，「有豔淑女在此方，室邇人遐獨我傷。何緣交頸為鴛鴦，胡頡頏兮共翱翔」、「交情通體心和諧，中夜相從知者誰？雙興俱起翻高飛，無感我心使予悲」。司馬相如以飛鳥代表自身渴望衝破束縛，與佳人雙宿雙飛的心境，成功打動寡婦卓文君的芳心。

唐代詩人張籍的〈節婦吟〉，則描述了另一種愛情面貌：「君知妾有夫，贈妾雙明珠。感君纏綿意，繫在紅羅襦。」有夫之婦幾經掙扎，終究婉拒另一位男子的熱情；「知君用心如日月，事夫誓擬同生死。還君明珠雙淚垂，恨不相逢未嫁時。」女子深感男子真誠，也曾為此心動，但最後仍嚴正表達追隨丈夫的志向，婉謝男子的情意。而〈非煙傳〉的感情特殊之處，就在於非煙最後接受趙象的追求，大膽偷情，做出〈節婦吟〉女主角不敢也不願的抉擇，這段祕戀也因而帶有朦朧刺激的禁忌色彩。俗語曾說「妻不如妾，妾不如偷」，李後主於〈菩薩蠻〉一詞描寫與小周后幽會：「剗襪步香階，手提金縷鞋。畫堂南畔見，一向偎人顫。」具體描繪出偷情少女緊張卻熱情的媚態，表達偷情對於男女雙方皆具有情不自禁、戰戰兢兢的吸引力。

生得相親，死亦何恨

名句的誕生

迨[1]夕，如常入直[2]，遂潛於里門。街鼓既作，匍伏而歸。循墻至後庭，見飛煙方倚戶微吟，象則據垣斜睇。公業不勝其忿，挺前欲擒。象覺，跳去。公業搏之，得其半襦[3]。乃入室，呼飛煙詰之。飛煙色動聲顫，而不以實告。公業愈怒，縛之大柱，鞭楚血流。但云：「生得相親，死亦何恨。」

～皇甫枚《三水小牘．非煙傳》

完全讀懂名句

1. 迨，等到。
2. 直：通「值」，指輪值、值班。
3. 襦：上身短衣。

等到黃昏，武公業佯裝如往常一般出門輪值，卻潛藏於小巷門邊。等到街上更鼓聲響後，屈身潛行，悄悄回家。他沿著外牆走到後院，正巧看見非煙倚門輕聲吟詩，而趙象爬牆頭斜看非煙。公業見狀非常憤怒，衝上前想捉拿趙象，卻被趙象發覺，連忙跳牆逃跑。公業想要抓住對方，卻只扯下半截短衣。公業進到房內，叫出非煙加以盤問。非煙臉色大變，聲音顫抖，卻不願說明實情。公業更加氣憤，將非煙綁在大柱子上，鞭打出血。但非煙只說：「活著時能彼此親愛，即使為此而死又有什麼遺憾。」

名句的故事

非煙與趙象陷入熱戀，但非煙是武公業的

小妾，而趙象正在服喪，兩人的戀情為世俗社會所不容，所以即使歡愛繾綣，也只敢偷偷摸摸地幽會，不敢公諸於世。

對於身為女子的非煙，偷情是悖德不貞的重罪，因此與趙象初次幽會時，非煙便泣訴：「勿謂妾無玉潔松貞之志，放蕩如斯。直以郎之風調，不能自顧。」澄清自己並非生性浪蕩，而是心傾趙象的性情風采，冀求獲得趙象的寬慰諒解。然而當東窗事發時，趙象卻立時跳牆遁逃，拋下非煙獨自承受偷情的苦果。

從非煙起初「色動聲顫，而不以實告」的反應，可知她非常害怕丈夫的責問審判。憤怒的武公業問不出真相，綁縛非煙鞭打她至死，而非煙在驚怖劇痛中，只幽幽說出「生得相親，死亦何恨」一語。

非煙至死沒有說出偷情的對象與過程，卻已坦然道出自我的心境：渴望獲得真實的情感，即使為此而死亦在所不惜。面對丈夫的審判，她自知理虧，痛哭求饒無用，驚慌脫罪也是無益，但直至死前，並未針對偷情一事認錯，淡淡數語，表達出她始終忠於自我的真實情感。

歷久彌新說名句

非煙「生得相親，死亦何恨」一語，表達出女子熱烈追求真愛，即使為愛而死也在所不惜的情感。漢代樂府詩〈上邪〉中，我們也見到渴望與情人相知的女子，發誓「山無陵，江水為竭，冬雷震震夏雨雪，天地合，乃敢與君絕」，藉由描述各種幾乎不可能發生的自然現象，證明自己的愛何等熱烈綿長。而敦煌曲子詞中〈菩薩蠻〉中亦有「枕前發盡千般願，要休且待青山爛。水面上秤錘浮，直待黃河徹底枯」之語，同樣以質樸歌詩表達了女子訴愛的激切。

晚唐詩人李商隱〈無題〉中說：「春蠶到死絲方盡，蠟炬成灰淚始乾。」以蠶拚命吐絲和蠟燭焚燒殆盡兩種意象，表達出全然耗盡生命極限的專注投入。這類破壞力強大的纏綿情感固然淒美赤誠，但似乎也是危險的兩面刃，若識人不清，可能導致一相情願的自我毀滅，而另一方面對情人或許也是不可承受之重。

當我們回顧〈非煙傳〉，察覺非煙癡戀的情人趙象輕薄挑逗在先，怕事潛逃在後，為感情犧牲奉獻的程度遠不如非煙，不免感嘆非煙的真情所託非人。

恰似傳花人飲散，空牀拋下最繁枝

名句的誕生

洛中才士有崔、李二生，常與武掾[1]遊處[2]，崔賦詩末句云：「恰似傳花[3]人飲散，空床拋下最繁枝。」其夕，夢飛煙謝曰：「妾貌雖不迨桃李，而零落過之。捧君佳什，媿[4]抑無已。」

～皇甫枚《三水小牘．非煙傳》

完全讀懂名句

1. 武掾：「掾」為古代官署屬員的通稱，在此指武公業。
2. 遊處：交遊相處。
3. 傳花：指士人飲酒時攀折美麗花朵，彼此傳遞，一般拿到花的人需行酒令。
4. 媿：通「愧」，慚愧之意。

洛陽有才士人中有崔、李兩位書生，常與武功曹交往相處。崔生針對非煙一事寫了一首詩，最末句是：「恰似傳花人飲散，空床拋下最繁枝。」當晚，崔生便夢見非煙前來答謝說：「我的容貌雖比不上桃李，但凋零落敗的情狀卻超過它們。拜讀您的佳作，我不禁既慚愧、又仰慕。」

名句的故事

與武公業頗有交情的兩位文人針對非煙之死，特意寫詩抒發感想，而兩人的詩句也大致代表輿論對非煙的分歧意見。

崔生的詩句中形容非煙的命運如繁盛鮮花，被人折來行酒令，可惜宴飲結束後，這朵花卻被人拋棄，孤單無依，表達對出非煙命運的惋惜，以盛開繁花對照酒盡人去的寥落，暗示美人無好命，如鮮花無法開花結果，徒然成為人宴飲的娛樂玩物。而李生則將非煙與「墜樓人」，也就是梁朝石崇的寵妾綠珠相對照，當石崇受縛被殺，綠珠不願苟活，跳樓慘死，而非煙卻是因偷情而被鞭打至死，批判她不守婦德。

彷彿地下有靈，非煙於同一晚分別入夢回應兩人，她溫柔答謝崔生的體諒，卻斥責李生：「士有百行，君得全乎？」這段話化用《世說新語．賢媛篇》中許允婦責問丈夫的言語，指責士人以嚴格標準檢視婦女，眼高於頂，卻鮮少反躬自省。

〈非煙傳〉中，作者皇甫枚運用志怪手法，不正面評論，而是以非煙的賞罰表現出他對這樁事件的看法。作者欣賞非煙，更憐惜她死得沉默而冤枉。丈夫武公業以暴斃為藉口掩飾殺人事實、情夫趙象遁走他鄉，但事後寫詩評論的文人，雖知曉事件始末，卻僅止於文墨的抒發或消遣。非煙重視真情，即使崔生的體諒僅是寥寥數語，她也答謝珍惜，至於不通人情的道學家，在小說的世界裡，作者讓非煙親自實現了她的正義。

歷久彌新說名句

以花受挫凋零，暗喻女子紅顏薄命，是中國文學常見的傳統。如杜牧〈金谷園〉中：「日暮東風怨啼鳥，落花猶似墜樓人。」以落花比擬石崇跳樓尋節的寵妾綠珠的命運。再如歐陽修《再和明妃曲》中：「明妃去時淚，灑向枝上花。狂風日暮起，飄泊落誰家。紅顏勝人多薄命，莫怨春風當自嗟。」形容明妃的遭遇，就如花朵隨風吹蕩，無力改變自身無依的命運。

最經典的是《紅樓夢》第二十七回，曹雪芹藉林黛玉口占〈葬花吟〉，抒發以花自喻，自憐自傷的嘆息。如「一年三百六十日，風刀霜劍嚴相逼，明媚鮮妍能幾時，一朝漂泊難尋覓」，描寫花朵賞味期短，處境卻有諸多困難；「花謝花飛飛滿天，紅消香斷有誰憐」、「一朝春盡紅顏老，花落人亡兩不知」，描述花朵默默殘敗，卻已無人關心。

人只被花之外表短暫吸引，卻鮮少深入理解、同情花朵脆弱的內在與命運，自然也不可能施以援手。而女子的生命，也如花空自芬芳，卻任外界欺凌擺布，無法自主，可說是以花比擬女子的文學脈絡下，一篇細膩的詮釋總結。

兆亂於太平矣

100

生兒不用識文字，鬥雞走馬勝讀書

名句的誕生

當時天下號為「神雞童」[1]。時人為之語曰：「生兒不用識文字，鬥雞走馬勝讀書。賈家小兒[2]年十三，富貴榮華代不如。能令金距[3]期勝負，白羅繡衫隨軟轝[4]。父死長安千里外，差夫持道[5]輓[6]喪車[7]。」

～陳鴻〈東城老父傳〉

完全讀懂名句

1. 神雞童：本文主角賈昌因善鳥語，且能引領雞群做任何事，馴雞有一套，被稱為「神雞童」。
2. 賈家小兒：指賈昌。
3. 金距：鬥雞爪上所套上的金屬套具。
4. 隨軟轝：轝，ㄩˊ。指賈昌率領盛雞群隊伍，跟隨唐玄宗的車駕。
5. 持道：道路兩旁。
6. 輓：哀悼死者。在這裏指賈昌之父。
7. 喪車：運載靈柩的車子。

當時天下人都尊稱賈昌為「神雞童」。因而流傳一首歌謠：「天下父母生養兒女不用讀書識字，只要會玩鬥雞賽馬就行了，前途更勝過讀書。你看會鬥雞的賈昌才十三歲，他所享的榮華富貴勝過其他王公貴族。在他調教下，鬥雞爪上戴著金屬套具，成功打敗其他鬥雞。他曾穿著高貴的白羅繡衫，率領鬥雞群跟著玄宗皇帝去泰山參加封禪大典，就連賈父駕鶴西歸，埋葬的地點距離長安千里之外，送葬隊伍還沿路受到地方官員的協助。」

文章背景小常識

作者陳鴻運用倒敘手法敘寫老人賈昌因具備鬥雞技能，從小深受唐玄宗寵幸，但最後皇帝卻過於耽於遊樂，導致安史之亂誤國的故事。陳鴻曾與白居易同遊，在一次的聊天，談到唐玄宗和楊貴妃的故事，兩人一時興起，陳鴻寫了〈長恨歌傳〉，白居易則寫下了〈長恨歌〉，兩文流傳甚廣。而陳鴻的〈東城老父傳〉則是另一篇敘述關於唐玄宗故事的名篇。

賈昌是長安人，到元和年間，已有九十八歲。賈父因護駕玄宗有功，成為皇帝的貼身侍衛。賈昌七歲時，有個特殊專長，能聽得懂鳥語。剛好玄宗喜歡民間清明節的鬥雞活動，建造雞坊，精選五百位馴雞專長的人來治理，鬥雞風氣因而盛行於宮廷與民間。在玄宗一次出遊時，發現了賈昌的馴雞神通，加以重用，給他豐厚的賞賜，甚至在泰山祭天大典時，讓他穿著鬥雞服裝，親率龐大鬥雞隊伍隨行，就連賈父死後的葬禮，沿路都有百官協助處理。因此民間傳唱民謠，羨慕賈昌靠鬥雞一技獲得富貴，遠勝過讀書人。

賈昌的妻子是玄宗介紹的，因她善於歌舞，也受寵於楊貴妃。夫婦兩人育有二子，享盡榮華四十年。但因玄宗沉溺鬥雞遊戲，導致安史之亂。動亂期間，賈昌逃到佛寺隱居。後來陳鴻來到佛寺，見到賈昌，兩人一見如故，相談甚歡。透過陳鴻的記述，反映了玄宗一朝的真實面貌。

名句的故事

到底是擁有一技之長較好？還是讀書較好？歷代士人本以治國平天下為人生最高理想，但總有偶然的情況發生。唐玄宗時代，賈昌竟能以鬥雞一技躋身皇帝恩寵行列，享盡榮華富貴。由於玄宗提倡鬥雞活動，無論宮廷或民間、高官或平民都雅好此道。甚至貧戶也玩個假雞，鬥個乾癮，形成一代風潮。

賈昌在鬥雞風氣中脫穎而出，被玄宗所發掘，從此憑著鬥雞一技，加上他為人忠厚謹慎，深獲玄宗寵愛，博得神雞童的美名。時人因此感慨唱出了豔羨的流行歌謠，反映出當時人們不重讀書，僅求一藝博取富貴的心態。

無獨有偶，白居易的〈長恨歌〉中，也同時反映楊貴妃以女人之身獲得玄宗恩寵，而使世人有「遂令天下父母心，不重生男重生女」的感慨。這也表達出皇帝喜好什麼，人民就想跟隨，以邀取皇帝寵愛求富貴無憂的心態，好像天下人都為皇帝而生存，然而皇帝如果不懂反思節制，就像故事中所述，導致安史之亂的惡果也不遠了。

歷久彌新說名句

說到鬥雞，《列子．黃帝篇》和《莊子．達生篇》早有記載，周宣王聘任紀渻子為他養鬥雞的故事。紀渻子在訓練鬥雞的過程中，周宣王每十日親臨關心，總共來了四次，四十天後，紀渻子終於完成訓雞任務，他跟周宣王說「望之似木雞，其德全矣」，這就是「呆若木雞」一詞的來源。

《左傳》的昭公二十五年，也曾記載魯國有兩位諸侯因鬥雞結怨的故事。他們為了求勝，各自在鬥雞身上塗上粉末，爪上安裝金屬套具。而鬥雞爭勝技巧中，還有一種是抹上狐狸膏油，例如三國時期曹植在五言詩〈名都篇〉中，描寫鬥雞求勝時曾提到「願蒙狸膏助，常得擅此場」。因為雞天性怕狐狸，狸膏能使對方的鬥雞聞而生懼，甚至落荒而逃。

唐玄宗時期，皇帝極力提倡鬥雞風氣，形成了全民運動，此風也引起李白的批判。〈古風〉中曾說：「路逢鬥雞者，冠蓋何輝赫。鼻息干虹蜺，行人皆怵惕。」描寫路上遇到鬥雞的人，他們穿戴的官帽服飾光彩照人，而表現出來的氣焰，彷彿可以沖犯天上的彩虹和雲霞，街道上的行人都為之恐慌與害怕，具體描寫出雞童豪奢的服飾及驕氣不可一世的模樣，可與〈東城老父傳〉互為參佐。

兆亂於太平矣

名句的誕生

上生于乙酉雞辰[1]，使人朝服鬥雞，兆亂於太平矣[2]。上心不悟。

～陳鴻〈東城老父傳〉

完全讀懂名句

1. 雞辰：指的是玄宗誕生時，屬雞年。
2. 兆亂於太平：盛世中已顯現安史之亂將發生的預兆。

玄宗誕生於乙酉年生肖為雞的年分，所以命令百官身著朝服來鬥雞比賽。表面看來此時似歌舞昇平，是太平時代，但卻已顯露出即將爆發大亂的徵兆。可惜玄宗此時只沉迷於鬥雞娛樂，並未覺悟。

名句的故事

賈昌使盡鬥雞技能，令玄宗龍心大悅。玄宗也待賈昌不薄，幫他作媒。賈妻又憑著曼妙的歌舞技能，深受楊貴妃喜愛，夫妻兩人受到玄宗和貴妃的恩寵。當然，這對賈昌夫婦來說是極度幸運，但從國政上來看，卻是滿足玄宗和貴妃享樂私欲，終而荒淫誤國。

玄宗喜好清明節的鬥雞戲，在偶然的機緣下發現賈昌的鬥雞本領，進而恩賜他榮華富貴以及美滿家庭，這些表面上看似對賈昌的禮遇，實際不過是為了自己的享樂著想。每到元旦及清明節，玄宗還在驪山舉行慶祝大典，除歌舞助興外，賈昌指揮鬥雞進行表演。他穿著高貴的服飾，在雞群隊伍前，手持搖鈴，在廣場上指揮鬥雞振翼互鬥爭勝。

然而皇帝過於逸樂不理朝政，也不考量百官或人民的需求，只沉迷各種視覺感官娛樂，就連安祿山的叛亂之心也未察覺，最終導致了安祿山假藉討伐宰相楊國忠之名而叛變。

由此來看如果皇帝能保持清明，以治理朝政為主，減少荒淫逸樂，不要本末倒置，在太平盛世時，防患於未然，或許安史之亂是可避免的。

歷久彌新說名句

帝王創造太平盛世，固然值得歌頌，但也要時時警惕所為，預防勝於治療。玄宗前期厲精圖治，頗有政績，但後期耽於享樂，導致禍亂。玄宗的享樂不只是鬥雞一項而已，在《明皇雜錄》一書中說到：「上每宴賜酺，則御勤政樓，太常陳樂，教坊大陳尋橦、走索、丸劍、角觝、鬥雞，令官人數百，飾以珠翠，衣以錦繡，自幃中擊雷鼓，為〈破陣樂〉。」其中便提到了尋橦、走索、丸劍、角觝、鬥雞等五種遊樂活動。

尋橦是指爬長竿做各種表演，走索指的是走鋼索，兩手拋接兩三個小圓球稱作丸劍，角觝即摔角。

韓愈在〈進學解〉一文中說「業精於勤而荒於嬉」，告訴我們要勤於所立的功業，勿因嬉戲玩樂而荒廢。唐玄宗早期曾努力於朝政，晚期卻因逸樂而誤國，究其原因，是過度自滿與輕忽。看他熱愛鬥雞的程度，竟然還規定百官穿著鬥雞圖案的服裝，有點圖騰崇拜的味道，更顯現玄宗已陷入迷信的泥淖中。

《尚書．旅獒》曾說：「玩人喪德，玩物喪志。」形容人過度沉迷一樣東西，最終失去進取之心。《左傳》在閔公二年也曾記載諸侯因愛鶴而滅國的故事。話說春秋時期有位君主衛懿公，因對鶴沉迷，終日與白鶴為伴，恩賜官位為鶴大夫，讓牠乘坐高級車子，不理政事，終於引得北狄來犯。衛國軍士不肯出戰，反嘲弄懿公應率鶴親征，結果戰敗而死。

上倡優畜之，家於外宮，安足以知朝廷之事？

名句的誕生

鴻祖問開元之理亂[1]。昌曰：「老人少時，以鬥雞求媚於上。上倡優畜之[2]，家於外宮，安足以知朝廷之事？……」

～陳鴻〈東城老父傳〉

完全讀懂名句

1. 理亂：治亂之道。
2. 倡優畜之：把賈昌當作類似表演藝人的低下身分來畜養。

陳鴻祖詢問賈昌關於開元時期的治亂之道。賈昌說：「如今年老的我，在年輕時，曾單憑鬥雞這一特殊技能，博取皇上的寵愛。而帝王只是把我當作是演藝人員的低卑身分來畜養，我又住在宮廷外，哪能得知朝廷內的事情呢？」

名句的故事

由於唐玄宗沉溺逸樂的遊戲，終於導致安史之亂。亂後，賈昌則躲到佛寺避亂。一次偶然的機緣下，作者陳鴻與友人出遊時，在佛寺中遇見了賈昌，這時的賈昌已是白髮皤皤的老人了，而陳鴻就像現代記者一樣，如實地採訪他，而賈昌也娓娓道來宮廷中的種種祕辛。他曾目睹黃門侍郎杜暹威遏八方的雄志，也看見過哥舒翰鎮守涼州時的英勇神武，還見識過張說統領幽州時，充實邊塞糧食的經歷，更聽聞過地方郡太守抱怨朝廷外派他們到地方去當首長的舉措。

為何賈昌沒有住在宮內，卻能知朝廷之事呢？這證明他因受寵而常跟隨玄宗身側，左右不離，或曾聽玄宗談論過政事。玄宗喜好鬥雞，把賈昌留在身邊，這或許是皇帝日理萬機，處理天下事務，壓力太多，因而藉由欣賞宮廷倡優的表演來放鬆心情、紓解煩悶。就像是春秋時期的優孟，雖是楚國的倡優，常以說笑方式來勸諫楚王；另外還有漢武帝時的東方朔，幽默詼諧，常在武帝面前搞笑勸諫，雖才華洋溢，善寫文章，但始終被武帝當作倡優看待，身分卑微。

但正因為賈昌是皇帝身旁的寵臣，即使身分卑下，卻因為跟隨帝王身側，得以知道外人所不能知的朝廷內幕。

歷久彌新說名句

倡優是以歌舞表演或特技雜技維生的職業，專門娛樂人，無論在民間或宮廷，地位都很卑微。

《三國志・魏書・武帝紀》中曾有言：「曹瞞傳曰：『太祖為人佻易無威重，好音樂，倡優在側，常以日達夕。』」強調倡優終日在太祖旁表演音樂歌舞，娛樂皇帝。再如《晉書・景帝紀》：「皇帝春秋已長，不親萬機，耽淫內寵，沉嫚女德，日近倡優，縱其醜虐。」說明皇帝太過沉迷倡優於女色，不理朝政。

不過，也有文人被當倡優看待，在皇帝面前被戲弄，如《史記》中記載：「僕之先人非有剖符丹書之功，文史星曆近乎卜祝之間，固主上所戲弄，倡優畜之，流俗之所輕也。」指出司馬遷的祖先不被皇帝看重，所持的學問只是被皇帝拿來戲弄，當作倡優豢養。

又如在一次討論國事的過程中，乾隆皇帝曾對紀曉嵐怒斥說：「朕以汝文字尚優，故使領四庫全書，實不過以倡優蓄之。」原來乾隆皇帝平時和紀曉嵐的和諧相處、君臣相合，其實都是假的。皇帝表面上重視紀曉嵐的學識，任用他編纂四庫全書的工作，但內心卻瞧不起對方，只把他視為倡優對待，也顯示出君主專制制度底下，君王高高在上的心態。

吾子視首飾韡服之制，不與向同，得非物妖乎

名句的誕生

「……今北胡與京師雜處，娶妻生子。長安中少年，有胡心[1]矣。吾子視首飾韡服[2]之制，不與向[3]同，得非物妖[4]乎？」

～陳鴻〈東城老父傳〉

完全讀懂名句

1. 胡心：崇洋媚外的心理，指內心偏向胡人，缺乏愛國之心。
2. 首飾韡服：韡，通「靴」。頭上飾品與身上的服裝鞋子。
3. 向：以前。
4. 物妖：奇怪的現象。

「……現今北方胡人與長安人民互相生活在一起，甚至結婚生子、組織家庭。這種結果造成長安的年輕人們人心向胡。您看，他們的頭飾和服裝似乎都全面胡化，和以前不一樣，這不是很奇怪的現象嗎？」

名句的故事

原本唐玄宗開創了開元盛世，也以強大的軍事力量征服四方的夷族，內心想著不可能會有人叛亂，因而大膽享樂。但沉迷於享受之中的玄宗，卻沒料想到安祿山會叛變，率領胡軍攻陷洛陽，甚至連潼關都守不住，叛軍進逼首都！賈昌在安史之亂後，隱姓埋名，躲到佛寺。他回憶起玄宗盛世，對照起目前國家的衰微，內心十分哀傷，在講述關於宮廷祕辛後，他接著談起長安胡化現象的事實。

唐玄宗所建立的強大版圖，北至穹廬，東至雞林，南至滇池，西至昆夷。為了展現大唐帝國的氣魄，四方民族每三年來長安拜見進貢，以感謝大唐的保護與恩澤，並同時享受美食。朝貢完畢，外國使節陸續返國。然而，胡漢交流頻繁，四方夷人進住長安城內，時間一久，大唐子民與胡族相互通婚生子，就連頭飾服裝都模仿胡人穿著，長安都城已失去大唐原貌，比起的盛世，如今已看得出大唐衰微之勢了。

歷久彌新說名句

中國長期以來，一直有著夷夏觀念，因具高度文明，在文化交流時，便以華夏文明去感化周邊未開化民族。

然而後來歷史變化，胡漢消長，蠻夷之邦的勢力漸大，早在東漢末年就有胡化現象存在。《後漢書．五行志》中曾說到，「靈帝好胡服、胡帳、胡床、胡坐、胡飯、胡箜篌、胡笛、胡舞，京都貴戚皆競為之。」由於靈帝的倡導，貴族達官間形成一股倣效胡人的熱潮，從服裝姿態到家具音樂，胡人的文化都影響了漢人的生活。

長安在唐代是國際化城市，四方各國前來進貢，原先胡人單向接受大唐文化，後來雙方交流，形成胡化現象。但此景落在內心有著夷夏情結的賈昌眼中，顯然難以接受。

然而如今已是全球化時代，世界各族都在緊密的交流之中，面對不同的文化，我們要互相學習和借鑑，才能共創美好的未來。

男不封侯女作妃，看女卻為門上楣

名句的誕生

叔父昆弟皆列位清貴[1]，爵為通侯。姊妹封國夫人，富埒[2]王宮。車服邸第，與大長公主侔[3]矣，而恩澤勢力，則又過之。出入禁門不問，京師長吏為之側目。故當時謠詠有云：「生女勿悲酸，生男勿歡喜。」又曰：「男不封侯女作妃，看女卻為門上楣[4]。」其為人心羨慕如此。

～陳鴻〈長恨歌傳〉

完全讀懂名句

1. 清貴：清高尊貴。
2. 埒：ㄌㄜˋ，等同。
3. 侔：相等。
4. 門上楣：原指門框上方的橫梁，之後引申為門第、家族名聲勢力。

貴妃的叔父兄弟都享有清高尊貴的顯要官職，封侯爵，而姊妹皆封國夫人的尊號，富貴程度幾乎跟皇室相等。楊氏一族的車馬、衣服、住宅等生活享受與排場，也與皇帝的姑母旗鼓相當，但說到君王的恩寵與在朝野的權勢，更遠勝過她們。貴妃的親族隨意進出宮廷，無人敢追究，就連管轄京城的官吏也不敢直視他們。因此當時民間流傳這樣的歌謠：「生女兒不要悲傷，生了兒子也不要高興。」又說：「男孩子未必能封侯，但生了女兒卻有可能封妃，你們看楊家憑著女兒得寵光耀門楣。」可見楊氏家族被世人羨慕到到何種地步。

文章背景小常識

〈長恨歌傳〉作者為陳鴻，述說了楊貴妃與唐玄宗的動人愛情故事，情節梗概與〈長恨歌〉幾乎如出一轍。全篇大致可分為三大部分：第一為貴妃承寵，世人因豔羨楊家而重生女的時風；其次為安史之亂爆發，玄宗被迫於馬嵬坡賜死貴妃，事後難以壓抑內心的憂傷思念；最後則是方士受玄宗委託，入蓬萊仙境尋訪貴妃，已為女仙的貴妃口述七夕時的私密誓約，並以金釵為信物，表達對玄宗的深情。

雖然〈長恨歌傳〉與〈長恨歌〉訴說同樣情事，但敘述手法與評價卻有顯著不同。〈長恨歌〉以抒情感傷的筆調，描述貴妃與玄宗纏綿卻遭命運作弄的愛情；〈長恨歌傳〉雖同樣表述對兩人情愛的喟嘆，卻也以史傳旁觀紀實的筆法與坊間歌謠史料，對貴妃品行、楊氏家族的作風有更實際的批評，展現出小說處理相關材料的包蘊性與靈活度。此篇表現了中唐以後文人強烈的「詠史」興趣，而開元盛世至安史之亂這段由盛轉衰的關鍵時期，是唐代人最關切的記憶。故事對玄宗、楊妃的情感刻畫，也對《梧桐雨》、《長生殿》等後世戲曲，有相當深遠的影響。

名句的故事

〈長恨歌傳〉曾這樣評論貴妃：「非徒殊艷尤態，獨能致是，蓋才知明慧，善巧便佞，先意希旨，有不可形容者焉。」意思是說，貴妃得寵不僅是因為姿容絕豔，還因為她聰慧有才華，善於討巧獻媚、揣摩上意，自然有難以言詮的妙處。這段話寓有強烈的批判性，特別強調貴妃善於施媚逢迎，也直指其品行瑕疵。然而正因如此，貴妃深得君王寵愛，也贏來滿門尊榮，從而導致時人不看重生男，而妄想藉由女子的美色與手腕一步登天。對於浮誇歪斜的時風，〈長恨歌傳〉作者充滿感嘆，也藉由描寫楊氏一族的跋扈，表達出對於玄宗因貪戀女色而腐敗的不滿。

相形之下，白居易〈長恨歌〉中類似的批

判卻幾乎付之闕如，而是充滿浪漫而正面的抒情，如描繪貴妃「春寒賜浴華清池，溫泉水滑洗凝脂」的旖旎、「承歡侍宴無閒暇，春從春遊夜專夜」的盛寵，似乎一切都是帝王主動，貴妃只因天生麗質，自然而然獲得這些寵愛。對比〈長恨歌傳〉對楊貴妃的理解：貴妃並不無辜，而是位有心機、放任母家橫行霸道的女子。「不可形容」這樣的評價，也流露出陳鴻隱晦不屑的貶意。雖然描述同一樁事件，但兩篇作品大異其趣：詩歌傾向抒情，而傳奇小說則是借鑒史傳筆法，於敘事中寄寓評價。

歷久彌新說名句

歷來述說貴妃深得玄宗寵愛的詩句極多，白居易〈長恨歌〉對貴妃沐浴、侍寢、歌舞等一連串情景描摹，可說是最為經典的帝妃承寵敘寫。

在杜甫的〈麗人行〉中，特別以楊氏兄妹的奢靡生活為題材，細細描述，如描繪虢國夫人的華服時，寫道：「頭上何所有？翠微㔩葉垂鬢唇。背後何所見？珠壓腰衱穩稱身。」虢國夫人頭上戴著翡翠製成的花葉頭飾，一直貼到鬢角邊，而背後繫著綴著寶珠的裙帶，華麗無比。

在摹寫楊氏兄妹的宴飲排場時，杜甫寫道：「紫駝之峰出翠釜，水精之盤行素鱗。犀箸厭飫久未下，鑾刀縷切空紛綸。黃門飛鞚不動塵，御廚絡繹送八珍。」形容楊家的宴席上，菜餚無不精緻昂貴，從翡翠蒸鍋中端出珍稀的紫駝峰，水晶圓盤上裝盛著肥美的蒸魚肉，樣樣都是山珍海味，然而因為吃膩了的緣故，這些貴人懶於動犀角筷，即使鑾刀細切亦不過是空忙一場。

山珍海味，賓客雲集，無數僕從為之奔忙，而養尊處優的楊氏一族面對滿桌奇珍，卻似乎因煩膩、習以為常而興趣缺缺。這樣奢華的外戚榮寵是常人難以想像，卻也招致了無數風雨爭議。

六軍徘徊，持戟不進

名句的誕生

潼關不守，翠華南幸，出咸陽，道次馬嵬亭。六軍徘徊，持戟不進。從官郎吏伏上馬前，請誅晁錯[1]以謝天下。國忠奉氂纓盤水[2]，死於道周。左右之意未快。上問之，當時敢言者，請以貴妃塞天下怨。上知不免。而不忍見其死，反袂掩面，使牽之而去。倉皇展轉，竟就死於尺組[4]之下。

~陳鴻〈長恨歌傳〉

完全讀懂名句

1. 晁錯：西漢著名政治家，景帝時因提倡削藩，引發七國叛亂，遭景帝處死。
2. 氂纓盤水：氂纓是指以氂牛尾巴作的帽帶；盤水是指古代官員自請有罪時，以盤中盛水，表示判罪公平。古代大臣在有過時，以白冠牦纓，盤水加劍，向帝王請罪。是官員自請處分的象徵。
3. 竟：最後，終於。
4. 尺組：白綾。

離開咸陽，中途停留馬嵬坡時，皇上的禁衛軍們手持武器，不願前進。隨從的大小官員紛紛跪在皇帝馬前，請求一如漢景帝誅殺晁錯一般，殺楊國忠向天下謝罪。楊國忠捧著帽帶和水盤，向皇帝自請處分，之後在路旁遭到處決。但其他官員仍不滿意。玄宗詢問原由，便有敢於進諫的人直言，應當殺掉楊貴妃以消解天下人的憤恨。皇上知道此事在所難免，又不忍親眼看貴妃受死，便舉袖遮臉，命人拉走貴妃。貴妃慌張掙扎，最終死於白綾之下。

名句的故事

唐玄宗因過分寵愛貴妃，荒弛國事，將朝政先後交付李林甫、楊國忠掌理，又輕忽胡族藩鎮的勢力，導致唐朝國力由盛轉衰。天寶十四年，安祿山、史思明以「憂國之危，奉密詔討伐楊國忠以清君側」之名，率十五萬大軍起兵范陽。玄宗猝不及防，倉皇出逃，但至馬嵬坡時，積怨難平的將士卻發動一場幾近小型政變的抗議。為了平撫眾怒，玄宗誅殺禍首楊國忠，又忍痛再殺楊貴妃。

對於楊氏兄妹之死，〈長恨歌〉有如下描述：「六軍不發無奈何，宛轉蛾眉馬前死。花鈿委地無人收，翠翹金雀玉搔頭。」聚焦於貴妃死前柔媚幽怨之姿，並以近距離視角描繪珠翠散落滿地，暗示貴妃殞命、天子痛失摯愛，只能「回看血淚相和流」。但相同情景，〈長恨歌傳〉則簡述玄宗與官員將士的互動，含蓄地說明兩人的死狀。而在《新唐書．外戚列傳》中，對於這一幕則有完全不同的描述，直書大將軍陳玄禮率眾將士亂刀追殺出逃的楊國忠，「殺之，爭啖其肉且盡，梟首以徇。」而玄宗竟事後才得知，隱約可推敲出馬嵬坡一事幾近革命暴動，令君王權力與顏面盡失。

歷久彌新說名句

蘇軾曾言：「自古佳人多命薄，閉門春盡楊花落。」憐惜美人命運多舛。除了〈長恨歌傳〉與〈長恨歌〉外，杜甫的〈哀江頭〉：「明眸皓齒今何在，血汙遊魂歸不得。人生有情淚沾臆，江水江花豈終極。」也流露對絕代美人楊貴妃香消玉殞的惋惜。美人之死意味著美好生命逝去，固然是值得喟嘆的主題，然而「貴妃之死」卻經常被文人視為玄宗、貴妃荒淫逸樂的苦果。

不少文學作品皆以〈霓裳羽衣曲〉作為玄宗、楊妃奢靡享樂的核心意象，引出安史之亂、馬嵬賜死這樣急轉直下的結局。如白居易的〈長恨歌〉中：「漁陽鼙鼓動地來，驚破霓裳羽衣曲。」杜牧〈過華清宮三絕句〉亦云：「霓裳一曲千峰上，舞破中原始下來。」

玄宗與貴妃皆雅愛音樂，玄宗譜出三十六段的〈霓裳羽衣曲〉，描繪月宮仙女翾飛縹緲之姿，而楊貴妃則配合音樂創制了舞蹈。〈霓裳羽衣曲〉似是一襲夢幻蟬衣，遮蔽了唐玄宗晚年荒廢朝政、用人不當的危機，詩人們不約而同運用「破」字，表達美夢乍然幻滅，而沉醉歌舞中的人們必須面對血淋淋的現實。巧合的是，這首原於安史之亂失傳的舞曲，經由南唐大周后重新考證譜曲，曾短暫重現於世。只是後來大周后病死，李後主也淪為亡國之君。

〈霓裳羽衣曲〉既是玄宗與貴妃、李後主與大周后兩對藝術家的高妙結晶，卻也諷刺地成為靡靡之音的象徵。

密相誓心，願世世為夫婦

名句的誕生

「昔天寶十年，侍輦[1]避暑驪山宮。秋七月，牽牛織女相見之夕，秦人風俗，是夜張錦繡，陳飲食，樹瓜華，燔香[2]於庭，號為乞巧。宮掖間尤尚之。時夜殆半，休侍衛於東西廂，獨侍上。上凭肩[3]而立，因仰天感牛女事，密相誓心，願世世為夫婦。言畢，執手各嗚咽。此獨君王知之耳。」

～陳鴻〈長恨歌傳〉

完全讀懂名句

1. 輦：古代皇帝座車，代指玄宗。
2. 燔香：焚燒香燭。
3. 凭肩：凭，通「憑」，倚靠著肩膀。

「天寶十年時，我侍候御駕至驪山行宮避暑。入秋七月，牛郎與織女相會之夜，按照陝西當地風俗，當晚掛起錦繡、陳列飲食，在院內插花燒香，名為乞巧。宮裡特別重視這道儀式。夜半時分，侍從們在東西廂房歇下，我單獨侍候皇上。皇上與我並肩而立，仰望天空，感歎牛郎織女的遭遇，我們私下發誓，願生生世世都作夫妻。說完誓言，握著彼此的手哽咽哭泣。此事只有皇上一人知道。」

名句的故事

這是〈長恨歌傳〉中最情真意切的場景。玄宗於貴妃死後形單影隻，苦苦思念，請來方士尋訪貴妃魂魄。方士尋找到已於海上蓬萊為仙的貴妃，為證明貴妃身分，她細細訴說了一椿某年七夕於驪山行宮的戀人誓約。

當時，兩人哀感牛郎織女因耽溺於戀愛而不思耕織，被迫分隔銀河兩端，一年方得一會，暗自許下生世相隨的誓約。這也就是〈長恨歌〉中「在天願為比翼鳥，在地願為連理枝」的動人誓言。豈知數年後這對戀人也因沉湎歡愛而生死兩隔。牛郎織女與玄宗貴妃，形成一組巧妙對映。

方士尋訪貴妃幽魂，是難以驗證的超現實，然而這段情節卻似是對玄宗與貴妃的寬恕補償。人們批判帝妃兩人生活的荒淫，卻又同情貴妃之死與愛情之真切。

在情感的尺度下，玄宗與貴妃是對完美戀人，然而真心相愛的男女生死分離不得相聚，則是普世共感的悲情。藉由形塑玄宗與貴妃苦情相思的文學形象，作家演繹「長恨」意味的受挫真愛與離恨，為這樁帶有血腥與政治籌算的史實，投注了情感想像。

歷久彌新說名句

〈長恨歌傳〉與〈長恨歌〉中的「恨」，描述的是兩人相愛卻無法相守的纏綿幽恨，是面對命運難以自主，久久難以平復心緒的深沉無奈。

北宋作家歐陽修於〈玉樓春〉一詞中曾發出「人生自是有情癡，此恨不關風與月」的感嘆，也抒發人因深情而可貴可愛，卻又因深情而受苦的普遍情懷。

武俠小說作者梁羽生也有「且將恩怨說從頭，如潮愛恨總難休」的詞句，描述人生因果複雜，每每想理清緣由卻總愛恨交織，心緒起伏難以把持的情狀。

對於玄宗與貴妃之恨，清代袁枚提出了另一種見解：「到底君王負舊盟，江山情重美人輕。玉環領略夫妻味，從此人間不再生。」楊貴妃有恨，但那種恨顯然不是前人所歌頌浪漫淒美的離情，而是被丈夫背叛之恨。

袁枚認為馬嵬坡賜死實屬是政治謀算，玄

宗終究將國家看得比貴妃更重，貴妃若地下有知，應看破帝王恩愛實則薄情，心灰意冷，不願再轉生為人。詩中直呼貴妃本名「玉環」，以平常女性的視角重新理解君王與妃子之間的夫妻關係。只是諷刺的是，貴妃再得寵也只是君王的妾，現實中玄宗與貴妃的夫妻關係並不那麼正統，而是熱戀時的戲擬。貴妃最終領略的夫妻之味，可能更接近「夫妻本是同林鳥，大難臨頭各自飛」的自私人性。

袁枚的說法或許可為貴妃情史，新添一種更貼近女性心理的控訴性詮釋。

天下之人，盡無私蓄，棄本逐末，其遠乎哉？

名句的誕生

「……和糴[1]不停，即四方之利[2]不出公門[3]，天下之人，盡無私蓄，棄本逐末，其遠乎哉？但順動以時，不逾古制；徵稅有典，自合恆規。……」

～郭湜〈高力士外傳〉

完全讀懂名句

1. 和糴：中國古代政府對糧食供應的管理方式。政府在豐收的年分或者糧食盛產的地區，用低價收購糧食來積存，以避免糧食歉收的時候出現饑荒。
2. 四方之利：指國家的財富。
3. 公門：指官署、政府。

「……和糴法如果不停止，鹽鐵酒茶等等獲利都由國家管控，如此一來，老百姓們如果沒有自己的積蓄，就會放棄根本的農耕，改由追逐商業交易產生的利潤，這樣的發展情形近在眼前。為避免這種情況發生，應順應時勢改變作法，不違背原本古老的規則與制度，根據法令課徵各類稅收，才能合乎一貫的規則呀。……」

文章背景小常識

根據《新唐書‧藝文志》記載，〈高氏外傳〉共一卷，由唐朝的郭湜所撰述，世稱〈高力士外傳〉。本篇故事主要透過高士力與唐玄宗的對話，以及高力士的遭遇，呈現出唐玄宗開元年間到唐代宗寶應元年時期的政治情形，一直寫到唐玄宗過世、高力士被貶流放於巫州死去為止。

從〈高力士外傳〉內容可以得知，當時唐朝面臨糧食供應、權臣權力日益擴張、外戚干政逐漸嚴重等等各種問題，加上擁有兵權的藩鎮坐大，進而舉兵造反，使得唐代社會逐漸陷入動盪不安的局面。從對話當中可以看得出來，玄宗對於朝政的弊病心裡有底的，但他未必事事聽勸，且逐漸疏於政事，反讓權臣、外戚有機可乘，日益囂張，朝臣們多數不敢有異議。唐朝政治最終走向腐敗的局面，從此處不難預見。

天寶十四年安祿山自范陽起兵，安史之亂自此揭開序幕。而這時候的唐朝政府已經沒有實力對付安祿山的大軍。安史之亂後來有機會被平息，是因為安祿山跟史思明之間的內鬨削弱了本身的戰力，後繼的唐肅宗利用機會，重用郭子儀以平定這場亂事，玄宗則退位為太上皇。

然而一個國家同時存在著前後兩位皇帝，使有心的權臣興起了離間皇帝父子的情事，而後發生「移仗之爭」，忠於唐玄宗的高力士被流放巫州，他在聽聞唐玄宗過世之後，也隨之辭世。

名句的故事

《漢書．食貨志》上記載，當時的諫議大夫貢禹指出，鑄錢必須要開採銅礦，然而一旦開礦，許多百姓將會放棄務農。而為了快速賺錢，很多人即便違法，也想偷鑄錢幣。社會風氣將會發生劇變。更重要的是：「民心動搖，棄本逐末，耕者不能半，姦邪不可禁，原起於錢。」—老百姓的心無法安定，放棄最根本的農耕勞作，而去追逐商業的交易利潤，耕田的人數無法過半，奸詐狡猾的情事也無法禁止，這都是因為錢的緣故。

貢禹繼續解釋，商業活動繼續擴展，會危害到農業活動的存續，所以不應該再鑄造錢幣，而用錢來代替實物納稅的法令必須除去，租稅、薪俸、賞賜都應該用布帛和穀物，這樣百姓就能夠專心在農桑的工作中。

古時候交易的方式不一，用物交易或是用錢幣交易，各有所長，各朝所鑄錢幣的多少輕重，也都因環境狀況而有異，畢竟處理模式的目的都是要解決當時面臨的經濟問題。貢禹提出重農的說法，在當時並沒有被採用，因為多數人認為，交易本身就需要用到錢幣，物品無法完全替代錢幣。

歷久彌新說名句

在〈高力士外傳〉中，高力士談到了他之所以反對李林甫和牛仙客提出的新稅法改革，反對百姓因為追求商業利益而放棄務農，認為此舉有逾古制，但什麼是古制呢？為什麼中國歷朝歷代，強烈貶抑從商，甚至到了清朝，雍正皇帝還下令定四民的順序，以士為首，農次之，工商最下。將商人視為四民末業，這種堅定貶低商人的原因，主要是和傳統環境有關。

中國傳統以農業為主，土地產出的糧食是最基本的財富，也是人民溫飽的基礎，所以政府通常極其重視農業。法家逐漸發展出一套以農富國，而「工商眾則國貧」的概念，例如戰國時代的商鞅，兩次變法都採取「重農抑商」的方針，積極推展農業生產，「廢井田、開阡陌」，確實使秦國強大起來，可以充分支持軍需，有益於秦國發展軍事，後來的韓非子也認為農耕是本務，工商是末作，逐漸培養出整體社會輕視商業的心態。

對於一般人來說，總覺得從商者斂財牟利，能夠輕易取得利潤，甚至可以靠著財富影響時勢政局，甚至謀得高官後祿，例如秦朝最有名的大商人呂不韋，因為資助在趙國為人質的秦異人，並助他登上王位，甚至可以為相。

漢朝規定商人子孫不可以當官、商人不可以穿絲綢或乘坐馬車，也不可以配戴兵器等，甚至要繳交加倍的人口稅……這些都是明確的抑商政策，深刻地影響了後世的政治思想。

徵稅有典，自合恆規

名句的誕生

「……和糴不停，即四方之利不出公門，天下之人，盡無私蓄，棄本逐末，其遠乎哉？但順動以時，不逾古制；徵稅有典，自合恆規。……」

～郭湜〈高力士外傳〉

完全讀懂名句

同前篇。

名句的故事

在稗官野史中，經常把高力士描述成玩弄權術、逢迎玄宗的奸宦，與楊貴妃禍亂朝政，導致大唐由盛世轉衰。然而在〈高力士外傳〉中，透過郭湜的敘述，我們驚訝地認識了一個截然不同的高力士。他對於稅法制度與國家大事，有一套成熟且完整的見解，侃侃而談，認為改革必須「順動以時，不逾古制」，警告玄宗「軍國之柄，未可假人」，意思是治國的權柄，不能輕易交付給其他人……他洞見癥結的告誡、條理分明的言語，一點也不像是靠著諂媚拍馬獲得皇帝信任、不學無術的閹宦。

然而，從這裡我們也看出一個問題：為什麼〈高力士外傳〉要大篇幅地記述玄宗與高力士討論稅法問題的內容呢？或許更重要的原因在於，賦稅之度攸關於國家興亡，一旦賦稅不公，壓迫到人民，或制度鬆散，國家缺乏財政支持，就會面臨垮台的局面。小小的稅法制度，卻牽繫著整個國家的氣勢運數，不可輕易忽略。

唐朝以前的徵稅制度又是怎麼樣呢？《孟子．滕文公篇》中記載：「夏后氏五十而貢，殷人七十而助，周人百畝而徹，其實皆什一也。」夏朝稅收制度是，每位成年男子分得五十畝耕種田地，當中的五畝地的產量必須繳交給朝廷，這叫作「貢」；而商朝是每位成年男子分給七十畝的田地，其中有七畝是公田，就是要幫公家耕種，這種方法稱為「助」；周朝則是每個成年男子分得一百畝田，將其中十畝田的的產量作為稅收，這種方法稱為「徹」。夏商周三朝基本上是實施井田制度，國家負責分配田地給成年男子耕種，因此每戶繳納十分之一的稅，賦稅是均等的。

但到了春秋戰國時代，井田制度崩壞，土地私有興起，朝廷徵稅的方式也必需跟著改變。因此如何徵稅，變成國家施政的一個重要課題；再加上遇到戰爭，軍事支出提高時，如何增加百姓的稅賦，也是一種考驗。另外，商業交易利潤越來越好，耕田不見得是百姓生財的唯一選擇，朝廷如果還是用同一套徵稅方式，顯然是行不通的，於是有了各種變化，如堂朝實行「租庸調制」，按照國家派發給人民的田地，繳交穀物、布匹或出勞役等方式，向國家納稅。

然而不論是以地的生產量，或以人口、以交易利潤等等調整徵稅的制度，規則不斷改變，但都是為了面對國家的財政問題，是穩定國家安定的最重要措施。

歷久彌新說名句

〈高力士外傳〉中，透過高力士之口警告地提醒玄宗，強調「徵稅有典」，意思是徵稅必須根據法令而行，為什麼呢？這是因為就在玄宗之前不遠，前朝的隋煬帝就曾經因為過度徵稅，導致天下動亂。

《隋書．煬帝紀》記載，隋煬帝稱帝後露出奢靡荒淫、凶狠暴戾的真面目，為了南巡大興土木，在各地建造行宮；為了誇耀國家的富強，不斷發起對外戰爭。「三駕遼左，旌旗萬里，徵稅百端，猾吏侵漁，人不堪命」，即三次出兵征討遼東，動員規模之浩大，軍隊的旗幟都能綿延萬里。為了軍需，政府提出各種苛捐雜稅的名目，也讓奸詐狡猾的官吏有機會從中斂財，百姓負擔沉重，幾乎快活不下去，也造成各地方開始出現暴民與暴亂。

《隋書．魏德深傳》記載，魏德深是北周人，後來在隋朝治下當官，他是一個清廉幹練的好官，施政寬容，能使管理的地方生活安定。當時「會興遼東之役，徵稅百端，使人往來，責成郡縣」，意即朝廷要出兵遼東，徵稅名目繁多，還責成官員到各地方政府疏通，要求各郡縣長官務必都要達成徵稅的任務。

當時朝廷法度混亂，很多官吏都藉機對百姓橫徵暴斂，很多人受不了沉重的稅捐。「唯德深一縣，有無相通，不竭其力，所求皆給，百姓不擾，稱為大治」，只有唯魏德深管理的這一個縣，百姓之間能夠互通有無，不須耗盡財力，朝廷所需求的都能供給，百姓生活沒有受太多干擾，算是很安定。

「徵稅有典」，官吏須遵循法令執行，百姓也能按制度納稅，生活自是安定；一旦「徵稅百端」，社會亂象必然隨之出現。畢竟魏德深這樣的好官是「萬綠叢中一點紅」，可遇不可求呀！

主憂臣辱，主辱臣死，死辱之義，職臣之由

名句的誕生

臣聞：「主憂臣辱，主辱臣死，死辱之義，職臣之由。臣不孝、不忠，尚存餘喘[1]，親蒙曉諭，戰懼伏深。」

～郭湜〈高力士外傳〉

完全讀懂名句

1. 餘喘：人死前僅剩下的氣息。

臣聽說：「君王有憂慮，臣子卻無法分憂解勞，是臣子的恥辱；君王受辱時，臣當盡力效死，這是為人臣子的本分。我不夠孝順、不夠忠貞，就只剩下一口氣，現在親自聽到您的告誡，讓我更深感憂慮。」

名句的故事

從玄宗開元到代宗寶應年間，高力士一直伴隨在玄宗的身邊，經歷了玄宗的興衰。在〈高力士外傳〉中，高力士除了曾針對稅法等問題，向玄宗進言之外，也曾因為玄宗表示年事已高，想要將「朝廷細務委以宰臣，藩戎不讋，付之邊將」（將朝廷的政務交給大臣，邊患問題交付給邊關將領）而感到憂慮，向皇帝提出警告。然而玄宗雖然總說高力士的諫言「雅符朕意」，卻沒有真正聽從改正，最終朝政敗壞，爆發安史之亂，玄宗出逃，太子亨在靈武即位，是為肅宗。

肅宗即位時，玄宗認為此舉順天應人，不需要擔憂，然而高力士卻對玄宗的失言感到不

安，表示「一朝兩京失求，萬姓流亡，西蜀、朔方皆為警蹕之地，河南、漢北已盡為征戰之場，天下之臣莫不增痛，陛下謂臣曰卿之與朕復何憂哉，臣未敢奉詔」，意思是安史之亂導致長安洛陽失陷，千萬百姓流離失所，河南和漢北都成了戰場，人民為此痛苦不已，但皇帝您卻說不擔憂！我雖為人臣，但實在不敢苟同您的這句話。

在這裡，高力士提到「主憂臣辱，主辱臣死」。這句話出自於《史記》。戰國時代，吳越相爭，范蠡幫助越王勾踐，歷盡二十多年的艱辛，終於滅掉了吳國，洗雪了勾踐在會稽所受到的恥辱，並進而使勾踐號令中原、成就霸業。但范蠡認為勾踐只能同患難，無法共享安樂，於是辭別勾踐，說：「臣聞主憂臣勞，主辱臣死。昔者君王辱於會稽，所以不死，為此事也。今既以雪恥，臣請從會稽之誅。」（《史記‧越王勾踐世家》）意司是說，我聽說君主憂愁時、臣子就該為他盡力，君主受辱時、臣子就該犧牲。以前君王在會稽受到恥辱，我之所以不去死，是為了要替您報仇雪恥；現在恥辱已經洗清，我請求您賜給我當時讓您在會稽受到羞辱時應得的死罪。勾踐自然不准，還表示要跟范蠡共享越國，但范蠡卻仍舊選擇低調地離開了。

歷久彌新說名句

唐朝的藩鎮問題一直沒有妥善的解決。唐憲宗時期，淮西節度使吳元濟作亂的範圍越來越大，跟朝廷已經僵持數年，朝廷的軍隊屢次兵敗，當時有官員認為死傷人數與日俱增，朝廷應該息兵。但宰相裴度認為，藩鎮是國家動盪不安的根本源頭，如果不盡早平定，一定會釀成大禍，因此裴度上奏堅持討伐的決心。裴度對唐憲宗說：「主憂臣辱，義在必死。賊滅，則朝天有日；賊在，則歸闕無期。」（《舊唐書‧裴度傳》）

裴度的意思是，君主的憂愁就是臣子的恥辱，理當有慷慨赴義、從容就死的決心。如果消滅逆賊，還會有機會回到朝廷覲見天子；逆賊存在的一天，我就不會返回朝廷。

唐憲宗元和十二年（西元八一七年），是一個光榮的時刻，裴度親自督軍平定了吳元濟的叛亂，抑制了藩鎮割據局面的擴大，使唐憲宗在位的最後幾年，政治回到了正軌，史稱「元和中興」。裴度這等「主憂臣辱，義在必死」的膽識，使他歷經了唐代宗、德宗、順宗、憲宗、穆宗、敬宗和文宗等七朝，是中國歷史上罕見受到朝廷長期倚重的讀書人呀。

夷夏雖有殊，氣味應不改

名句的誕生

又於園中見薺菜[1]，土人不解[2]吃，更賦詩曰：「兩京[3]秤斤買，五溪無人採，夷夏雖有殊，氣味應不改。」使拾之為羹，甚美。

～郭湜〈高力士外傳〉

完全讀懂名句

1. 薺菜：即今日的香菜。
2. 不解：不明瞭、不清楚。
3. 兩京：指長安、洛陽。

高力士在菜園裏面看到薺菜，當地人並不知道這是可以吃的菜，便做了一首詩：「薺菜在長安、洛陽是按斤兩重量來採買的，這裡的薺菜即使長在溪邊也沒有人會去採，南北地方的人們風俗習慣雖有差別，但這薺菜的味道應該是不會改變的。」便讓人採了這野生的薺菜來做羹湯，非常美味。

名句的故事

肅宗雖然平定了安史之亂，將玄宗尊為太上皇，安置在興慶宮中，然而當時權臣李輔國因為擁立肅宗即位，對返回長安的玄宗相當防備，生怕他復位，對自己不利，因此想方設法逼迫玄宗移宮，斷絕玄宗與外人的聯絡，以便監控。到最後，將深得玄宗信賴的高力士流放到巫州。

流放南方的高力士雖然處在偏遠之地，但心懷玄宗。看見當地野菜，立刻回憶起往年在長安、洛陽生活時的情景。

他藉由薺菜詠詩，看似歌詠南北差異，其實暗含著對玄宗與往昔生活的懷念。

這裡提到「夷夏雖有殊」，讓人想起了儒家常講的「夷夏之防」。從字面上看來，儒家觀念似乎將人分類，例如《春秋．成公十五年》記載著，魯成公十五年十一月時，魯國大夫叔孫僑如會見了晉國大夫士燮、齊國大夫高無咎、宋國大夫華元、衛國大夫孫林父、鄭國公子鰌，以及邾婁國人，並在「鐘離」這個地方，同時會見了吳國人。

《公羊傳》中解析了為什麼《春秋》要把會見吳國人的事情特別分開來記述的原因這是因為把吳國視為外人。而為什麼要把吳國視作外人呢？因為孔子寫《春秋》時，「內其國而外諸夏，內諸夏而外夷狄。」意思是說，以魯國為內時，就把華夏各諸侯國視為外；而以華夏各諸侯國為內時，便把夷狄各族當作外。

不過，儒家除了夷夏之防外，更講求「王天下」。即使是夷狄外族，但接受中國文化之後，就被視為是中國人。

孔子也曾想過要搬到夷狄住的地方，有人阻止他，覺得夷狄所住的環境過於落後，不宜居住。但孔子認為：「君子居之，何陋之有？」（見《論語．子罕》）有君子居住的地方，怎麼會落後呢？因為君子可以發揮教化的力量。

許多歷史實例證明，中華文化並非僵硬死板的侷限，更有兼容並蓄，把外族的優點內化的能力。例如五胡亂華時，中原政權雖然遭受很大的破壞，但是夷夏之間的文化、經濟卻有更深刻的交流，而後來的唐朝王室本身就具有非漢族的血統，所以對文化差異更有寬闊的胸襟。

《資治通鑑》便記載唐太宗認為：「自古皆貴中華、賤夷狄，朕獨愛之如一，故其種落皆依朕如父母。」唐太宗將夷夏視為一家，讓唐代的文治武功有了更新的局面。

歷久彌新說名句

隋朝時，北方的突厥部族發生內鬨，其中

兵敗的啟民可汗便依附了隋朝，娶了隋文帝的女兒義成公主，亦因為有隋朝的支持，所以在北方仍佔有一席之地。大業三年時，啟民可汗到行宮晉見隋煬帝，獻上馬匹三千，同時表示，感恩隋朝在他遇到兄弟鬩牆的時候能夠支持他，讓他跟突厥的百姓們在生活物資上都不虞匱乏。由於受到前後兩位皇帝的照顧，啟民可汗認為自己已經不是過去北方威武的突厥可汗了，只是隋朝的臣民。因此他請示隋煬帝，讓他的突厥部族改穿華夏民族的服飾，以融入華夏民族。

不料，隋煬帝不僅不同意，還非常大器地下詔說：「先王建國，夷夏殊風，君子教民，不求變俗。」（《隋書．突厥傳》）意即，諸位先祖們建立國家時，各地民族的風俗本來就有所不同，聖人君王教化天下百姓的方式很多，但不需要改變他們原有的風俗習慣。也就是說，各民族都該保有自己的習性，畢竟這與生活環境有很大的關係。

啟民可汗改變服飾的請求，雖然沒有獲得隋煬帝的准許，但卻獲得隋朝前所未有的支持，在北方成長茁壯。其實，漢族王朝對於外族的統治方式通常採取「羈縻政策」，即只要他們對漢族朝廷稱臣，仍可保留原有的制度與統治方式。這真是夷夏雖有殊、習性無須改呀！

唐人傳奇

此身雖異性長存

100

龜龍鳳虎，依方陳布

名句的誕生

鏡橫徑八寸[1]，鼻[2]作麒麟[3]蹲伏之象。繞鼻列四方，龜龍鳳虎，依方陳布[4]。

～王度〈古鏡記〉

完全讀懂名句

1. 八寸：隋唐時代的一尺為十寸，而一尺大約是今日的三十公分，因此一寸約有三公分。文中直徑八寸的鏡子，大約是二十四公分。
2. 鼻：鏡鼻，是鏡子上用來穿繩、懸掛的突起物，通常在圓形鏡背的中心點。
3. 麒麟：中國神話傳說中，性情溫和、千年壽命的祥獸。據說麒麟的身形像馬或鹿，頭像龍或獅，長有一對鹿角，尾巴如牛尾，全身布滿鱗片，背上有五彩毛紋，腹部有黃色毛，口能吐火，吼聲如雷。中國人的傳統，以麒麟象徵祥瑞或鎮煞。
4. 依方陳布：陳布，陳列、排列的意思。本句是指鏡鼻四端有龜、龍、鳳、虎四種動物圖形，各自依照方位排列。

這面鏡子直徑八寸，背面的鏡鼻雕刻成一隻蹲伏的麒麟。而鏡鼻四端圍繞著龜、龍、鳳、虎四種動物圖形，按照方位分別排列。

文章背景小常識

〈古鏡記〉又被稱作〈紫珍記〉，是現存唐代傳奇的最早作品，據說作者是隋朝山西人王度，生卒年不詳，只知曾經擔任過御史的官職，大約於唐代初年去世。

小說的主要內容，是透過一面古鏡，連結好幾則小故事：王度偶然獲得一面鑄造精美的古鏡，鏡鼻上雕刻出麒麟蹲伏，四周還刻有龜、龍、鳳、虎和十二生肖，邊緣則鑄有二十四個奇特的古字。如此充滿神祕感的古鏡，是能夠鎮妖辟邪的寶物。王度帶著它返回長安，先後照出幻化為人形的千年老狸貓和巨蟒。之後王度的弟弟，唐初著名詩人王績，向兄長借了古鏡隨身攜帶、四處遊玩，沿途驅除無數的妖怪，幫助百姓化解瘟疫、治癒疫病。然而不久後因天下大亂，古鏡在某次中元節忽然發出清悅的悲鳴，甚至逐漸變成怒吼聲，最後便失去蹤影。而這正是隋煬帝決定遷都江都的日子。隋代王朝滅亡，寶鏡也消失，故事在一片悲涼的氣氛中進入尾聲。

內容奇幻靈異的〈古鏡記〉，閱讀之後讓人充滿了無限的想像，後世的《異聞集》與《太平廣記》等書，不約而同地收錄了它。而這篇傳奇小說除了承襲魏晉六朝志怪小說的風格，更加強故事情節的描寫，人物角色在對話方面的描述非常細膩，劇情也更完整，形容詞與修辭技巧極為生動，是中國小說發展史上一篇重要的名作。

名句的故事

隋朝末年，政治與社會頗為動亂，所以〈古鏡記〉雖然很有可能是當時民間流行已久的傳說故事，但內容中斬妖除魔、替天行道，以及治癒百姓病痛等等「神蹟」，很容易讓後人產生聯想，作者是不是藉由這個故事，抒發內心中對現實生活中不滿與苦難的不平之鳴？

不過，即使是民間傳說，〈古鏡記〉的作者也並非憑空捏造。當故事在描述這一面古鏡的外觀時，說：「繞鼻列四方，龜龍鳳虎，依方陳布。」就已經證明作者的觀察入微，以及在考究方面的用心了。因為這種「四神十二生肖」類型的鏡子，從漢魏六朝直到隋末唐初非常流行，尤其龜、龍、鳳、虎四種動物的排列，皆有固定的方位與順序。牠們分別代表東、南、西、北的四方神獸：青龍、白虎、朱雀、玄武（龜蛇交纏的樣子），又被稱為「四靈」或者「四神」。

除四種神獸，另在鏡子的外緣依照十二時辰，分成十二格，每格各放置一種生肖，分別排列出十二個時辰的十二生肖圖象。四種神獸可以鎮妖辟邪，十二生肖則是百姓的吉祥保護物，這些都是中國民間流傳的信念，當然也和道教思想密切結合。道教信仰中常被提及的「兩儀」、「四方」、「八卦」、「十二神君」等概念，都表現在一面古鏡之中。

歷久彌新說名句

除了〈古鏡記〉之外，在《隋唐嘉話》、《異聞錄》、《松窗錄》等古典傳奇小說中，也都曾經談到「寶鏡」。例如唐代小說《異聞錄》中，有一則名為〈李守泰〉的故事，曾記載：「天寶三載五月十五日，揚州進水心鏡一面，縱橫九寸，青瑩耀日，背有盤龍，長三尺四寸五分，勢如生動。」揚州官員在天寶年間進貢給朝廷的這一面銅鏡，因為鏡面光彩透亮，背後又鑄刻了氣勢磅礡、外型逼真的巨龍，讓唐玄宗嘖嘖稱奇、驚嘆不已。

而魏晉時代的文學家蕭子顯，曾經用「明鏡盤龍刻，簪羽鳳凰雕」來形容銅鏡、髮簪上雕刻著蜿蜒纏繞的龍，與栩栩如生的鳳凰。李白〈代美人愁鏡〉中也有：「美人贈此盤龍之寶鏡，燭我金縷之羅衣。」形容雕刻精美的盤龍寶鏡配合燭火的映照，讓美女的妝容、衣裳更加亮麗動人。我們可以從這些古代詩人歌詠他們心目中的寶鏡時，想見銅鏡背後神獸雕刻造型惟妙惟肖的樣子。

早期人類因崇拜、敬畏自然，並為了保護生命、祈求平安，經常尋找生活周遭的動、植物，作為精神心靈的象徵或依託。除了銅鏡，在建築或青銅器，以及許多日常的物品中，也經常出現這四種神獸。而風水理論中講求陰陽調和，以及由四方神獸所配置出來的「四分世界」，仍深深影響今日的我們。

惟希數刻之命，以盡一生之歡耳

名句的誕生

「……但天鏡一臨[1]，竄跡無路，惟希數刻[2]之命，以盡[3]一生之歡耳。」

～王度〈古鏡記〉

「……但我剛才讓天鏡照到，再也無路可逃。此刻，只希望用剩下的一點點時間，來享受一生的歡樂罷了！」

完全讀懂名句

1. 臨：本義是由高處向低處俯視，引申作照射、照耀的意思。這裡刻意利用「臨」這個字，來形容被寶鏡照到的情形，就像是被太陽的光線照射到一般。
2. 數刻：古代的「一刻」大約是今日的十五分鐘。此處的「數刻」和文後的「一生」一詞形成強烈對比，暗喻有限、極短的時間。
3. 盡：達到、達成，全部用出的意思。

名句的故事

王度到朋友家中作客，發現一位容貌美麗的婢女可能是妖精鬼怪，在半信半疑之下，他手持古鏡去照名叫「鸚鵡」的婢女，赫然發現她果真是一隻千年的老狸貓！在收服妖怪的過程中，王度也曾經心軟，想要放牠一條生路，不過老狸貓說，當寶鏡照到牠的剎那，便將牠打回原形，再也無路可逃了。

老狸貓提出最後的請求，希望王度能暫時將寶鏡放回匣中，讓牠能喝個大醉再死去，因為深知壽命將盡，與其消極的等待，不如把握當下。或許對這隻千年老狸貓而言，及時行樂才是死去之前最重要、最值得的事情吧！

千年妖怪的這句話，類似道家《列子》一書中的「為欲盡一生之歡，窮當年之樂」，而且一直以來都是許多遷客騷人的心聲。漢代樂府詩〈西門行〉：「今日不作樂，當待何時？逮為樂！逮為樂！當及時。何能愁怫鬱，當復待來茲？」意思是說，今天不享樂，那要等到何時呢？一直坐著空憂愁，難道還要等來年才行樂嗎？另外，《古詩十九首》中〈生年不滿百〉也說：「生年不滿百，常懷千歲憂。晝短苦夜長，何不秉燭遊？為樂當及時，何能待來茲？」大意是說，人們經常在活不到百歲的生命中，煩惱著超過千年的憂慮，既然白晝太短、夜晚太長，為何不乾脆舉起蠟燭、連夜四處遊玩呢？

歷久彌新說名句

天有不測風雲，人有旦夕禍福，尤其在交通不便的古代，能遇到久違的親人或朋友，經常會出現類似的感觸，所以杜甫在〈贈衛八處士〉中曾感嘆：「人生不相見，動如參與商。今夕復何夕？共此燈燭光。」和摯友相見或相遇，是多麼的困難啊！今晚是如此幸運，能挑燈共敘舊情。而詩歌最後說：「十觴亦不醉，感子故意長。明日隔山嶽，世事兩茫茫。」意思是說，彼此的情深意長，喝多少酒也不會醉，但就怕明早別離後，被山嶽阻隔，相逢的機會又是如此渺茫！

自古以來，多少騷人墨客因為感嘆時光易逝、害怕光陰歲月在不知不覺中用盡，所以努力把握眼前事物、順性盡情地享受。李白〈春夜宴從弟桃花園序〉說：「浮生若夢，為歡幾何。古人秉燭夜游，良有以也。」認為飄浮不定的人生有如一場夢，快樂的日子少之又少，乾脆學習古人，手持燈燭、連夜游玩。

而在國家政治腐朽黑暗、社會動盪不安的時代，或者內心澎湃的有志之士，滿腹的理想無法伸張時，也會利用美酒的酒精催化作用，一醉方休，如蘇軾〈水調歌頭〉感嘆「明月幾時有」之後，還希望能「把酒問青天」；李白〈將進酒〉中「人生得意須盡歡，莫使金樽空對月」一句，也是在說人生在世本來就該盡情的享受歡樂。

臺灣現代詩人向陽的新詩〈水歌〉中曾寫到：「乾杯，二十年後／想必都已老去／一如葉落遍地／園中此時小徑暗幽／且讓我們連袂夜遊／掌起燈火隨意。」千年如一日，這首新詩的意境，不正與古代文學家的心思如出一轍嗎？

百姓有罪，天與之疾，奈何使我反天救物？

名句的誕生

「……我即鏡精也，名曰紫珍。常有德[1]於君家[2]，故來相託，為我謝王公[3]。百姓有罪，天與之疾[4]，奈何使我反天救物[5]？……」

～王度〈古鏡記〉

完全讀懂名句

1. 有德：德，恩惠、恩德。有德本指對人有恩，這裡是指寶鏡精靈庇佑凡人。
2. 君家：君是你的意思。君家是指你家，即故事中王度的屬下張龍駒。
3. 王公：寶鏡精靈對主角王度的敬稱。
4. 天與之疾：與，給予、予以。之是代詞，指平民老百姓。
5. 反天救物：反，違反、違背；物，指拯救人民。

「……我是寶鏡的精靈，名字叫紫珍。我常常保佑你們家，因此想託你替我辦一件事，請你替我告訴王先生：百姓有罪，所以上天降下瘟疫懲罰他們，怎麼能讓我違犯上天的旨意，去拯救這些人呢？……」

名句的故事

王度屬下有個小吏名叫張龍駒，家人與鄰居染上瘟疫，王度很同情他，借他寶鏡照料生病的家人，甚至挨家挨戶以寶鏡照附近的百姓，幫助他們解除瘟病。雖然王度認為這樣對寶鏡無害，但寶鏡卻託夢給張龍駒，希望王度知道：「百姓有罪，天與之疾。」老百姓染上瘟疫，是因為他們得罪天神，上天為了懲罰才降下疫病，既然疫病是上天的旨意，當然不可違逆天意而拯救這些有罪的人民。

在這裡寶鏡精靈的所為，並非自私怕事，而是古人的一種共識。在中國傳統觀念中，天通常是道德倫常的化身，是人類可以效法、依循的對象，所以又叫作「天道」。孔子曾說：「天生德於予。」認為道德是上天賦予他的職責與使命，如果不能秉持道德、仁善之心來做事，就是得罪上天，再怎麼供奉祝禱也沒有用，這也類似孔子所說的「獲罪於天，無所禱也」的道理。

歷久彌新說名句

史書《後漢書》則記載東漢時曾發生大旱災，當時一位名叫張奮的官員，認為是朝廷施政有誤而導致天災，因此上奏勸諫皇帝，經皇帝清查，發現洛陽的監獄發生許多冤案錯案，馬上下令重新審理，並懲處失職的洛陽縣令，事後馬上天降甘霖，減緩旱災的狀況。小說《水滸傳》裡，以宋江為首的梁山好漢，迫不得已逼上梁山，也還要打出「替天行道」的口號……或許是文明和科技的不發達，古人對「天譴」深信不疑，他們相信犯罪作惡、違反天命而行，會受到上天處罰，也就是「遭天譴」。西方《希伯來聖經》中第一卷〈創世紀〉中曾記載諾亞方舟的故事：上帝看到人間充斥敗壞不法的邪惡行為，以洪水消滅惡人。天譴看似是一種約束百姓行為的方法，但實際上卻是因為善良老百姓在現實生活裡無法獲得公道，只好寄望於上天。

這種思想雖然有些迷信成分，但就像孟子引用《尚書》中所說：「天作孽，猶可違；自作孽，不可活。」自然所帶給人類的災難、病禍，我們或許可以僥倖避開，但人們自作的罪孽，卻無法逃避、要自行承擔惡果。生活在進步文明的我們，或許也該反思「天與之疾」的更深一層含義——人禍。

人生百年，忽同過隙。得情則樂，失志則悲

名句的誕生

孔子曰：「匹夫[1]不可奪志[2]矣。」人生百年，忽同過隙[3]。得情則樂，失志則悲。安遂其欲[4]，聖人之義也。

～王度〈古鏡記〉

完全讀懂名句

1. 匹夫：原本是指平民中的男子，這裡泛指一般的老百姓。
2. 志：志向、志氣，內心堅定的目標與理想。
3. 忽同過隙：忽，快速；隙，縫，指細小的裂縫或裂痕。整句的意思是形容時間過得極快。
4. 安遂其欲：欲，欲望、內心企求的事物。遂，順遂、稱心如意。依循內心想法做事而得到滿足。

孔子說：「即使是一般老百姓，也不會隨便剝奪自己的志向啊！」人生在世不過百來年，匆忙得如同白色駿馬（比喻日光）穿過細小隙縫一樣的快速。在這樣極快消逝的人生歲月裡，如果能得到自己想要的事物就會高興，如果不得志就會感到悲傷。因此，讓人按照個人的意願行事，是聖賢所說的道理。

名句的故事

王度的弟弟王績辭去官職，打算遍遊山水，但當時正值戰亂，盜賊四處橫行，王度擔心他的安全，哭著勸阻他。不過王績對於自己所做的決定十分堅定，因此對哥哥說：「人生

百年，忽同過隙。得情則樂，失志則悲。」其實這句話的觀念，是中國古代學者共同的信念。

《論語．子罕》中，孔子曾說：「三軍可奪帥也，匹夫不可奪志也。」大軍殺伐作戰，將領多麼重要，然而在孔子看來，三軍的主帥可以被剝奪、替換，但即使是平凡人，也不能少了心中的志向。孔子藉此教導他的學生必須堅持志向、堅守原則，外在形式的身體可以被俘虜、被其他因素所改變，但是內在的心靈與精神，才是自己永遠能把握的部分。

至於形容時間過得極快的「白駒過隙」，是大家耳熟能詳的成語，最早出自《莊子．知北遊》：「人生天地之間，若白駒之過隙，忽然而已。」莊子感嘆光陰易逝以及生命短暫，簡直就像白馬（比喻日光）飛馳過狹窄的空隙一般，一閃即逝！而在更早之前的孔子，也曾經站在江邊，看著河水日夜不停地奔流，感嘆地說：「逝者如斯夫！不舍晝夜。」逝去的光陰有如河水一般，一去不復返。

既然如此，一生不到百年光景的我們，更該把握短暫的生命時光，去實現內心企求已久的個人目標，才不會讓光陰平白無故的流逝。王度的弟弟王績本來就是唐初著名詩人，他在〈答馮子華處士書〉中也說：「夫人生一世，忽同過隙，合散消息，周流不居，偶逢其適，便可卒歲。」意思就是人生短暫又變幻無常，難得有閒暇的時光，如能獲得自己內心追求的事物，就心滿意足！

歷久彌新說名句

《禮記》中曾提到「擇善固執」，只要認定是正確的事情，便堅持到底，絕不受人影響而輕易改變。人生確實就像〈古鏡記〉中的這句話一樣，一不留意、稍縱即逝，因此為歡作樂要及時、認真追求心中的夢想更應當及時，我們必須認清什麼對自己才是最重要的事物，把握有限的時間，全心全意、努力追求。

美國第二十八任總統威爾遜曾說：「人因夢想而偉大！」勇於追求自己的夢想，即使隨著年齡歲月的增長，積極追求的精神也不該輕易被磨滅。臺灣一位餐飲店老闆歇業一年、花光積蓄，只為了帶罹患癌症的妻子去環島，珍惜當下相處的分分秒秒；而十七位年逾七十多歲的「不老騎士」，為重拾年輕時候的夢想，興奮地騎上機車，挑戰為期十三天的環島行程，情節改編成廣告、電影，感動了無數觀眾。

二○一三年上映的美國電影「白日夢冒險王」（The Secret Life of Walter Mitty）中，更直接了當地說：「人生總要一次義無反顧！」能夠享受多采多姿、死而無憾的人生，把分分秒秒都過得值回票價，才對得起有限的生命。不要像南唐李後主，回首人生，感受到生命充滿了失意與缺憾，只能痛苦的後悔「林花謝了春紅，太匆匆」、「自是人生長恨水長東」。

天下神物，必不久居人間

名句的誕生

「天下神物[1]，必不久居人間。今宇宙[2]喪亂，他鄉未必可止[3]，吾子此鏡尚在，足下衛[4]，幸速歸家鄉也。」

～王度〈古鏡記〉

完全讀懂名句

1.神物：神奇、稀奇的罕見物品。

2.宇宙：原指天地，這裡泛指天下、時代或國家。

3.止：本停住、停止不動，這裡指暫時停留、居住的意思。

4.足下衛：足以自保。

「天底下稀有罕見的神器寶物，必定不會留在人間太久。如今世道動亂不安，異鄉未必是可以居住的地方。你有寶鏡傍身，足以自衛，還是趕快回家吧。」

名句的故事

王績帶著哥哥王度借給他的寶鏡，在四處遊歷的過程中收服許多妖魅，並幫助百姓治癒疫病。不過當時天下紛亂不安，廬山一位名叫蘇賓的隱士，據說能洞悉過去、預測未來。他告訴王績：「天下神物，必不久居人間。」所以最好趁寶鏡還在身邊，在它的保護之下，趕緊返回家鄉，不要在外地閒逛逗留了。

隱士蘇賓的勸告，充滿了許多暗示，如《尚書》中有「滿招損」之句。王績帶著神奇的寶鏡招搖過市，雖然有救世救人的美意，但不免引人側目，萬一寶鏡落入心生歹念的壞人手裡，後果不堪設想，再加上當時的社會動亂不安，旅途想必凶險。另外，蘇賓精通《易經》的占卜之道，深知泰極而否、物極必反的道理，當順境達到極點，就會向逆境轉化，好運過了頭、壞運隨之緊接而來。蘇賓擔心王績的鋒芒畢露，反而樂極生悲。

果然過了幾個月，寶鏡忽然失蹤，消失前還不斷發出悲鳴聲。〈古鏡記〉似乎故意透露，寶鏡的命運和隋代王朝的國祚緊密連結，因為此時正是隋代滅亡的時間。國家滅亡，寶鏡也消失，故事在這樣淒涼悲哀的情況下，畫上休止符，令人不勝唏噓。

歷久彌新說名句

神奇玄妙的事物，因為特別或者稀有，總是讓人感覺此非世間之物，即使落入凡間，也只會短暫停留，所以更顯珍貴。美妙動人的音樂也是如此，如杜甫〈贈花卿〉中所說：「此曲只應天上有，人間能得幾回聞。」詩人用天上的仙樂，形容像「天籟」般的音樂。既然是「仙樂」，人間當然難得一聞了。

李白在〈梁甫吟〉中曾說：「張公兩龍劍，神物合有時。」詩歌第一句的典故出自西晉的張華，《晉書．張華列傳》中記載，西晉時代江西豐城的官員，在地底下挖到了雙劍：古代的名劍「干將」和「莫邪」。其實雙劍的際遇很類似〈古鏡記〉中的寶鏡，因為「干將」和「莫邪」歷經波折、輾轉經過許多人的收藏，最後「莫邪」跳進水中與「干將」會合，並化作兩條蛟龍，消失人間，十足印證了「天下神物，必不久居人間」的道理。

如果用現代的角度來看，世界上許多美好的事物，似乎總是「必不久居人間」，所以才會有「曇花一現」的成語。有些事物因為人類不懂得珍惜，使它們「被迫消失」，如瀕臨絕種的動物、被恣意破壞的自然美景。又或者是大自然原本的運行規律，使它們只能短暫的停留在世間。世間許多事物都是如此，縱然美麗耀眼，但如果不好好珍惜，轉瞬即逝。

長天茫茫，信耗莫通，心目斷盡，無所知哀

名句的誕生

言訖，歔欷[1]流涕，悲不自勝。又曰：「洞庭於茲，相遠不知其幾多也？長天茫茫，信耗莫通。心目斷盡，無所知哀。聞君將還吳，密通[2]洞庭，或以尺書，寄託侍者，未卜將以為可乎？」

～李朝威〈柳毅傳〉

完全讀懂名句

1. 歔欷：悲泣抽噎。
2. 密通：通，靠近的意思。密通指兩地距離極近。
3. 尺書：書信。

說完話，龍女抽噎悲泣，傷心至極，又說：「洞庭距離這裡有多遠啊。終日望著漫無邊際的廣大天空，無法傳遞音訊，即使心中渴盼故鄉，望眼欲穿，也無法使家人知曉我的哀苦。聽說您即將要回南方吳地，家鄉鄰近洞庭湖，我想託您帶信回家，不知道您是否願意？」

文章背景小常識

〈柳毅傳〉是與〈鶯鶯傳〉、〈李娃傳〉齊名的唐代傳奇經典，作者為中唐時期的文人李朝威，主要講述一樁人龍相戀，最終終成眷屬的圓滿情事。洞庭龍女遠嫁涇川，受到丈夫涇陽君與公婆虐待，偶然間遇到落魄書生柳毅，請求轉交家書向父親洞庭君與叔父錢塘君求助。

義憤填膺的柳毅為龍女打抱不平，不辭辛苦前往洞庭湖為龍女傳遞家書，使龍女得以成功回歸本家。洞庭龍君與錢塘君感念柳毅恩情，設宴款待，甚至期待將龍女改嫁柳毅，然而心無雜念的柳毅認為錢塘君態度傲慢，且擔心有「殺夫奪婦」之嫌，堅拒辭別。柳毅回到人間後娶了幾任太太，都不幸早逝，最後續娶范陽盧氏，夫妻生活美滿，但盧氏產子後，才表明其真實身分是龍女。原來龍女早已心儀柳毅，情願下嫁，潛心等待與丈夫開誠布公的時機。最後兩人互訴衷腸，永結連理，柳毅也因這段龍宮奇緣，得以長生遊仙。

〈柳毅傳〉情節曲折，文辭精美，對每個人物個性的鮮明刻畫與對人情義理的抒發皆頗有可觀，也是後世戲曲《柳毅傳書》的文本來源。

名句的故事

〈柳毅傳〉的開頭，是一段從日常行旅經驗開展出的不平凡開場。落第書生柳毅失意的返回湘水邊的故鄉，卻在途中巧遇一位狼狽而古怪的牧羊女子。女子「蛾臉不舒，巾袖無光」面色憂鬱，衣衫陳舊，只在風雨中癡癡站立、凝望遠方，而她所牧的羊看似尋常，卻又「矯顧怒步，飲齕甚異」，行走間昂首大步，喝水和吃草的姿態都與尋常可見的羊不同，這異樣令柳毅心生好奇。而柳毅對牧羊女所說的第一句話是「子何苦，而自辱如是」，意思是妳這是何苦，為什麼這樣委屈自己？這話流露出一位男子對素昧平生的女性的憐憫慰問之意，也激起龍女的悲傷心事，向柳毅娓娓道來並託付傳遞家書的重要任務。

原來牧羊女是洞庭龍君的小女兒，所牧的羊乃是雷霆雨工。她遠嫁涇陽，卻因丈夫喜好逸樂，厭棄自己，又被公婆折磨凌虐，以致淪落荒地，無法與遙遠的娘家通信。

龍女不同凡人，身分顯貴，卻也面臨世俗女性進入婚姻後，被夫家苛待的無奈，但因遠離母家而陷入孤單無援的困境。這段情節巧妙運用古代女性婚姻處境的無奈之處，創造了龍女這位等待陌生英雄拯救的落難公主，而籍籍無名的柳毅正好擔起了這宛如童話設定的要角。柳毅為龍女遭遇深深憤慨，二話不說為其傳遞家書，也使故事邁向另一段尋訪龍宮異界的高潮。

歷久彌新說名句

古代通訊不易，與遠方親友傳遞訊息往往仰賴託人轉交書信。古代信件也稱「書」、「素書」「尺素」、「尺牘」，因為早期郵遞系統主要是政府傳遞訊息使用，而非對一般民眾開放，因此一般人如果需要書信通訊，經常只能託付給可信任又順路的旅人私相傳送，而交通不便造成往返音訊曠日廢時，等待的過程也時常充滿不安與煎熬，但也正是因為這樣的不便，收到來自遠方的問候回音更顯珍貴難得。

漢詩〈飲馬長城窟行〉中寫道：「客從遠方來，遺我雙鯉魚。呼兒烹鯉魚，中有尺素書。長跪讀素書，書中竟何如？上言加餐飯，下言長相憶。」描述有人收到遠方親友託人捎來的隻字片語和鯉魚，慎重展讀信件，信中內容不過只有兩件事，一是叮嚀要吃飯，二是表達思念之情。這兩件事看似平常，卻隱含遠方親人的關切。「加餐飯」並不僅是叮囑收信人多吃一點，是收信人身在異地，送信人掛念身體健康的擔心與憂慮。

唐代陳玉蘭有〈寄夫〉一詩，表露對遠在邊關從軍的夫君的急切關懷：「夫戍邊關妾在吳，西風吹妾妾憂夫。一行書信千行淚，寒到君邊衣到無？」丈夫在邊關戍守，妻子在南方等待，相隔兩地音訊難通，當西風吹起時，做妻子的忍不住擔心北地寒冷，丈夫冬衣不足，生恐受凍。其中「一行書信千行淚」，更寫實地描繪出妻子內心的思夫與掛念之情。

人各有志兮，何可思量？

名句的誕生

酒酣，洞庭君乃擊席而歌曰：「大天蒼蒼兮，大地茫茫。人各有志兮，何可思量？狐神鼠聖兮，薄[1]社[2]依墻。雷霆一發兮，其孰敢當？荷[3]真人兮信義長，令骨肉兮還故鄉。齊言慚愧兮何時忘。」

～李朝威〈柳毅傳〉

完全讀懂名句

1. 薄：鄰近、依仗。
2. 社：原指掌管土地的神明。周代時，將土地神「社」與穀神「稷」一起祭拜，每年兩次祭祀社稷，後來「社稷」二字逐漸成為國家的象徵。社也逐漸演變為負責祭神的組織。
3. 荷：原指負荷、承受。在此引申為承蒙、仰仗幫助之意。

喝酒喝得酣暢淋漓時，洞庭龍君拍打坐席，歌唱一曲：「高天蒼藍浩渺，大地廣大無邊。人各自有志啊，怎麼能夠忖度思量？一干喬裝神聖的狐鼠之輩啊，依仗廟牆成群結黨。可是當氣勢萬鈞的雷霆一發作，又有誰能夠抵擋？承蒙您有信有義，令我的骨肉啊返還故鄉。這層恩惠將永不能忘。」

名句的故事

成功救回龍女後，洞庭君與錢塘君邀請柳毅參加龍族的盛大宴席。在陽剛豪氣的〈錢塘破陣樂〉與歡迎龍女回宮的〈貴主還宮樂〉演奏完畢後，眾人酒酣耳熱，由洞庭龍君即興高歌，接著錢塘君、柳毅也起身應和。這三位人物自我創作的歌曲，皆有抒發自我情志抱負，展現出各自的性情與對龍女事件的看法。

洞庭君的歌詠主要傳達的是對欺負女兒的一幫小人的無奈惱怒，及對柳毅義助傳書的感謝。即使宴會開始前，洞庭君才因錢塘君大鬧龍女夫家，水淹八百里又吞吃龍女丈夫的報復行動而責備錢塘君，但在這首詩歌中，龍君卻流露出對惡徒遭受懲罰的痛快。或許先前的告誡是基於治理水鄉的龍君必須嚴守的理智，而宴席歌曲則是抒發自我的真實感性。

將囂張狂放、成群結黨的小人比擬為狐、鼠，是中國詩歌常見的譬喻手法，如柳宗元〈雜曲歌辭．行路難〉中描述夸父奮力追日，最終渴死，任憑「狐鼠蜂蟻爭噬吞」，由小人趕盡殺絕，坐收漁翁之利。

清末，梁啟超在戊戌變法失敗後，遭到朝廷的追捕，與譚嗣同逃往日本公使館，譚嗣同表示「不有行者，無以圖將來，不有死者，無以酬聖主」，要求梁啟超往海外避難，而自己要留下來為國犧牲。在譚嗣同的強烈主張下，梁啟超逃往東京，等他抵達東京，得知譚嗣同等「六君子」慷慨就義的消息，不禁痛哭，滿懷憤慨地寫下了〈去國行〉一詩：「……城狐社鼠積威福，王室蠢蠢如贅癰。浮雲蔽日不可掃，坐令螻蟻食應龍……」以狐、鼠象徵敗壞國政的小人，以應龍象徵光緒皇帝，深切表達出清王朝危在旦夕，小人與奸佞胡作非為，饞言與亂象難以破除，即使是力圖振作、開拓新局的光緒皇帝，也陷入被群小所控制、吞噬，身不由己難以自保的困境中。

洞庭君的歌曲帶著「兮」字，透露幾分楚辭體的詠嘆風味，這樣的歌曲設計似乎有意呼應南方古老詩歌的特徵。

歷久彌新說名句

洞庭湖曾是中國第一大淡水湖，與湘、資、澧、沅與錢塘江等長江支流共同構成綿密的南方水網。早在先秦時，屈原《九歌》便以洞庭、湘江一帶的水神神話抒情歌詠楚地江水雲煙浩渺，香草蔓生的朦朧美景，如〈湘夫人〉：「帝子降兮北渚，目眇眇兮愁予。嫋嫋兮秋風，洞庭波兮木葉下。」〈湘君〉：「望夫君兮未來，吹參差兮誰思？駕飛龍兮北征，邅吾道兮洞庭。」

於唐人傳奇〈柳毅〉中，作者將洞庭湖的主人洞庭龍君塑造為雍容大度的古雅長者，似乎與洞庭湖自古以來的浩然深碧印象遙相呼應。有唐一代，即有不少詩人歌詠洞庭湖的萬千氣象，韓愈〈登岳陽樓〉曾讚道：「洞庭九州間，厥大誰與讓？南匯群崖水，北注何奔放。」而孟浩然〈臨洞庭湖贈章丞相〉中「氣蒸雲夢澤，波撼岳陽城」一句，也是題詠洞庭湖的名句。

至若脾氣率直火爆，豪氣干雲的錢塘君，則明顯指涉錢塘江波濤洶湧之壯美。早自漢魏之時，於月圓大潮之際趕赴錢塘觀浪，便是杭州人的一大遊賞盛事。唐代詩人劉禹錫曾速寫其觀浪體驗：「八月濤聲吼地來，頭高數丈觸山回。須臾卻入海門去，卷起沙堆似雪堆。」詩人羅隱也寫道：「怒聲洶洶勢悠悠，羅剎江邊地欲浮。」以現實中江水的地理特性形塑小說人物特徵，頗有妙趣。

上天配合兮生死有途，此不當婦兮彼不當夫

名句的誕生

錢塘君再拜而歌曰：「上天配合兮，生死有途。此不當婦兮，彼不當夫。腹心辛苦兮，涇水之隅。風霜滿鬢兮，雨雪羅襦[1]。賴明公兮引素書[2]，令骨肉兮家如初。永言珍重兮無時無。」錢塘君歌闋[3]，洞庭君俱起，奉觴[4]于毅。毅踧踖[5]而受爵[6]，飲訖，復以二觴奉二君。

～李朝威〈柳毅傳〉

完全讀懂名句

1. 羅襦：襦，ㄖㄨˊ，短襖。指絲質的短衣。
2. 素書：信件。
3. 闋：結束。
4. 奉觴：奉，拿著。觴，ㄕㄤ，酒杯。
5. 踧踖：踧，ㄘㄨˋ；踖，ㄐㄧˊ。形容人態度恭敬但不安的樣子。
6. 爵：古代飲酒的器具。

錢塘君拜了兩拜，歌唱道：「上天安排人的姻緣呀，生死各有定命。這個人不該作他的妻子呀，那個人不應該配作她的丈夫。我的姪女心腹內滿懷愁苦啊，在遙遠的涇水之濱。風霜掛滿了她的鬢髮而雨雪浸透了她的衣裳。多虧了你為她稍來書信，使我一家骨肉能夠如原本一樣團聚在一起，（為此）時時刻刻真摯地祝福您。」錢塘君唱頌完後，洞庭君也站了起來，捧著酒杯向柳毅敬酒。柳毅不安地接過酒杯，飲盡酒水後，又斟了兩杯酒回敬兩位龍王。

名句的故事

在柳毅江龍女遭難的消息傳達給洞庭君，並由錢塘君將龍女順利迎回後，為表感謝之意，龍王設下宴席宴請柳毅，在席間，錢塘君以歌抒懷、致謝，表達龍王一族對柳毅的感激之情。而在錢塘君頌唱的這首歌中，除了表達謝意之外，字裡行間也透露出了古人對於婚姻的看法。其中「上天配合兮生死有途」，清楚表達出古人認為婚配就像人的死生一樣，是由上天所安排的。

古人相信天命，因此願意接受上天安排，認為夫妻之間的緣分是前世積累。元朝關漢卿的雜劇劇本《趙盼兒風月救風塵》中，描述了青樓女子宋引章從良嫁給官宦子弟周舍，然而周舍對宋引章朝打暮罵，不堪受虐的宋引章向結義姊妹趙盼兒求救。趙盼兒設計勾引周舍，勸周舍休妻，並藉機與宋逃走。關漢卿在第三折的對白中，透過趙盼兒之口，說出了「可不道一夜夫妻百夜恩，你可便息怒停嗔。」以一夜夫妻百日恩，夫妻之情如此深重，用以勸周舍止怒。明朝的蘭陵笑笑生在著名的《金瓶梅》中也說了：「常言一夜夫妻百夜恩，相隨百步，也有個徘徊之意。」都是在強調夫妻關係感情深厚，歷久不衰。

歷久彌新說名句

古人雖然相信姻緣天定，但除了緣分之外，婚姻是否圓滿，也看人的心性。北宋的大文豪蘇軾曾經寫過一篇短文〈書劉庭式事〉，講述劉庭式的故事。

劉庭式任職密州通判時，蘇軾正任密州刺史，兩人是官場上的同事，也是朋友。劉庭式還沒有中舉之前，與同鄉的女子議論嫁娶，還未行六禮，但他中舉之後，女子卻因為生病而瞎了眼睛。女方只是農家，而劉庭式已是朝廷官員，因此女方不敢再與劉家協議婚事，還勸他換娶小女兒為妻。但劉庭式拒絕了，他說：「吾心已許之矣。雖盲，豈負吾初心哉。」意思是我已將心許給她，雖然她瞎了，但我不會因此違背原本的心意。劉庭式娶了盲女為妻，兩人非常恩愛，後來妻子死去，他也一直不肯再娶。

蘇軾於是問他：「哀生於愛，愛生於色。子娶盲女，與之偕老，義也。愛從何生，哀從何出乎？」人們對於亡者的悲哀是因為愛，而愛經常基於女子的美色而生。你娶盲女，與她白頭偕老，是信義的表現，但你的愛是從何而來？你的悲哀又是從何而來呢？

劉庭式回答：「吾知喪吾妻而已，有目亦吾妻也，無目亦吾妻也。吾若緣色而生愛，緣愛而生哀，色衰愛弛，吾哀亦忘。則凡揚袂倚市，目挑而心招者，皆可以為妻也耶？」意思是說我只知道死去的人是我的妻子，即使她雙目失明，仍然是我的妻子。如果我只是因為她貌美而生愛意，因為有愛所以才生出哀痛，那麼當她年老色衰時，我對她的情意就會變淡。如果感情真是這樣淺薄的事物，那些在大街上倚門賣笑的女子，豈不都可以娶為妻了嗎？

劉庭式信守婚姻的承諾，迎娶盲女為妻，

真正做到了「執子之手，與子偕老」的承諾，深深受到蘇軾的讚美。

不聞猛石可裂不可捲，義士可殺不可羞耶

名句的誕生

錢塘因酒，作色[1]，踞[2]謂毅曰：「不聞猛石可裂不可捲，義士可殺不可羞耶？愚有衷曲[3]，欲一陳於公。如可，則俱在雲霄；如不可，則皆夷糞壤。足下以為何如哉？」毅曰：「請聞之。」

～李朝威〈柳毅傳〉

完全讀懂名句

1. 作色：改變臉色。
2. 踞：蹲。
3. 衷曲：心事、內心的情意。

錢塘君假借著酒醉，板起了臉色，隨意地蹲著跟柳毅說：「你難道沒有聽說過堅硬的石頭只能打碎而不可能捲起，忠義之士寧可被殺也不願意遭受羞辱？我有一件心事，想要跟你說。如果你同意，那我們彷彿在天上一般（指一切都很圓滿）；如果你不肯同意，那我們就有如身陷糞土之中（指被晦氣纏身），不知道你覺得如何？」柳毅回答說：「我願意洗耳恭聽。」

名句的故事

與「猛石可裂不可捲，義士可殺不可羞」一句有異曲同工之妙的成語，莫過於「寧為玉碎，不為瓦全」。

南北朝時期，北齊的開國皇帝高洋原來是東魏權臣高歡的第二個兒子，因為外表其貌不揚，又沉默寡語，經常被兄弟嘲笑，然而他其

實性格沉潛、大智若愚，很快順應時勢掌握了東魏的大權，逼迫東魏的末代皇帝孝靜帝讓位，自立為帝，建立北齊。

逼孝靜帝讓位後，為了斬草除根永絕後患，高洋不但將孝靜帝毒死，並同時針對東魏皇族展開血腥殺戮。《北齊書．元景安傳》中記載了一段故事：元景安的伯父是陳留王，死後由兒子元景皓承襲爵位，高洋針對東魏王室展開殺戮時，元景安見情況不對，勸說元景皓上書高洋，請求捨棄元姓，改姓高氏以保全性命。但元景皓說：「豈得棄本宗，逐他姓？大丈夫寧為玉碎，不能瓦全。」意思是怎麼可以用捨棄本姓，投靠外姓的方式求取保命？身為男子漢大丈夫，我寧可像玉器一樣被打碎，也不願意做瓦器而保全性命。

元景安見堂兄不從，竟把此事向高洋告密，而元景皓也因此遭到高洋的殺害。但元景皓寧可身死也不願改姓保命的行為，強烈表現出了他堅持人格尊嚴的精神。

「義士可殺不可羞」一句，原典應出自於《禮記．儒行》中：「儒有可親而不可劫也，可近而不可迫也，可殺而不可辱也。」意思是說，身為儒者可以親近但不可受威脅，可以接近但不可以被逼迫，寧可被殺死也不願意受汙辱。

歷久彌新說名句

在歷史上，將「猛石可裂不可捲，義士可殺不可羞」這句話的精神發揮得淋漓盡致的人物，莫過於南宋文天祥。文天祥出生在讀書人的家庭，他二十一歲中了狀元，年紀很輕就進入仕途。文天祥的父母都以盡忠報國教育兒子，文天祥的〈邳州哭母小祥〉中曾說：「母嘗教我忠，我不違母志，及泉會相見，鬼神共歡喜。」

南宋晚年，國勢如摧枯拉朽，元朝大軍南下，小朝廷岌岌可危，文天祥奉立小皇帝端宗即位，擔任右丞相，然而國脈將絕，朝廷中仍然各自為政，並不團結。南宋德祐二年（一二七六年），臨安城破，朝廷獻玉璽請降，文天祥親自前往元營談判，面對元朝丞相伯顏的威脅，他慷慨陳詞：「吾南宋狀元宰相，但欠一死報國，刀具鼎鑊，非所懼也。」

祥興元年（一二七八年），文天祥在率領部下撤退的途中，遭到元將張宏範的攻擊，他企圖自殺未成被俘，張宏範要求他寫信招降南宋將領，他於是寫下了著名的〈過零丁洋詩〉：「辛苦遭逢起一經，干戈寥落四周星。山河破碎風飄絮，身世浮沉雨打萍。惶恐灘頭說惶恐，零丁洋裡歎零丁。人生自古誰無死？留取丹心照汗青。」後在獄中又作了極其著名的〈正氣歌〉，描述在獄中的艱難處境與絕不屈服的堅定決心。

忽必烈數次招降文天祥，卻遭到他的拒絕，最後下令將他處刑。《宋史．文天祥傳》中描述他就義前的景象：「天祥臨刑殊從容，謂吏卒曰：『吾事畢矣。』南向拜而死。數日，其妻歐陽氏收其屍，面如生，年四十七。其衣帶中有贊曰：『孔曰成仁，孟曰取義，惟其義盡，所以仁至。讀聖賢書，所學何事，而今而後，庶幾無愧。』」慷慨就義的姿態得到後世千古的敬佩。

蓋犯之者不避其死，感之者不愛其生，此真丈夫之志

名句的誕生

毅肅然而作，欻[1]然而笑曰：「誠不知錢塘君孱困[2]如是！毅始聞跨九州，懷五嶽，洩其憤怒；復見斷鎖，金掣玉柱，赴其急難。毅以為剛決明直，無如君者。蓋犯之者不避其死，感之者不愛其生，此真丈夫之志。奈何簫管[3]方洽，親賓正和，不顧其道，以威加人？……」

～李朝威〈柳毅傳〉

完全讀懂名句

1. 欻：ㄏㄨ，突然的意思。
2. 孱困：卑劣。
3. 簫管：簫與管，樂器。指絲竹演奏，氣氛合諧。

柳毅嚴肅地站了起來，忽然冷笑說：「我不知道錢塘君竟會如此行為卑劣！起初我聽說你跨越九州和五岳（以營救龍女），表現你見義而行的激憤；又看見你扯斷金鎖、搖撼玉柱，只為了要在急難之間救人。我以為論剛正果決，無人比得上你。對於冒犯自己的人，你不畏死亡前去報仇，被正義所激時，你甚至不惜豁出自己的生命，這才是真正大丈夫應該有的行為表現。然而（在這場宴席上）樂器演奏得正好、親人賓客之間氣氛正融洽，你卻突然不顧一切，想要以威勢強行加諸在別人身上？……」

名句的故事

在〈柳毅傳〉中，錢塘君是個性格愛恨分明、性情衝動又很豐富的人物。當他想要將龍女嫁給柳毅時，表現得近乎無賴，語帶威脅的語氣表示「愚有衷曲，欲一陳於公。如可，則俱在雲霄；如不可，則皆夷糞壤」，意思是如果你不答應我的要求，那我們就要撕破臉了。此人看似蠻不講理，但在面臨侄女出嫁受苦的境地時，他卻一馬當先，翻山跨州救回龍女，並問罪於負心漢，雖然行為莽撞衝動，卻又一肩擔起所有責任，主動向天帝稟報，承擔罪責，他的行為與中國古代那些不畏死的刺客們有異曲同工之妙。

司馬遷在《史記．刺客列傳》中，描寫了曹沫、專諸、豫讓、聶政、荊軻等五位刺客，這五個人都有共同的特點，願意為了知遇之恩，犧牲性命以為報答。其中，豫讓所侍奉的君主智伯遭趙襄子所殺，為了報答智伯的恩惠，他兩次刺殺趙襄子。第一次失手失敗，被趙襄子釋放，豫讓「漆身為厲，吞炭為啞，使形狀不可知，行乞於市」，在身上塗漆，使得皮膚長瘡，又吞木炭使聲音沙啞，把模樣變得令人無法辨識，在市場中當乞丐。

他的朋友曾問豫讓：「以子之才，委質而臣事襄子，襄子必近幸子。近幸子，乃為所欲，顧不易邪？何乃殘身苦形，欲以求報襄子，不亦難乎！」意思是說，以你的才能，如果臣服侍奉趙襄子，趙襄子必定會重用你，到時候你要殺他又有何難？為什麼要用這樣自殘的方式報仇呢？豫讓回答：「既已委質臣事人，而求殺之，是懷二心以事其君也。且吾所為者極難耳！然所以為此者，將以愧天下後世之為人臣懷二心以事其君者也。」如果臣服侍奉趙襄子後再殺了他，這是別有居心侍奉君主。我之所以選擇這麼困難的方式復仇，正是要讓後世懷著別有居心的目的侍奉君主的人羞愧。

然而，豫讓第二次潛伏暗殺的計畫也沒有成功，還是被趙襄子抓住了。趙襄子詢問豫讓：「智伯亦已死矣，而子獨何以為之報讎之深也？」豫讓回答：「至於智伯，國士遇我，我故國士報之。」為了報知遇之恩，豫讓不惜捨棄了自己的生命。

歷久彌新說名句

豫讓的故事在《史記》中為司馬遷所記錄後，普為後世所讚揚，然而明朝的方孝孺卻力排眾議，寫下了《豫讓論》。首段便提出了獨特的論點：「士君子立身事主，既名知己，則當竭盡智謀，忠告善道，銷患於未形，保治於未然，俾身全而主安；生為名臣，死為上鬼，垂光百世，照耀簡策，斯為美也。苟遇知己，不能扶危為未亂之先，而乃捐軀殞命於既敗之後，釣名沽譽，眩世駭俗。由君子觀之，皆所不取也。」方孝孺認為，士人君子侍奉君主，既然被視為知己，就應該要竭盡智謀，勸告君主做正確的選擇，在禍患未顯時就盡快消除，能保全其身也能保護君主。如果不能在危難動亂之前，保護君主的安全，只是在人死事敗後才想要用獻身的方式盡忠，不過是沽名釣譽的行為，在真正的君子看來，是不足取的。

他評論豫讓這個人，當主人智伯行徑囂張、貪得無厭、縱情聲色、荒淫暴虐時，身為被國士一般對待的豫讓，從沒有盡自己的職責，規勸君主言行，導致最後智伯走上滅亡的道路，這種表現，不配被稱為國士。

方孝孺《豫讓論》表達出真正忠臣烈士應該以國家的利益為重，防患於未然，而不是在禍患發生後，單憑血氣之勇，沽名釣譽的報仇。

回頭去想〈柳毅傳〉中的錢塘君，雖然勇猛過人、具有承擔勇氣，然而行為衝動，為報私人恩怨，竟然連帶禍害了六十萬無辜生靈，即使錢塘君有足夠理由，但他的行為也是莽撞淺薄的血氣之勇。

使受恩者知其所歸，懷愛者知其所付

名句的誕生

錢塘曰：「涇陽之妻，則洞庭君之愛女也。淑性茂質，為九姻[1]所重。不幸見辱於匪人。今則絕矣。將欲求託高義[2]，世為親戚。使受恩者知其所歸[3]，懷愛者知其所付[4]，豈不為君子始終之道者？」

～李朝威〈柳毅傳〉

完全讀懂名句

1.九姻：指九族姻親，泛指親族。
2.高義：行為高尚又有氣節的人。
3.歸：女子出嫁。
4.付：託付、交付。

錢塘君說：「涇陽小龍王的妻子，也就是洞庭龍君的女兒。她性情嫻淑又有美貌，素來受到親族的重視。但不幸被壞人侮辱，好在如今已經了結了。我希望能將她託付給行為高尚又有氣節的人（指柳毅），雙方世代結為親戚，使受恩者能夠知道她該如何報答，關愛她的人能夠確知她被交付在可信之人手中，這不正是君子善始善終的行事道理嗎？」

名句的故事

柳毅因為替龍女傳信，讓龍女能夠脫離被丈夫與公婆欺凌的生活，返回洞庭龍宮。而身為龍女的父執輩，性情衝動的錢塘君一方面看龍女對柳毅有情，希望能玉成美事，另一方面也急著為龍女找到可託付終身的對象，竟然莽撞地採用威脅的態度，強求柳毅迎娶龍女為妻。然而他的急躁和高姿態不但沒有成就好事，反而傷害了柳毅的自尊心並激怒了他，導致柳毅在憤怒之下，不但拒絕與龍女成親，更痛斥錢塘君的行為。

在威逼、遊說柳毅時，錢塘君以「君子始終之道」為名，試圖說服柳毅。所謂始終之道，主要在於「善始善終」，但這不只說君子行事只有美好的開始和圓滿的結局，而是希望從頭到尾都追求完美。

《莊子．大宗師》中曾說：「故聖人將遊於物之所不得遯而皆存。善夭善老，善始善終，人猶效之，又況萬物之所係而一化之所待乎！」意思是說，聖人與萬物共存，生命隨宇宙天地變化而改變，以少為善、以老為善，開始為善，終結為善，人們都會加以效法，更何況是那聯繫萬物、一切變化所依託的道呢？

《史記．陳丞相世家》中記載漢代開國功臣陳平足智多謀，是僅次於張良的傑出謀臣，他一生所出的計策，司馬遷以「奇計」稱之，手法曲折，難以看透。他殺人於無形，利用反間計，以黃金重賞和流傳謠言等方式，挑撥項羽君臣之間的信任關係，導致項羽陣營徹底分裂。而後又利用韓信的忠誠，在雲夢擒獲韓信，削弱韓信的實力。即使到了呂后時期，在諸呂的威脅下，也能平安無事的自處，因此司馬遷評價他：「呂后時，事多故矣，然平竟自脫，定宗廟，以榮名終，稱賢相，豈不善始善終哉！非知謀孰能當此者乎？」

歷久彌新說名句

戰國時期，群雄爭霸。位處北方的燕國與齊國關係不睦。當時燕王噲聽從建議，想要效法堯讓為給許由的故事，把王位讓給宰相子之，此舉導致太子平不滿，在齊國的慫恿下發動叛亂，燕王噲、子之和太子平都在戰爭中死去，燕國群龍無首，於是推舉了燕王噲的庶子公子職即位，為燕昭王。

燕昭王知道經過大亂，國力衰弱，繼位後立刻展開一連串變革，他對外招賢納士，執禮謙恭，消息傳出，天下名士都到了燕國，其中最傑出的人物當屬樂毅。樂毅是魏國名將樂羊的後代，擅長帶兵，曾在趙國作官，來到燕國後，深受燕昭王愛重，他協助昭王制訂法律，加強官吏考核審查機制，修正用人授官的制度，改革內政，加強軍事訓練。燕昭王得到賢臣輔佐，勵精圖治，累積了足夠的實力，對齊國進行報復。

樂毅領兵攻打齊國，連續攻破齊國七十多個城池，只剩「莒」和「即墨」兩地攻打不下。這時昭王去世，惠王即位，田單用反間計，散播樂毅叛亂的謠言。惠王聽信謠言，以騎劫取代樂毅，樂毅心生畏懼，逃往趙國。然而騎劫大敗，燕惠王後悔莫及，又擔心樂毅被趙國重用，可能反攻擊燕國，於是寫信給樂毅，坦承自己的錯誤。

樂毅寫下了著名的〈樂毅報燕惠王書〉，回信給惠王說：「臣聞善作者，不必善成；善始者，不必善終。」意思是說善於開創的人，不一定善於完成事情，而善於開始的人，不一定善於收尾。這句話的概念雖然與中國傳統文化中強調的「善始善終」意義相反，但暗示成事不必在己，更顯現出樂毅能夠放下榮辱、懂得捨棄的大度。

而後，他又提出：「臣聞古之君子，交絕不出惡聲，忠臣之去也，不潔其名。」意指君子即使與人絕交，也不會談彼之短，忠臣離開國家，也不毀謗君主之名。相較於《史記．白起列傳》中白起「怏怏不服，有餘言」的不滿、《史記．懷陰侯列傳》中，韓信「日夜怨望，居常鞅鞅」的怨懟，樂毅的表現寬容、平靜，也更深厚。

婦人匪薄，不足以確厚永心。故因君愛子，以託相生

名句的誕生

因嗚咽，泣涕交下。對毅曰：「始不言者，知君無重色之心。今乃言者。知君有感余之意。婦人匪薄，不足以確厚永心。故因君愛子，以託相生。未知君意如何？愁懼兼心，不能自解。……」

～李朝威〈柳毅傳〉

完全讀懂名句

於是（龍女）嗚咽哭泣，涕淚俱下，對柳毅說：「剛成親時我沒說出實情，是因為知道你並沒有好色之心。直到今天才對你坦白，是因為感受到你對我也有感動的心意。我是地位微薄的女人，不值得讓你確立與我永遠歡好的決心。所以只能借著你喜愛孩子，來託付我的人生。不知你心意如何？我的心情又憂愁又恐懼，無法自我開解。……」

名句的故事

這段是龍女對柳毅幾近於告解的懇切告白。她以非常謙順的口吻表示對柳毅的愛慕，而她與柳毅共結連理的手段，即是在結婚後生下兒子，透過家庭結構的緊密牽絆，使柳毅與自己永遠相依相守。龍女深恐柳毅無法接受自己，又不敢直接探問他的心意，滿腔憂傷疑懼卻不知如何排解，直到開誠布公得到良好結果後才真正釋懷。這種盤算與忐忑的情懷，似乎與一般世俗女子無異。

其實唐代女子地位較高，且婚姻制度較為

包容女性，法令鼓勵再娶再嫁，如貞觀二年曾有詔令：「其庶人男女無室家者……男年二十女年十五以上，及妻喪達制之後，孀居服紀已除，並須申以婚媾，令其好合。若守志貞潔，並任其情，無勞抑以嫁娶。」（唐・杜佑《通典》）因此唐朝婦女離婚改嫁、夫死再嫁的狀況所在多有，並不會因為再嫁而被視為失節。

然而像龍女這樣尊貴特殊的生靈，在婚姻中竟也自認身分低下微薄，甘於自貶自謙，這一方面可能是因柳毅曾仗義幫助龍女，龍女知恩圖報，是故自願對恩人紆尊降貴。然而值得注意的是：龍女最初的困境即是遇人不淑，嫁給玩世不恭的小龍王涇陽君，又遭公婆虐待，只能透過柳毅向父親洞庭君與叔父錢塘君等男性長輩求助。在此對柳毅的告白與透過子嗣確立保障，似乎比漢代男尊女卑，在家從父、出嫁從夫、夫死從子的大框架並沒有好太多。即使大唐法律保障女性，但長期以來女性在婚姻生活中難以自主的困境，在龍的世界依舊上演。這樣與人類世界相仿的情節，也使得這篇描繪人龍異戀的故事，有更多可供推敲想像的現實連結。

歷久彌新說名句

中國傳統文化底下，女子因多缺乏自力更生的能力，其幸福多半掌控在父親、丈夫、兒子等生命中的男人手中。向男子表述情衷時，女子常以謙抑口氣表述仰賴、眷戀良人之意。在詩詞中，女子常以菟絲、女蘿等爬藤植物自況，將愛人喻為可依靠的挺拔喬木。藤蔓植物若不攀附其他幹生樹木便無法生存，其纏繞之姿，也與女子柔媚溫婉的神態相似，也可用於表達婚姻纏綿繾綣、難以分開的情狀。如《古詩十九首》中：「冉冉孤生竹，結根泰山阿。與君為新婚，菟絲附女蘿。」即表達女子昔日初嫁，眷戀依賴丈夫的心情。而〈虬髯客傳〉中紅拂女夜奔李靖時，也自言「絲蘿非獨生，願託喬木」。龍女「以託相生」一語，也是這類柔婉、自謙情緒的表達。

善素以操真為志尚，寧有屈於己而伏於心者乎？

名句的誕生

毅曰：「似有命者。僕始見君子長涇之隅[1]，枉抑憔悴，誠有不平之志。然自約其心者，達君之冤，餘無及也。以言慎勿相避者，偶然耳，豈有意哉！洎[2]錢塘逼迫之際，唯理有不可直，乃激人之怒耳。夫始以義行為之志，寧有殺其壻[3]而納其妻者邪？一不可也。善素以操真為志尚，寧有屈於己而伏於心者乎？二不可也。……」

～李朝威〈柳毅傳〉

完全讀懂名句

1. 長涇之隅：隅，ㄩˊ，此指山水彎曲轉角的地方。涇水的轉角。
2. 洎：ㄐㄧˋ，等到。
3. 壻：通「婿」，指丈夫。

柳毅說：「這彷彿是命中注定的緣分。我當初在那荒涼之地見到妳，妳冤屈抑鬱憔悴不堪，我因此對妳的遭遇感到不平。我約束自己的感情，只為了替妳傳達冤苦，不曾考慮過其他的事情。當初曾說希望妳將來不要躲避我，不過是隨口的言語，並非蓄意而為！等到錢塘君強逼我答應婚事時，因為情理上無法說得過去而激起了我的憤怒。我本是為了救人而行仗義之事，哪有殺死了丈夫奪取他妻子的道理？這是第一不可的原因。何況我向來恪守真誠、堅持操守為志向，豈能違背自己的心意屈服於他人的道理？這是第二不可的原因。……」

名句的故事

柳毅在離開龍宮後，靠著龍王致贈的財寶成了巨富，雖然也曾婚娶，然而因為妻子與續絃妻子接連去世，所以鰥居單身。後來在媒人的介紹下，迎娶范陽的盧女為妻。結婚後，柳毅感覺美麗的妻子模樣很像龍女，他謹慎試探著談起了傳書的往事，但妻子卻表現出一副不相信的樣子。

一年多後，柳妻懷孕，好不容易生下孩子，到了孩子滿月這天，她才揭露身分，承認自己就是龍女，並告訴柳毅，當年雖然他拒絕了錢塘君的提親，但因為她感激柳毅的恩德並對他心懷愛慕，因此才設計嫁給他。而龍女之所以隱藏真實身分不肯表露，是擔心柳毅知道後，會與當時錢塘君提親一樣，堅持拒絕，她詢問柳毅，是不是討厭自己？為什麼拒絕應叔父的提親？

柳毅回憶往事，感慨地說出了當年為何堅持不娶的原因，並非不喜歡龍女，而是不願意玷汙了自己仗義救人的良善初心，而錢塘君的強硬和蠻橫，更激起了他的憤怒。在回答中，他強調了自己堅持操守的氣節。

在中國傳統的教育中，極重人格氣節的培養。《論語．子罕》中，孔子曾說：「歲寒，然後知松柏之後凋也。」要經過寒冬臘月的考驗，才能看見松柏長青。藉著歌頌松柏，讚美堅貞的人格典範。而《孟子．滕文公下》中也說：「富貴不能淫，貧賤不能移，威武不能屈，此謂大丈夫。」意思是說富貴、貧賤和武力都不能使人屈服，更強調了氣節的重要。

歷史上，伯夷、叔齊是商紂王的叔父，因為宗法繼承的問題，兩人不願意爭奪王位，於是出走西方。後來周武王討伐紂王，伯夷叔齊因為不滿本是藩屬的武王討伐君主，於是力諫不可。然而武王執意滅商，兩人為了表示對商朝的忠心，選擇隱居在首陽山中，不食周粟，寧可餓死。因為兩人堅守節操的氣節表現，司馬遷將〈伯夷列傳〉列為《史記》七十列傳的首篇。

歷久彌新說名句

明英宗朱祁鎮是一個荒唐皇帝，當時明朝邊關吃緊，瓦剌大軍南下，英宗因為寵幸太監王振，聽信讒言，率領大軍五十萬人親征瓦剌，結果王振弄權、不聽警告，導致在土木堡大戰中，全軍覆沒，英宗被瓦剌所俘虜。

眼看明軍主力喪盡，局面危急，當時朝中眾官建議應該南遷，而于謙強力主張不可。《明史．于謙傳》中記載，于謙當時厲聲說：「言南遷者，可斬也。京師天下根本，一動則大事去矣，獨不見宋南渡事乎！」於是臨危受命，擔任兵部尚書，謀畫京城防禦，並請皇太后立郕王朱祁鈺為國君，史稱明景帝。在于謙的帶領下，明軍大敗瓦剌，將瓦剌驅逐至關外。

然而景泰八年，趁著景帝重病，英宗復位。于謙遭到石亨、曹吉祥等人的誣陷，下獄處死。《明史．于謙傳》中說：「文不勝誣，辯之疾，謙笑曰：『亨等意耳，辯何益？』」與于謙同時下獄的大學士王文，面對誣陷，亟欲辯白，然而于謙卻無奈地笑著說：「這是石亨等人的意思，辯解也沒有用。」最後死於奸臣之手。

于謙曾撰寫《石灰吟》：「千錘萬擊出深山，烈火焚燒若等閒。粉身碎骨全不怕，要留清白在人間。」內容看似歌詠石灰，然而卻是以石灰自喻，表達為了保存氣節，即使粉身碎骨也不畏懼、視死如歸、絕不改變操守的氣魄。

死生殊途，恩愛久絕

名句的誕生

長女適[1]邑人丁玄夫，性識不甚聰慧。幼時，每教其藝，小[2]有所未至，其母輒加鞭箠[3]，終莫究其妙。每心念其姨曰：「我姨之甥也，今乃死生殊途，恩愛久絕。姨之生乃聰明，死何蔑然[4]，而不能以力祐助，使我心開目明，粗[5]及流輩[6]哉。」

～佚名〈冥音錄〉

完全讀懂名句

1. 適：女子出嫁。
2. 小：作副詞解，稍微。
3. 鞭箠：用鞭子抽打。
4. 蔑然：蔑是無、沒有的意思，此處蔑然，意指無所聞問。
5. 粗：稍微、略為。
6. 流輩：同類、同輩的意思。

長女嫁給同邑人丁玄夫，但天資悟性不是很聰慧。小時候，每次教導她彈箏的技藝，稍微有所不及，母親就會用鞭子抽打她，但依舊無法領會技藝的巧妙。每每於心中懷念阿姨道：「我是阿姨的甥女，今日與阿姨生死相別，親恩寵愛已經隔絕很久了。阿姨生前十分聰明，為何死後卻對我毫無聞問，無法以特殊力量保佑、幫助我，讓我心境開朗、眼睛明亮，稍微趕上同輩之人。」

文章背景小常識

〈冥音錄〉最早收錄在晚唐文人陳翰《異

聞集》，後又收錄於《太平廣記》。元末陶宗儀在《說郛》中也收錄了這則故事，注明作者是朱慶餘，但並無證據，所以一般認為是中晚唐時期流傳的單篇傳奇。

故事從廬江尉李侃的逝世展開，李侃留下妻子崔氏跟兩個女兒，崔氏本為廣陵倡家女，熟於弦歌，崔氏的妹妹茝奴更是善於彈箏。兩位女兒自小跟隨茝奴習藝，然而茝奴早逝，崔氏的長女天性不夠聰慧，往往因不得要領而遭母親鞭責，因此想念茝奴，希望亡姨能夠幫助她開竅。

有一日，長女於夢中見到亡姨茝奴，茝奴表示死後隸屬於陰司的教坊，蒙憲宗皇帝恩召居於皇宮，教導嬪妃彈奏箏樂，不能隨意出入宮禁，雖然知道長女懇切情意，也無法前來襄助。後來經襄陽公主收為義女，出入較為方便。因此入夢相告。

次日，長女將房間灑掃乾淨，向亡姨求學箏樂。長女以前學習箏曲，十天不能學會一曲，此時卻能於一天之內學完十首樂曲。茝奴傳授完畢，提醒長女這些樂曲皆為皇帝所愛重，本不應流傳於陽世，但死生相別的人與鬼能夠重逢相接，也非偶然，不應讓這些樂曲泯沒於世，於是長女便向州府官吏稟明一切。後來崔氏又令小女兒也向茝奴習曲，又得十首。這件事情為宰相李德裕知曉而欲上表旌奏，但沒過多久長女卻過世了。

名句的故事

墨子說「有山水鬼神者」、「有人死而為鬼者」，《禮記》亦說：「人死曰鬼。」鬼與人以死亡作為分隔的界線，一旦經歷死亡，就再也不是肉眼可見可感的人。但對靈魂的存續想像，也撫慰了生者面對親人亡逝的哀傷。生與死雖然畫分開了人與鬼的界線，過往的親恩寵愛也許難以重現，但透過思念與祝禱，人與鬼似乎仍然可以相互溝通。而最常見的方式，便是以夢為媒介，讓已經亡逝的親人在夢中為惶惑不安的生命指點出路。

人死之後的世界為何？已經死去的親人為

何可以提供幫助？死亡是不可翻譯的經驗，唯有依靠想像才能建構死後的世界。《左傳》曾經提及「黃泉」，《楚辭．招魂》則提到「土伯」，已經觸及死後世界的雛型；漢代墓葬則可見到「簿土」，象徵或希望死者死後可以擁有土地。在漢代，死後世界已經以一種複製現世的樣貌出現，到了東漢王充《論衡》時則有：「墓中死人，來與相見。」展現了人與鬼的某種互通，於是即便已經身處不同世界，但人依舊可以祈求鬼的出現，藉此獲得祐助。

人與鬼雖然相隔生死兩界，但思念與祐助的力量卻可以衝破界線的隔離。

歷久彌新說名句

唐傳奇《謝小娥》中也提及了夢與鬼的情節。小娥的父親與丈夫為奸人所殺之後，託夢向小娥告狀，以謎語指出殺害他們的人分別是「車中猴、門東草」、「禾中走、一日夫」。後來小娥因為獲得李公佐的幫助，知曉申蘭、申春就是殺人兇手，終於大仇得報。

生者在夢中獲得亡魂的提示與幫助，對於自我命運有所掌握，然而亡魂通過生者也終於得償宿願，於是夢不僅溝通了生死兩界，更成為償還、滿足彼此心願的方法。

「死生殊途」是空間與時間的雙重隔離，思念因而不斷加深。時間不斷推移卻無法相見的悲哀，在夫妻關係中更為常見。白居易《長恨歌》說：「悠悠生死別經年，魂魄不曾來入夢。」入夢是生者唯一可以希冀與亡者相見的機會，但這種機會往往「上窮碧落下黃泉」也未必能夠擁有，因此只能無盡思念。就像蘇軾悼念亡妻而說「十年生死兩茫茫，不思量，自難忘」，正說明了思念與記憶才是穿透生死兩界的唯一方法。

幽幽然鴞啼鬼嘯，聞之者莫不歔欷

名句的誕生

因執箏就坐，閉目彈之，隨指有得。初授人間之曲，十日不得一曲，此一日獲十曲。曲之名品，殆非生人之意。聲調哀怨，幽幽然鴞啼鬼嘯，聞之者莫不歔欷。

～佚名〈冥音錄〉

完全讀懂名句

1.殆：差不多，表示設想的語氣。

2.幽幽然：聲音微弱的樣子。

3.鴞：鴞形目鳥類的統稱。鴞，通「梟」。肉食，多為夜行性的猛禽。

4.歔欷：悲泣抽噎。

於是拿著箏坐定位置，閉起眼睛彈奏，隨著指尖的彈奏而有所體會。從前學習人間的樂曲，十天也學不會一首曲子，但今天一日之間就學會了十首樂曲。這些都是樂曲中的名品，差不多都不是活著的人可以想出來的，聲調哀傷怨恨，樂聲微弱好像鴞鳥的啼叫聲，或者鬼的長嘯聲，聽聞的人沒有不悲泣抽噎的。

名句的故事

「鴞啼鬼嘯」用以形容樂曲演奏聲音，似乎壟罩著一股淒清、悲涼的意味。但鴞啼為何會讓人感到悲泣抽噎，甚至與鬼嘯相互聯繫呢？

鴞，是鴞形目的統稱，鴟鴞則是其下所屬的一科。在古代的文獻或者文學創作中，通常就是指貓頭鷹這類禽鳥。

將鴞視為不祥的例子可以追溯到《詩經》，在《詩經．陳風．墓門》中提到：「墓門有梅，有鴞萃止。夫也不良，歌以訊之。」所講的是《左傳》中一則有關陳佗的故事。陳陀是陳侯鮑的弟弟，桓公五年時，陳侯病重逝世，陳陀卻殺死了太子免而自己繼位，使得陳國大亂。〈陳風．墓門〉這首詩就在譏刺陳陀是個與鴞一樣的惡人。

在文學創作中，這樣的象徵屢見不鮮，例如曹植在〈贈白馬王彪〉中有「鴟鴞鳴橫軛，豺狼當路衢」的句子，以鴟鴞在車前鳴叫，豺狼阻擋道路，比喻奸佞惡人當道，自己困於其中的無奈。從此，鴞或「鴟鴞」成為不祥的象徵，或用以譬喻為奸佞惡人的形象，就此根深柢固地流傳下來。

歷久彌新說名句

清初孔尚任編寫《桃花扇》時，也延續了鴞的象徵意義。《桃花扇》中描寫阮大鋮第一次出場，便採用戲曲的自報家門方式，讓阮大鋮在戲台上向觀眾懺悔自己曾投入魏忠賢門下：「偶投客魏之門，便入兒孫之列。那時權飛烈焰，用著他當道豺狼；今日勢敗寒灰，剩了俺孤林鴞鳥，人人唾罵，處處擊攻。」鴞鳥不為人喜的特性，在戲曲裡獲得了巧妙的聯繫。

有趣的是，鴞鳥的象徵並非只用於惡的形容。《聊齋誌異》收錄了一則故事名為〈鴞鳥〉，這則故事轉化了原本鴞鳥的不祥象徵，反而讓晝伏夜出的鴞鳥成為某種正義的化身。

故事敘述長山縣楊姓縣令為人貪吝，康熙年間朝廷為了西塞兵事，買民間的騾馬來運送糧食，結果楊縣令卻藉機搜括民間的牲畜想要大賺一筆。當地商人因為騾馬無端被楊縣令搶掠，所以向剛好來到縣城辦公的其他官吏請告，希望他們能協助取回騾馬。

官吏們一同拜訪楊縣令，楊縣令假意擺下筵席，不願聽官吏們講訴來由，趁著筵席之便，邀集官吏們一起行酒令，在酒令中與官吏們處處機鋒、互不相讓。忽然有一名穿著華服的少年闖入酒席，吵嚷著要加入眾人行酒令，並自顧自地行了一令，譏刺楊縣令是貪官，理應受到重罰。楊縣令大怒，沒想到少年忽然變為一隻鴞鳥衝飛出房門，在庭院中翱翔發笑。

故事最後以少年化為鴞鳥，「且飛且笑而去」作終。雖然並未向讀者們交待楊縣令的下場，卻透過異史氏的評語將鴞鳥的笑聲比喻為鳳鳥的鳴叫聲。原本鴞啼所帶有的不祥、悲涼意蘊，在這則故事中獲得轉化。

晝伏夜出的鴞鳥，不只是死亡的象徵，有時還可能是主持正義的使者呢！

人浮不如魚快也，安得攝魚而健遊乎？

名句的誕生

見江潭深淨，秋色可愛，輕漣不動，鏡涵遠虛1。忽有思浴意，遂脫衣於岸，跳身便入。自幼狎2水，成人已來，絕不復戲，遇此縱適3，實契4宿心5。且曰：「人浮不如魚快也，安得攝魚6而健游乎？」

～李復言《續玄怪錄．薛偉》

完全讀懂名句

1. 鏡涵遠虛：虛，天空。水面如鏡，天空映影其中。
2. 狎：親近。
3. 縱適：恣意安適。
4. 契：符合。
5. 宿心：昔日的心意，初衷。

（薛偉）看到江潭幽深清淨，沾染著令人心動的秋天氣息，漣漪不起，水面如鏡。忽然起了沐浴的興致，於是脫衣置於岸上，縱身跳入水中。薛偉自幼喜歡游泳，成年以來，已許久不曾戲水，遇到有機會恣意而為，實在契合初衷。薛偉脫口而出：「人游水終不如魚兒快活，如何才能暫化為魚好盡情游泳呢？」

文章背景小常識

〈薛偉〉出自李復言《續玄怪錄》，敘述青城縣主簿薛偉一日感染熱病，病中半夢半醒之際化身為魚的一段奇幻經歷。

故事從薛偉夢醒寫起。薛偉醒來之後召來親友現身說法，敘述自己如何變身為魚，以及因貪吃魚餌被漁人釣起，一路呼喊卻無人理會，最後被廚子宰殺而驚醒的經過。與現實對照，正是當時友人正在享用的餐桌上的那條大魚！從此他與友人再也不敢殺生。

傳奇故事情節單純，寓意主要含有佛家「眾生皆有佛性」的意涵，薛偉透過化身頓悟了殺生的罪孽。到了晚明，馮夢龍編寫《醒世恆言》時，將原本一千多字的傳奇敷寫成一萬多字的擬話本小說〈薛錄事魚服證仙〉，文中細寫了薛偉病中妻子親人的擔憂與求醫處置，大大擴展敷寫薛偉化身為魚之後，設法與人對話卻不被理解的惶恐焦慮，並添入「魚躍龍門」的原始信仰，以此投射科舉士人對於登科進爵的渴求想像，同時增加「神仙李八百」、「琴高謫凡」等等道教元素，展現了晚明時期儒、釋、道三教互滲的豐富市井文學景象。

名句的故事

薛偉病中夢醒恍惚之際來到水岸，思及小時候是喜歡游泳的，長大後卻久未戲水，乃有「人浮不如魚快」的慨嘆與思欲化魚的想望。在此，「化魚」是自在悠游的象徵，表達凡人超脫現實枷鎖、塵俗羈絆的冀望。

仁人志士背負經世濟民的使命，任重而道遠，理想在現實中碰撞，難免失意困挫。他們不像薛偉那麼天馬行空地想要化身為魚，卻不約而同以泛遊江海表達對於突破現狀、尋求解放的自由想望。

面對禮崩樂壞、周遊列國無果的局面，孔子曾慨嘆：「道不行，乘桴浮于海，從我者其由與？」理念不得施展，何妨就乘著獨木舟大海漂泊吧！唉，會隨我流浪去的，大概是子路吧？直腸子子路聽不出玩笑話背後的悵然，顯露出喜悅之色。孔子想必覺得又好氣又好笑吧，只好說：「由也好勇過我，無所取材。」意思是子路這個人比我勇敢，但缺乏才能，調侃了子路一番。

詩仙李白感懷時光飛逝、生活憂煩，寫下〈宣州謝朓樓餞別校書叔雲〉中膾炙人口的名句：「人生在世不稱意，明朝散髮弄扁舟。」

既然舉杯銷愁、抽刀斷水都無濟於事，就什麼都別管了，海上放縱漫遊去吧！而蘇軾被貶黃州時，是他人生的最低潮。一次東坡酒醉，三更返家，他在水邊獨自一人「倚杖聽江聲」，聽著聽著，油然而生「小舟從此逝，江海寄餘生」（〈臨江仙〉）的念頭。

歷久彌新說名句

對原始心靈來說，身體形象可以自由轉換，精神可以不死，是以杜鵑啼血、精衛填海，留下一篇篇大膽奇想的神話傳說，成為後世尋求精神解脫的發想依據。

《莊子》一書透過「鯤化鵬」這樣一個毫不設限的大魚變大鳥的變形想像開篇，跳脫形體拘束，以此破解事實框架，拉開思考跨度，大談「逍遙」之道。然後，莊子在〈齊物論〉又說了一個「莊周夢蝶」的故事。

一日莊周夢為蝴蝶，愉快自適，忽而醒來，竟不知究竟是莊周夢為蝴蝶，抑或蝴蝶夢為莊周？以夢醒之際的奇幻寓言引人進入真實和虛假、物我兩忘的哲思命題，引發後人許多共鳴。清張潮《幽夢影》說：「莊周夢為蝴蝶，莊周之幸也；蝴蝶夢為莊周，蝴蝶之不幸也。」恐怕還不算真懂莊周。

相對而言，西方經典卡夫卡《變形記》對於「變形」的想像則是沉重的。一個竟日勞碌的業務員一日醒來，忽而離奇化為甲蟲，肢體沉重，無力自主支配，一時從家庭經濟支柱變成家庭負擔，家人將之關在房裡，漸漸不理睬而至心生厭惡，主角則身受罪惡感煎熬，最後淒涼地死於自家床下。卡夫卡藉變形主角的自處與被對待，探討人性與人形的斷裂與人情疏離。

恃長波而傾舟，得罪於晦；昧纖鉤而貪餌，見傷於明

名句的誕生

宣河伯詔曰：「城居水游，浮沉異道，苟非其好，則昧通波。薛主簿意尚浮深，跡思閑曠，樂浩汗之域[1]，放懷清江。厭巘崿之情[2]，投簪幻世[3]，暫從鱗化，非遽成身，可權充東潭赤鯉。嗚呼！恃長波而傾舟，得罪於晦；昧纖鉤而貪餌，見傷於明。無或失身，以羞其黨，爾其勉之。」聽而自顧，即已魚服[4]矣。

～李復言《續玄怪錄．薛偉》

完全讀懂名句

1. 樂浩汗之域：以浩瀚水域為樂。
2. 厭巘崿之情：巘崿，ㄧㄢˇ ㄜˋ，大小山崖。表示厭惡人情仕途如山艱險。
3. 投簪幻世：簪，持冠之笄，投簪為棄官之意。表示想辭官離開虛幻人世。
4. 魚服：改變為魚的形體。

（魚頭人）傳達河神意旨：「陸居、水游分屬浮沉殊途，如果不是真心喜好，則很難在波濤中遨遊。薛偉你對化魚游水的嚮往很深，期待偷閒遊騁，以浩瀚水域為樂，希望在清江之上縱情開懷。你厭惡仕途艱險，希望辭官離開虛幻人世，我准許你暫時變身為魚，卻不是立刻真的完全轉換，而是權充東潭赤鯉。呀！但若是依恃興風作浪的本領，而使船隻翻覆，則犯了暗處傷人之罪；若是不注意細小魚鉤一味貪圖餌食，則有不明智之過。千萬不要犯錯失了身分，讓我們魚類蒙羞，你務必謹記。」

薛偉聽了，再看看自己的身體，頃刻間已轉變成魚的軀體了。

名句的故事

薛偉恍惚在江邊脫口而出化魚願望後，竟真有魚兒應答，說這並非難事！然後來了一位身騎娃娃魚（鯢），身長數尺的「魚頭人」前來宣達河神旨意，表示可以暫將薛偉變身為魚，權充東潭赤鯉，故事由是進入奇幻的變形想像情節。

「恃長波、昧纖餌」是河神旨意中對薛偉的告誡。前句警告莫以乍得的魚類本領興風作浪而害人，後句提醒他莫因克制不住口腹之欲誤食魚餌而遭害。既然為人有道，「化魚」自然也有所謂「魚道」。河神的一番提醒雖旨在勸「魚」，但究其深意，但對人也可有所啟發。

人在成長轉變階段忽而得到某種能力，在尚未熟習而達應用自如之際，最容易或為了新鮮好奇，或為了逞強炫耀而起肇端，難免引起波瀾，無意傷人。是以孔子告戒君子，在離開少年階段，實力已成的壯年時期，最需深知「血氣方剛，戒之在鬥」。

至於「貪餌」之戒，薛偉倒是真的犯了！也因為貪餌，才有後來被漁人趙幹捕獲，經歷遭宰殺而成桌上魚鮓的驚險災難。故事提到，薛偉是在明知是餌卻難忍飢餓的情況下明知故犯，馮夢龍改編之〈薛錄事魚服證仙〉中以「眼裡識得破，肚裡忍不過」，理智不敵感官欲望的情節做了精準點評。《孟子．告子》中有云：「耳目之官不思，而蔽於物。」人容易受到蒙蔽，假若不以心思考，容易把自己陷入險境。老子在《道德經》中提出經典的說法：「五色令人目盲，五色令人目盲，五音令人耳聾，五味令人口爽。」把盲從感官而為所欲為的禍害說得極為清楚明白。

歷久彌新說名句

從河神對於薛偉「不要興風作浪，不要輕餌貪食」的告誡，可讀出「不要看輕自己所能帶來的破壞力，不要看輕眼前可能遭遇的危機」的深意。

在講求秩序、規避風險的情況下，過往教育傾向對於各領域中技藝未臻成熟的新人，在弄清楚狀況之前務必謹慎，知所節制，這也是為什麼《禮記．學記》有「幼者聽而弗問，學不躐等」的勸告。為學必須按部就班，直到耳濡目染，技藝純熟，能夠掌控自如的時候，許多情況的處置斟酌也就自然而然懂得如何應對了，在此之前，多聽多做少開口發表意見，以求節制經驗不足又自作主張而興風作浪或誤觸餌網的冒險。

然而，從另一個角度來看，所謂「初生之犢不畏虎」，新人雖然容易因為弄不清楚狀況而出錯，卻也因沒有太多傳統包袱而更敢於做各種嘗試，過度要求節制，又不准予扣問，則可能壓縮開創新局的空間。尤其時至今日，時代變遷快速，經驗、學識之廣博不見得依循年齡、輩分積累，光看有多少父母師長的網路、雲端知識來自子輩學生就可窺知。

是以，在沒有前輩提攜傳承的情況下勇敢冒險嘗試是必須的，而也正因為沒有前人引領，對於新技能所可能帶來的破壞力與限度的自我警覺意識自然顯得更為重要。面對生活挑戰，進、退、收、放之間的斟拿捏誠為智慧，需要透過日復一日的實踐體悟領略，不過，想那至聖先師孔子也是直到年屆七十，才臻於「從心所欲不逾矩」的生命境界，我們又何必太過拘縛自己！

石季倫、猗頓小豎耳

名句的誕生

子春慚不應，老人因逼之，子春愧謝而已。老人曰：「明日午時來前期處。」子春忍愧而往，得錢一千萬。未受之初，發憤，以為從此謀身治生，石季倫[1]、猗頓[2]小豎[3]耳。

～李復言《續玄怪錄．杜子春》

完全讀懂名句

1. 石季倫：石崇，字季倫，西晉人，於河陽置金谷園，富比王侯。
2. 猗頓：春秋末期至戰國初期，山西運城臨猗人。跟隨陶朱公學習經商致富，「猗頓」為其號，真實姓名已不可考。
3. 小豎：指輕視罵人的話。此處指輕視石崇、猗頓的財富。

子春內心慚愧沒有回應，老人強迫他回答，子春只能愧疚認錯。老人於是對他說：「明天中午時分，來之前約定的地方見面。」到了時間，杜子春忍耐著心中的羞愧前往赴約，得到老人贈送的一千萬。杜子春尚未拿到錢的時候，決定發憤圖強。認為自己只要努力經營，就算是石崇、猗頓，也無法與他相比。

文章背景小常識

〈杜子春〉一文收錄於《續玄怪錄》中，作者李復言，隴西人，生卒年不可考，該書另一篇〈尼妙寂〉中提及：「太和庚戌歲，隴西李復言遊巴南，與進士沈田會於蓬州。田因話奇事，持以相示，一覽而復之。錄怪之日。遂纂於此焉。」可知李復言應該是唐文宗太和年間人。當時牛僧孺曾撰成《玄怪錄》一書，李復言於是將所記載奇聞軼事名為《續玄怪錄》。

〈杜子春〉描寫杜子春年輕時遊手好閒、不務正業，縱情酒肆之間，耗盡家產，他求助於親戚朋友，但都因為他不事生產的態度而被拒絕。後來杜子春遇到一位神祕老人，接連三次資助他金錢，為了報答老人之恩，杜子春願意為老人顧守丹爐。老人要求他不管看到什麼景象，都不能發出聲音，否則前功盡棄，煉丹不成。杜子春在歷經種種幻象的考驗，眼見成功，但最後因為眼見自己的孩子被摔死，割捨不掉母子親情，不覺失聲，而導致煉丹失敗。

〈杜子春〉故事的原型，可以追溯至《大唐西域記》中所記載的〈烈士池〉故事。

名句的故事

石崇生於西晉，在荊州時，每每搶奪遠方而來的商客，轉賣他們的貨物，因而致富。據《晉書》石崇本傳的記載，石崇與當時人王愷比較財富的多寡，有一回晉武帝賞賜了王愷一株兩尺高的珊瑚樹，枝葉茂盛，世上鮮少有能相匹敵的。王愷很高興的拿去給石崇看，石崇看過之後，竟拿出鐵如意將珊瑚樹打碎，正當王愷要厲聲責罵的時候，石崇命令左右，從家中拿出了六、七株三、四尺高的珊瑚樹來讓王愷挑選。王愷眼見這些珊瑚樹秀麗脫俗、光彩耀目，比皇帝賜給他的更加珍貴，不由得沮喪黯然，失落地回去了，可見石崇富可敵國，甚至可能超過皇帝。

石崇在洛陽建造了一座富麗堂皇的金谷園，他讓愛妾綠珠住在金谷園裡，以歌舞陪伴，並教導綠珠以昭君出塞為背景的〈明君曲〉，綠珠以此為基礎編了一支「明君舞」，配合旋律，舞姿長袖飄飄，婉轉動人，一時稱頌。

石崇的財富驚人，但財富也為他招致禍患。晉惠帝永康元年，趙王司馬倫專權，石崇因為政治立場支持汝南王司馬允，在司馬允遇害後，成為司馬倫要肅清的餘黨之一。其下屬孫秀垂涎石崇的家產與綠珠的美貌，包圍了金谷園，綠珠不願意落入孫秀之手，於是墜樓自盡。石崇被押解到東市受刑，臨死之前無奈嘆息，說：「奴輩貪我家財耳！」

歷久彌新說名句

在這一段文字中，描述杜子春第二次受到老人幫助，由於他先前已經受助過，當時以為有這麼多錢就不會再窮了，然而坐吃山空，錢一到手就開始揮霍，沒多久又山窮水盡。所以當這一次老人問他怎麼回事，他覺得羞愧不已，發憤要改變，甚至用傲慢地態度想著，只要我願意，以這麼多錢為基礎，一定可以積聚財富，成為超越石崇的大富豪。可悲的是，他的立志只是空口說白話，一旦有了錢，就把豪情壯志忘得一乾二淨。

《論語．憲問》中記載一段話，子曰：「其言之不怍，則為之也難。」意思是說，一個人說話若是大言不慚，要他實踐一定很困難。朱熹在《四書章句》中便說：「大言不慚，則無必為之志，而不自度其能否也。欲踐其言，其不難哉。」朱熹引申孔子的話，指出一個人要是說大話不會臉紅，表示他也缺乏做事的決心，進一步來說，他沒有考量自己是否有能力實行。所以想要完成他所說的事情，實在很難。後來「大言不慚」就用來比喻說話言過其實而不知慚愧。

同樣的《論語．憲問》中，孔子又說：「君子恥其言而過其行。」意思是說君子對於言語超過行為的表現，感到羞恥。這也就是說，一個人務必要言行一致。

故事中，杜子春夸夸其談，可惜一再失信，就人格來看，杜子春意志軟弱、不堅定，受不了誘惑，經常說大話，做事高高抬起、輕輕放下，但就小說家的筆法而言，這樣的描寫更貼近真實人性，反而吸引讀者繼續閱讀呢！

錢既入手，心又翻然，縱適之情，又卻如故

名句的誕生

錢既入手，心又翻然[1]，縱適之情，又卻如故[2]。不一二年間，貧過舊日。復遇老人於故處，子春不勝其愧，掩面而走。

～李復言《續玄怪錄．杜子春》

完全讀懂名句

1. 翻然：忽然改變。
2. 如故：如舊，猶言仍舊、依舊。

錢一拿到手，子春心意立即改變，又過著和以前一樣揮霍無度的生活。不到一、二年的時間，他就落得比往日還要貧窮的下場。他再一次於老地方遇到老人，子春感到異常羞愧，用手遮住了臉，轉頭就跑。

名句的故事

在〈杜子春〉的故事中，老人總共三次給予杜子春錢財，分別是三百萬、一千萬及三千萬，此句所描寫的是第二次給予錢財的結果。

最初杜子春窮困潦倒，因為親戚不救濟他而走投無路，他飽嚐人情冷暖，決定痛改前非，但是舊習未除，所以當他第一次得到老人給予的三百萬後，原本想要振作的決心忽然間改變了，又在享受和歌舞聲中沉淪，最後將金錢揮霍殆盡。

第二次遇到老人時，杜子春回首前塵，感到慚愧，然而老人很大方的再次給予他一千萬資助。在得到大筆金錢的同時，杜子春暗下決心，認為他將利用這筆錢重新振作、大有作

為，以超越歷史上的富豪石崇、猗頓為目標。沒想到這次接過錢後卻又改變了心意。作者在此用了「又翻然」三字，將杜子春心意的轉變、再次墮落的迅速，做了極傳神的描寫。

「翻然」二字，在典籍裡亦作「幡然」。《孟子・萬章》篇中記載伊尹原本不願意出來輔佐商湯，但是商湯三次派人前去禮聘，到了第三次伊尹才改變了他的心意：「湯使人以幣聘之，（伊尹）囂囂然曰：『我何以湯之聘幣為哉！我豈若處畎畝之中，由是以樂堯、舜之道哉！』」湯三使往聘之，既而幡然改曰：『與我處畎畝之中，由是以樂堯舜之道，吾豈若使是君為堯舜之君哉。』」意思是指伊尹本來只想要獨善其身，但後來轉念一想，與其獨自樂堯舜之道，不如輔佐國君，使國君成為像堯舜一樣的君主。所以孟子用了「幡然」二字，來形容前後想法不同的變化。

歷久彌新說名句

大富大貴是人人所希望的，只是杜子春每每一得手金錢，就故態復萌，才會落得窮途潦倒的處境。他不是沒有受過窮困的痛苦，也曾因為家貧走投無路，然而他在困頓時後悔，但一有了錢卻又縱情聲色，忘記貧窮的痛苦。

吳象之有〈少年行〉一詩：「承恩借獵小平津，使氣常遊中貴人。一擲千金渾是膽，家無四壁不知貧。」描述某少年獲得眷寵，陪同皇帝游獵，交往之人非富即貴，養成出手闊綽的習慣，完全忘記家中一貧如洗的窘境。此詩中「一擲千金」，就是形容花錢如流水、毫不心疼手軟。

宋代毛滂〈祭鄭庭誨文〉中說：「退託於酒，日飲亡何……小詩翠成，晚更婉熟……揮金如土，結容如市……開口烈笑，人生能樂，蒼醉不知，笑以沒齒，君年不足，行樂則過。」描述朋友鄭庭誨退休後一派怡然自然，縱情詩酒，不在乎金錢名利，樂而忘憂。文中「揮金如土」原本無褒無貶，後來意義被延伸作為浪費金錢。

由於杜子春得到錢財過於容易，所以不知

珍惜，等到口袋空空，四處碰壁，嚐盡人情冷暖，才想著後悔要振作，然而為時已晚。而他一錯再錯，更顯現得出真實人性意志力的軟弱。

西方有句諺語：「黃金隨潮水而來，也要早起去撈它。」所有的成功，都要靠自己去努力，當你嚐到甜美的果實，才會知道珍貴。

此而不痊，則子貧在膏肓矣

名句的誕生

老人牽裾[1]止之，又曰：「嗟乎，拙謀也。」因與三千萬，曰：「此而不痊[2]，則子貧在膏肓[3]矣。」

～李復言《續玄怪錄．杜子春》

完全讀懂名句

1. 牽裾：裾，衣袖。拉住衣服的衣袖。
2. 痊：病除，康復。
3. 膏肓：指人體心臟與膈膜之間，藥力難至之處。引申所患疾病已經達到難治的階段。

老人拉住柱子春的衣服後襟，不讓他離開，又感嘆地說：「唉！你真是不善於營生啊！」於是又給他三千萬，說：「如果這次沒辦法根治你揮霍的惡習，那你就將貧苦終生，無可救藥了。」

名句的故事

杜子春一再辜負老人給予的幫助，這次當他再次遇見老人時，羞愧地想要逃走，老人拉住他，再給他三千萬，又警告他，「要是無法根治你揮金如土的劣習，你就病入膏肓了。」

「病入膏肓」一詞出自《左傳》。魯成公八年時，晉景公誅殺趙氏家族，兩年後，他夢見一個披頭散髮的厲鬼，捶胸頓足、語調淒厲地說：「你殺了我的子孫，我已經向天帝稟告，要來報仇。」景公嚇得從大廳奔入房間，但厲鬼緊跟在後，他又從房間躲入臥室，厲鬼依舊不放過他。景公驚醒後，召見一名巫人，巫人占卜的情形，與景公的夢境不謀而合。

經過這次的驚魂之後，景公的身體狀況每況愈下，只好向秦國尋求良醫。秦桓公指派了名為緩的醫生去晉國治病。醫生尚未抵達時，晉景公又夢見兩個小孩在說話，一個說：「緩是醫術高明的醫生，我看情況不妙，咱們還是快逃走吧！」另一個則老神在在地說：「怕什麼，我們一個在膏之上，一個在肓之下，他拿我們沒辦法的。」

當緩來到晉國，探視過景公後，搖搖頭說：「您這個病是治不好的了，病徵在膏之上，又在肓之下。我用藥不能太猛，但不下重藥，藥力又無法驅散疾病。我真是無能為力呀！」景公心裡有數，致贈厚禮，送他回秦國。

「病入膏肓」除了形容病重難治，也引申為事情的發展，已經到了無可收拾的地步了。

歷久彌新說名句

在這句話中，老人指責杜子春「子貧在膏肓矣」，暗諷世人有病不治，有錯不改。

春秋戰國時代，名醫扁鵲醫術高明，有起死回生的本事。有一次，扁鵲到齊國行醫，齊王召見他。扁鵲一見到齊王就說：「大王您生病了，病徵在皮膚，現在治療好得快。」但齊王不予理會。五天後，扁鵲又提醒齊王，「大王，您的病跑到血脈啦，趕快治療，現在還來得及。」齊王越聽越不高興，嗤之以鼻。再過五天，扁鵲憂心忡忡地警告，「大王，您的病已經進入腸胃，請您趕快讓我治療吧！」齊王依舊不當一回事。又過了幾天，齊王感到非常不舒服，於是急忙請扁鵲來診治。扁鵲看到齊王，搖頭嘆氣說：「大王，您的疾病已經擴散到骨髓裡去了，我也束手無策。」沒多久，齊王就一命嗚呼了。

在這個故事中，齊王與杜子春有著相同的毛病，對他人的好意提醒充耳不聞，等到事情一敗塗地，已經無法挽回了。所以有了錯誤就要及時改正，以免後悔莫及。

萬苦，皆非真實

名句的誕生

戒曰：「慎勿語，雖尊神、惡鬼、夜叉[1]、猛獸、地獄，及君之親屬為所困縛[2]萬苦，皆非真實。但當不動不語，宜安心莫懼，終無所苦。當一心念吾所言。」

～李復言《續玄怪錄．杜子春》

完全讀懂名句

1. 夜叉：佛教用語，指動作敏捷、身強力壯，會傷害人的鬼。
2. 困縛：縛，用繩子綁住，意指受到拘束。困縛，遭到綁縛約束。

（老人）叮囑說：「絕對不要開口說話。就算是看見神祇、惡鬼、夜叉、猛獸、地獄或你的親人被綑綁束縛，受到萬般苦難，那都是虛妄而非真實的。你只要不亂動不言語，安定心神別害怕，是不會有痛苦的。你一定要記住我說的話。」

名句的故事

這一段文字，是〈杜子春〉承先啟後的關鍵。接續故事，受到老人多次幫助的杜子春最後終於振作，重建家業，但他也因此看破世事，渴望求仙，因此決心聽命於老人，來報答他先前的幫助。

老人接受杜子春，並為他設下了一道考驗，叮嚀他必須經歷幻象，不管發生什麼事情、看到什麼東西，都不要發出聲音，因為「萬苦，皆非真實」。

老人煉丹雖是道教的方式，但所說的話語卻與佛教相通。釋迦牟尼佛為了明白人生的苦從何而來、如何解決，而在菩提樹下修行，成道後，宣講四聖諦，就是苦、集、滅、道。

苦是四諦之一，唯有認識空、無常，才能超越苦給人的障礙。《心經》中也說：「觀自在菩薩，行深波若波羅蜜多時，照見五蘊皆空，度一切苦厄。」五蘊是指色、受、想、行、識，世間一切都是因緣生滅，終究是一場空，因此只要超脫執著，就能離苦得到解脫。

佛教思想認為世間的一切存在都是因緣和合而成的，也就是說事物的存在是各種因緣條件聚合一起，當這些條件不再時，事物就會消失。更進一步說，一切世間的存在無時無刻都在變化，因此並沒有恆常的事物。

歷久彌新說名句

《金剛經》上說：「一切有為法，如夢幻泡影，如露亦如電，應作如是觀。」對於一切事物，常作如夢幻泡影般的無常看待，自然就不會沉迷其中，執著不悟。〈杜子春〉的故事，雖然是以煉丹成仙的道教思想為主軸，但同時也摻雜了佛教思想在其中，如老人的叮嚀中提到的夜叉、地獄，都是來自佛教用語。而本句所說的「萬苦，皆非真實」，也融入了佛教對於世間事物存在的認知。

不同的文化中，也有類似的故事。古印度的經典《婆喜史多瑜珈》（*Yoga Vasistha*）中，曾經講述一個發人深省的故事。

有一個小國的國王，出身王族，從小在富裕的王宮中長大，耳目所及，皆是富貴美好的事物。一天，一個僧侶前來表演罕見的戲法。當僧侶揮舞雙手的同時，寶座上的國王突然呆滯，彷彿陷入沉思般恍惚，最後甚至從寶座上跌了下來。

朝臣們驚慌失措地上前扶起國王，國王清醒時，他敘述自己在昏沉的短暫時光裡，彷彿離開了宮廷，在深山中迷路，忍飢受餓，幸好得到一名年輕女子的幫助。無助的國王忘記了自己的身分，與女子結婚，成為賤民中的一員，夫妻兩人生兒育女，過著卑賤而困苦的生活。

後來國王居住的村落發生旱災與大火，他帶著妻子兒女逃入山中，眼看子女飢寒交迫瀕死，國王決定為家人犧牲，要求小兒子殺死自己，吃掉他的屍骸以維持生命。

他清楚看見自己被殺死、遭支解的場面，當屍體正要被放上柴架烤熟時，忽然耳邊聽見了宮廷的音樂聲與朝臣們的說話聲，國王驚醒過來，才發現這一切都不過是僧侶製造的幻覺……

與〈杜子春〉的故事不同，印度傳說中的這場夢，更強調現實世界純粹是精神上的幻象。然而這故事中國王的遭遇，與老人告誡杜子春，各種痛苦的感受，或者親人受苦的景象，不過都是幻影，不要信以為真而受到影響，有異曲同工之妙。

人誰無情，君乃忍惜一言

名句的誕生

其妻號哭曰：「誠為陋拙，有辱君子，然幸得執巾櫛[1]，奉事十餘年矣。今為尊鬼所執，不勝其苦！不敢望君匍匐[2]拜乞，但得公一言，即全性命矣。人誰無情，君乃忍惜一言？」

～李復言《續玄怪錄．杜子春》

完全讀懂名句

1. 執巾櫛：巾，手帕；櫛，梳子；執巾櫛，妻子的自謙詞。
2. 匍匐：本義指手和腳伏地爬行，在這裡是說盡力援救。

子春的妻子嚎啕大哭，說：「我確實是淺薄笨拙，有損你的名聲，但是有幸能成為你的妻子，奉侍你也已十幾年，現在被惡鬼所綑綁，受盡痛苦。我不敢乞求你會盡力援救我，只希望你說句話，我就能夠活命了。哪一個人會這麼無情呢？你竟然連說句話也不願意！」

名句的故事

〈杜子春〉故事情節可溯源至印度的〈烈士池〉，在玄奘《大唐西域記》就有〈烈士池〉傳說的記載，在〈烈士池〉中，隱士周濟烈士飲食，並給予金錢，烈士銘感在心，因此為隱士守護壇場。此一情節在〈杜子春〉中，則轉變成杜子春落魄時，老人三次給予金錢，杜子春心中感激，為老人守護藥爐。

故事中，殺人的將軍，見杜子春並不怕他

的威脅，再次引來地獄中的牛頭獄卒，想要逼迫杜子春開口說話，但杜子春不理會他，於是將杜子春的妻子抓來，讓牛頭獄卒鞭打她，用箭射她，刀砍、水煮、火燒，只為了讓杜子春看了，能起不忍之心，開口說話。然而，杜子春不為所動。妻子不禁嚎啕大哭，說出「人誰無情，君乃忍惜一言」。

「有情」和「無情」，在古典詩詞中，是經常出現的詞彙，有情者如李賀〈金銅仙人辭漢歌〉：「衰蘭送君咸陽道，天若有情天亦老。」；杜甫〈哀江頭〉：「人生有情淚沾臆，江水江花豈終極。」

無情者如李白〈西曲歌．大堤曲〉：「春風復無情，吹我夢魂亂；不見眼中人，天長音信斷」；歐陽修的〈啼鳥〉：「花能嫣然顧我笑，鳥勸我飲非無情」；元好問〈雪後招鄰舍王贊子襄飲〉：「青山無情不留客，單衣北風官路長」。

而劉禹錫的〈竹枝詞〉：「楊柳青青江水平，聞郎江上唱歌聲；東邊日出西邊雨，道是無晴還有晴。」更是以「晴」字為雙關，寫出小兒女的情思。

詩詞中無論是寫景、寫物、寫人，「情」是人的情感中很重要的一環，訴說著悲喜哀愁，文中妻子經歷苦難，雖是一種幻象，但杜子春不言不語，無怪妻子會如此哀戚怨懟。

歷久彌新說名句

所謂「一夜夫妻百世恩，百年修得共枕眠」，在這一段的故事中，杜子春見到妻子受到種種酷刑，卻依舊不發一語，妻子聲淚俱下懇求，仍然無法讓杜子春開口，儘管是作者有意安排，但夫妻的情分，其實是很珍貴的。

從傳統文學作品中可以看得出來，無論是訴說青年男女互相愛慕的情詩，或是獨守空閨的閨怨詩，甚至懷念情人的詠歎詞，在在顯示人們在愛情與婚姻上，期待歲月靜好的心意。因此，若是夫婦兩人能夠相敬相愛、鶼鰈情深，總是會成為一段佳話。

明末清初文人錢謙益與妻子柳如是，夫唱

婦隨，感情和睦。柳如是身世坎坷，幼時被賣身至青樓，因緣際會得以學習琴棋書畫，而且擅長書法丹青。錢謙益對柳如是一見傾心，兩人結婚時，錢六十歲，柳二十四歲。錢謙益為妻子修築「絳雲樓」，絳雲樓藏書豐富，兩人時常在樓內博覽群書、吟詩作對。

清代文人沈復與他的表姊陳芸，兩人青梅竹馬、情投意合。陳芸生性恬淡，才思雋秀。沈復與陳芸婚後伉儷情深，形影不離。沈復曾在七夕刻「願生生世世結為夫妻」印章兩枚，一枚贈與妻子，作為通信時用。陳芸後來病逝，沈復悲痛萬分，他的著作《浮生六記》，記載了兩人相處的情形。林語堂在《浮生六記》英譯本後序中曾說：「沈三白之妻芸娘，乃是人家最理想的女人。」

夫妻之間是親情，也是愛情，白居易〈長恨歌〉中的名句「在天願做比翼鳥，在地願為連理枝」，道盡了有情人之間的愛戀，所以，夫妻之間若能珍惜得來不易的感情，兩人必能攜手共度、天長地久。

吾子之心，喜怒哀懼惡欲皆忘矣，所未臻者，愛而已

名句的誕生

道士前曰：「吾子之心，喜怒哀懼惡欲，皆忘矣，所未臻[1]者，愛而已。向使子無噫聲，吾之藥成，子亦上仙矣。嗟乎，仙才之難得也！……」

～李復言《續玄怪錄．杜子春》

完全讀懂名句

1.臻：到達

道士上前說：「在你心中，喜、怒、哀、懼、惡、欲都可以忘記，只有愛無法捨棄。假使方才你沒有發出『噫』的叫聲，我的仙丹就煉成了，而你也能夠成仙。唉，想成仙是很難的。」

名句的故事

這段文字，是〈杜子春〉一文的精髓所在。杜子春經歷萬般考驗，無論是鬼神恫嚇、人情譏諷都能謹守道士叮囑，無論如何都不開口，但是當目睹骨肉受折磨時，還是忍不住出聲了。當杜子春發出「噫」的聲響時，才發現眼前一切都是幻覺。道士告訴他，想要成仙，必須要放下喜、怒、哀、懼、愛、惡、欲等七情，但對杜子春來說，即使放下了其他六情，但唯獨愛是難以割捨，因此只能做個凡夫俗子。

《禮記．禮運》中記載：「何謂人情？喜、怒、哀、懼、愛、惡、欲七者弗學而能。」人情，就是人之常情。喜、怒、哀、

懼、愛、惡、欲這七情是人生而本有的。不過按照《左傳》記載中說：「六情謂喜怒哀樂好惡。」一起初只有喜、怒、哀、愛、惡、欲六情，與《禮記．禮運》略有不同。

佛教中談到的「七情」，分別是：喜、怒、憂、懼、愛、憎、欲。道教的全真七子之一馬鈺曾有〈寄蒲城陸德寧〉一詩，其中有詩句寫道：「願君開悟除三毒，學我澄清屏七情；拂袖超然離苦海，雲朋霞友論長生。」只有超脫七情，才能討論長生不老。而在中醫裡，也有所謂「七情」，是喜、怒、憂、思、悲、恐、驚等七種情緒，若大喜大悲、大驚大恐、過於憂思，都會成為內傷的病因。

歷久彌新說名句

宋代愛國名臣洪皓在〈用韻贈傅學士兼述懷思古三首〉其三中寫到：「欲話艱難慮損神，可憐無告一窮民；詼諧好比盧思道，喜怒忘同杜子春；去國登樓聊自遣，越鄉懷璧不如貧；范睢為魏歸須賈，不是綈袍戀故人。」洪皓有「宋代蘇武」之稱，他出使金國，被扣留在荒漠中十五年，他不卑不亢、堅貞不屈，最後終於回到故鄉。他在詩中提到「喜怒忘同杜子春」，當一切都失去時，似乎喜怒哀樂都不是那麼重要了，隱隱也透露出超脫世俗、雲淡風清的襟懷。

唐傳奇中不乏成仙求道的故事，如〈柳毅傳〉、〈遊仙窟〉等作品。唐末五代杜光庭撰寫《仙傳拾遺》，棉述神仙神話故事。儘管求仙獲得長生不老、家財萬貫、美女寵姬是人人渴求的，然而，〈杜子春〉一篇之所以深刻，不在於他幸運的三番四次獲得鉅額資助，也不是他能度過種種考驗，而是他即使求仙求道之心真切，但在最後的考驗中，仍表現出了人性不捨親情摯愛的反應。作者從人情切入，更能引起讀者共鳴。

人非草木，孰能無情，每個人都有心中難以放下的執念。作者在此留下一個反思，儘管成仙不易，但能夠在人世嚐盡種種磨難，或許才是人生而為人的原因吧！

慚愧情人遠相訪，此身雖異性長存

名句的誕生

李公以無由敘話，望之潸然。圓觀又唱竹枝[1]，步步前去。山長水遠，尚聞歌聲，詞切韻高，莫知所謂。初到寺前歌曰：「三生[2]石上舊精魂，賞月吟風不要論。慚愧情人遠相訪，此身雖異性長存。」

～袁郊《甘澤謠．圓觀》

完全讀懂名句

1. 竹枝：指竹枝詞，四川巴渝一帶的民歌，主題多為詠唱愛情。
2. 三生：原為佛教用語，指前生、今生、來生。

李源因為無法和圓觀暢談敘舊，只能望著他流淚。圓觀又唱起竹枝詞，一步步向前離去。於浩然悠遠的山水間，尚能聽聞圓觀迴盪的歌聲，歌詞深切，音韻高妙，難以參透歌曲的深意。剛到寺前，圓觀唱的歌詞是：「三生石上舊精魂，賞月吟風不要論。慚愧情人遠相訪，此身雖異性長存。」

文章背景小常識

本篇出自《甘澤謠》，為晚唐袁郊所撰寫的小說集，據聞此書為袁郊病中寫作，恰逢「春雨澤應，故有甘澤成謠之語」而命名。全書共八篇故事，多涉及超現實靈怪離奇之事。不少學者注意到《甘澤謠》對音樂的描繪幾乎通貫全書，如〈魏先生〉以音樂暗喻國運，〈紅線〉善於聽音吹笛，〈圓觀〉以竹枝詞作為全篇主旨，可見袁郊對音樂理解相當深刻，與將音樂運用於創作的多樣表現。

本篇是《甘澤謠》膾炙人口的名篇，描述來路不明的富僧圓觀與躲避安史之亂的士人李源彼此相知相惜的友誼。圓觀於某次旅途中告訴李源自己大限將至，死後將為江邊婦人之子，但不願就此割捨友情，希望李源好好安葬自己，並於三日後拜訪婦人剛出生的嬰兒，若嬰兒對他微笑，即是圓觀轉世後仍認得李源的暗號，並相約十二年後於杭州天竺寺再續前緣。

十二年後李源依約赴會，已轉世為牧童的圓觀竟以勤修佛法為由拒絕與李源對話，兩人再也無法恢復過往的親密友誼，然而圓觀離去前所唱的竹枝詞，卻又隱約透露本人的深刻情感。這篇故事情節離奇曲折，體現傳統中國人對輪迴、精魂不死的信念。

除了蘇軾〈僧圓澤傳〉、古吳墨浪子《西湖佳話．三生石跡》等直接改寫篇章，本篇描述的「三生石」，日後引申成為男女情緣永恆彌堅的象徵，也是《紅樓夢》中賈寶玉、林黛玉前世相會的所在地。

名句的故事

士人李源和僧人圓觀是相識三十年，情誼非比尋常的知己，卻在一次三峽行旅中面臨生死分離。圓觀預知自己大限將至，囑託李源自己即將轉世的所在，並相約十二年後必定於杭州天竺寺再續前緣。十二年後年老的李源果然依約前往，見到已轉世投胎為牧童的圓觀。

透過小說描述，李源見到圓觀「乘牛、叩角、雙髻、短衣，俄至寺前，乃觀也」這段急切緊湊的描述，與詢問「觀公健否」的第一句問候，似乎可以察覺李源殷切慰問之情。然而轉世的牧童卻不回應李源問候，直言雖然您是真正有情有信的人，但我們已是不同世界、不同道路的人了，以後別再親近。若是努力修行，也許還有再見面的一天。一心渴盼再續友誼的李源面對這樣無情的宣告，只能無言哭泣。

然而牧童圓觀離去前所唱的竹枝詞，似乎又透露些許玄機：歌詩中稱李源為「情人」，即有情之人，對他守信遠道趕來表示愧謝，並表明即使歷經輪迴，現在的牧童面貌已非昔日的老僧圓觀，但心靈意志卻是長存不改。肉身改易，但靈魂不朽，仍深銘對方的情意與往日交遊的豐富回憶。而「三生石」堅硬質樸，帶點頑固不馴的氣質，在竹枝詞中作為經歷紅塵生死，仍一秉初心，無悔不渝的關鍵意象，實則也暗示圓觀對李源仍懷有真摯深刻的情誼。

歷久彌新說名句

圓觀轉世為牧童對李源歌唱的〈竹枝詞〉，原為四川巴渝一帶的民謠，善以江水、漁樵、竹枝等當地風物詠唱男女愛情，也常運用民歌常用的諧音手法表露情愫，用字平易，情感真摯。

劉禹錫、白居易等詩人皆曾仿作〈竹枝詞〉，以民歌較為親切質樸的風格抒發自我情感。諸如「楊柳青青江水平，聞郎江上唱歌聲，東邊日出西邊雨，道是無晴還有晴」，詩中的「晴」即諧音「情」，探問天氣，實則探問對方情意。

再如「山桃紅花滿上頭，蜀江春水拍江流。花紅易衰似郎意，水流無限似儂愁」、「瞿塘嘈嘈十二灘，此中道路古來難。長恨人心不如水，等閒平地起波瀾」等詩句，皆以長江水為主要意象，比擬自身澎湃綿長的愁緒或變化難測的人心。

〈圓觀〉這篇故事同樣運用竹枝詞表露圓觀深奧難言的情懷，一方面展現文人對竹枝詞這類民歌體裁運用之純熟，再方面由牧童演唱的短歌，也是常民生活風情的展現。

常慕歌利王割截身體，及菩提投崖以飼餓虎

名句的誕生

「……有孫氏，亦族也，則多遊豪貴之門，亦以善談謔，故又以之遊于市肆間。每一戲，能使人獲其利焉。獨吾好浮圖氏，脫塵俗，栖[1]心巖谷中不動，而在此且有年矣。常慕歌利王[2]割截身體，及菩提投崖[3]以飼餓虎，故吾啖橡栗，飲流泉，恨未有虎狼噬吾，吾亦甘受之。」

～張讀《宣室志．楊叟》

完全讀懂名句

1. 栖：通「棲」，寄棲、寄心。
2. 歌利王：指仙人任歌利王斬斷身體，也要度化歌利王的佛經故事。
3. 菩提投崖：指薩陀那太子寧願讓餓虎吞吃自己，也要讓餓虎重獲生存精力的佛經故事。

「……其中的孫氏，是我們的親族，多遊歷於豪族富貴之家，善於談笑諧謔，所以也常出沒集市，每次表演都能使人獲得不少利潤。惟獨我喜好佛法，遠脫世俗，寄心山谷而不為俗事動心，在此已有好幾年了。我常欽慕佛陀受歌利王千刀萬剮的痛苦而悟道、以及菩提自願跳崖以餵養餓虎的胸襟。所以我吃橡實、喝山泉水，常遺憾沒有虎狼吃我，若有，我必心甘情願地領受。」

文章背景小常識

本篇〈楊叟〉出自張讀《宣室志》，全書共十卷，補遺一卷，以漢文帝於宣室詢問賈誼

鬼神之事為名，寄託作者似乎於現實仕宦失意，卻喜好寄情志怪，聊以排遣的旨趣，內容充滿輪迴變化、因果報應等佛理色彩。

本篇敘述孝子楊宗素為了拯救重病的父親，苦尋活人之心作藥引，無意間誤入山中小廟，撞見一位長相古怪的西域老僧。老僧表示發願犧牲自我，救濟眾生，宗素見獵心喜，便直接請求老僧挖心救父。然而老僧卻在答應宗素的請求之後，講述一句《金剛經》經文，旋即化為猿猴騰躍而去。

這篇故事既有暗示老僧為猿猴精的諧擬描寫，也有運用佛典「心猿意馬」熟語、可以多重解讀的象徵手法，宛如一則精警寓言，深具閱讀趣味。

名句的故事

〈楊叟〉一文講述了孝子楊宗素為救父親楊叟之病入山林、遭逢胡僧的奇遇，全篇頗具寓言意味。楊叟的病因是「心病還需心藥醫」的具體鋪陳。大夫表示其病竟是因家產太過龐大，使人心受利益蒙蔽，才染上嚴重心病。這段離奇的情節設定本身就具有鮮明的象徵意味。

文中老僧自稱「吾本是袁氏，祖世居巴山」，描述親族龐大，袁氏親族為林泉逸士，孫氏親族善於談笑戲謔，常出沒市井，這段描述明顯是「猿」、「猻」的諧音借義，暗示已身實屬猿猴異類。老僧繼而又引述歌利王、菩提投崖等典故，表示自己傾慕佛法，渴望捨身的熱忱。

相傳歌利王帶宮女打獵嬉戲，小寐甦醒時，發現宮女們皆環繞樹下端坐禪修的忍辱仙人（佛未成佛之前的一個身分），一時妒恨交加，便將忍辱仙人痛斬手足，支解碎裂。然而忍辱仙人卻甘心忍辱，甚至發願若得道必將度化殘害自己的歌利王。而大車國王的三太子薩陀那打獵時見母老虎因剛產下幼崽，性命垂危，便讓母虎喝自己的血，又讓母虎吞吃自己以獲得哺育幼崽的精力。這兩則佛經故事都展現修行高深的佛教尊者捨身度化眾生，即使粉身碎骨也在所不惜的慈悲心。

歷久彌新說名句

於山中苦修的老僧發願如佛陀般布施眾生，展現佛教徒「利他」的精神。印度佛教曾流行「頭陀行」，主張極端禁欲刻苦生活，甚至吃牛糞、睡荊棘，以保持自我身心的警醒清潔。然而佛教東傳後，頭陀行一派的理念與儒家「身體髮膚受之父母，不敢毀傷」的觀念互相抵觸，並不盛行，而是主張奉獻利他的大乘教派在中國廣為蓬勃興盛。

佛典曾載薩波達王接受帝勢天的考驗，割肉餵鷹，只為拯救一隻鴿子。地藏王菩薩云：「我不入地獄，誰入地獄。」發誓當地獄淨空再無受苦罪人之際，才是祂得道涅槃之時。

而唐代李復言的《續玄怪錄》也記載了一個關於捨身奉獻的故事：延州美女人盡可夫，任何男子都可與其放浪交歡，美女猝逝後，延州男子無不悲嘆，卻有胡僧告知美女乃慈悲喜捨的鎖骨菩薩，希望滿足眾生欲望，使人於極度滿足之後，感悟原先所追求的不過是無法令人真正滿足的虛妄之物。眾人挖出棺木查看，發覺美女的遺骸上，每根骨頭都如鎖頭鉤連糾纏，果然是「鎖骨菩薩」。

過去心不可得，現在心不可得，未來心不可得

名句的誕生

僧曰：「檀越[1]所願者，吾已許焉。今欲先說《金剛經》之奧義，且聞乎？」宗素曰：「某素尚浮圖氏，今日獲遇吾師，安敢不聽乎？」僧曰：「《金剛經》云：過去心不可得，現在心不可得，未來心不可得，檀越若要取吾心，亦不可得矣。」言已，忽跳躍大呼，化為一猿而去。

～張讀《宣室志．楊叟》

完全讀懂名句

1. 檀越：施主。以財物、飲食供養出家人或寺院的俗家信徒。出家人用「檀越」尊稱一般的在家人。

僧人說：「施主所想要的，我已經應允了，現在我想先給你解說《金剛經》的深層含義，你想聽嗎？」宗素便說：「我一向崇尚佛法，今天能幸運遇見我的老師，怎敢有不聽的道理？」僧人說：「《金剛經》中說：過去心不可得，現在心不可得，未來心不可得。施主若想取我的心，也不能得到！」說罷，忽然跳起來大叫，變化為一隻猿猴而離去。

名句的故事

想要尋求活人心臟治療父親的宗素，在聽聞老僧渴望捨身修行之後，隨即稱讚老僧「真至人」、「仁勇俱極」，並進一步表示若能「棄身於豺虎，以救其餒，豈若捨命於人，以惠其生乎」，懇求老僧與其捨命餵養豺虎，不

如挖心救人。老僧原本慨然應允，卻在開釋《金剛經》一句描述「心」的警語後，忽然化為猿猴騰躍而去，留下宗素呆立山中，驚駭不知所措。

這無疑是〈楊叟〉全篇最戲劇性的轉折，也使原先宗素與老僧的對話，翻轉出諷刺與指涉禪宗修心理念等多重意涵。說諷刺，是因宗素不惜言語奉承，只為誘使老僧挖心自殺，當他為了救父而動歹念時，這位孝子的心瞬間變質。而妖精所化的老僧，不但狠狠戲弄了宗素，也使原先的嚴肅慈悲，更傳達出另一重亦正亦邪、捉摸不定的意味。

「過去心不可得，現在心不可得，未來心不可得」一語，原指人的心識變幻萬千，難以掌握。老僧引述此語用以表明宗素的執著實乃徒勞無功，將原本作為藥引的器官「心臟」，轉化為抽象精神層次的「心靈」，頗具禪宗機鋒。言此意彼，於尋常言語中寓有精警見解，當人頓悟後自可拋開既定框架，不必執著於起初的思維。

而本為猴精的老僧，似乎也可視作「心」的具體象徵，其一言一行展現人心靈活難以馴服的旨趣，對過度執著的宗素有濃厚的顛覆棒喝意味。

歷久彌新說名句

宗素巧遇的老僧竟是猴精所化，在講述《金剛經》警語「過去心不可得，現在心不可得，未來心不可得」後乍然遠離。在這篇故事中，猴精似乎可視為「心」的象徵，坐實了「心猿意馬」的心態描繪。

心猿意馬原是佛教修行時常見的詞彙，指人心思攪擾虛浮，如猿猴、馬匹跑跳躁動，難以沉定。如魏伯陽《參同契》云：「心猿不定，意馬四馳。」《敦煌變文集．維摩詰經講經文》中也說：「卓定深沉莫測量；心猿意馬罷顛狂。」

而《西遊記》中的孫悟空與白龍馬，更是「心猿」以及「意馬」的具體象徵，從〈八卦爐中逃大聖，五行山下定心猿〉、〈心猿歸正，六賊無蹤〉等回目，都可明顯看出「心猿」深具修行象徵的意涵：人心如猿猴騰躍躁動，難以馴服，須經一番特殊磨練，方能臻至新層次的覺悟。

唐人傳奇

虎嘯風生，龍騰雲萃

100

女子之行，唯貞與節，能終始全之也

名句的誕生

君子曰：「誓志不捨，復父夫之仇，節也；傭保雜處[1]，不知女人，貞也。女子之行，唯貞與節，能終始全之也。如小娥，足以儆[2]天下逆道亂常之心，足以觀天下貞夫孝婦之節。」余備詳前事，發明隱文[3]，暗與冥會[4]，符於人心。知善不錄，非《春秋》之義也，故作傳以旌[5]美之。

～李光佐〈謝小娥傳〉

完全讀懂名句

1. 傭保雜處：僱工、傭人雜居在一起。
2. 儆：警戒。
3. 隱文：隱射的文詞。猶今之謎語。
4. 冥會：默悟。
5. 旌：表揚、表彰。

君子說：「發誓立志不放棄，報殺父、殺夫的仇，是氣節的表現；和僱工傭人雜居在一起，卻沒有人知道她是女人，是貞潔的行為。女人的品行，在於保全貞潔與氣節。就像謝小娥這般，表現出足以警戒世上背叛道義、違反倫常的邪念，足以顯示世上貞夫孝婦的節操。」我詳細敘述前因後果，發現隱射的文詞，冥冥中領悟善惡報應，符合勸人向善之理。知道善事而不記錄於世，不合乎《春秋》大義，所以我寫這篇傳記，用來表彰小娥的義行。

文章背景小常識

〈謝小娥傳〉不同於一般虛構的小說，作者李光佐置身故事之中，說明這是一篇真實的人物傳記，內容多確有其人、確有其事。

文中的謝小娥是商人的女兒，八歲喪母，父親與丈夫在外經商。十四歲時父兄被盜賊所殺，小娥自己也傷胸、斷腳，漂流在水中獲救，一路乞食，直到寄居尼姑庵。

因為夢到父親跟她說：「殺我的是車中猴、門東草。」又夢到丈夫告訴她：「殺我的是禾中走、一日夫。」因此小娥廣求破解謎語，希望報父兄之仇，但多年仍不知謎底。直到李光佐罷官後途經建業，謝小娥間接請他解謎，竟輕鬆破解，小娥將殺父、殺夫仇人「申蘭」、「申春」兩個名字寫在衣中，發誓訪求二賊為父、夫報仇。

她男扮女裝，到處幫傭尋訪仇家。一年後在潯陽發現了仇家申蘭的下落，而申春正是申蘭的同宗兄弟。小娥因此藏身府中，成為申蘭的得力助手，對方一直沒發覺她是女兒身。

某日，申春帶著鯉魚及酒拜訪申蘭，兩人暢飲酣醉，小娥見機不可失，將申春鎖於門內，抽刀砍下申蘭首級，再呼喚鄰人幫忙，將兩人及其同黨送府定罪。潯陽太宗替謝小娥上書，免除了她殺人償命的死罪。謝小娥泣謝李光佐後，入牛頭山學道，從此不知所終。

《新唐書》中曾據此文，將謝小娥編入《列女傳》。明朝淩濛初《初刻拍案驚奇》中的〈李公佐巧解夢中言〉、〈謝小娥智擒船上盜〉，和王夫之之《龍舟會》雜劇，皆取材自〈謝小娥傳〉。

名句的故事

〈謝小娥傳〉與才子佳人的愛情故事不同，部分研究者將〈謝小娥〉一文列入豪俠的範圍，因為她遭遇大難、女扮男身，用盡心機以報殺父、喪夫之仇，又能守貞節之志，她勇敢、堅毅的形象反映了唐代婦女的另一個典型。

唐代傳奇中的女俠形象，是婦女中的強者，她們是特定社會環境和社會矛盾下的產物，其作為往往寄託著普通百姓和弱者的理想。

作者李光佐寫下這段真實的人物傳記，描寫主角謝小娥遭遇喪父、喪夫的人生劫難後，沒有選擇重組新家庭，或遁身修道，遠離紅塵的萬般紛擾，反而選擇了最險峻的復仇之路，走出新的人生。雖然過程中太多意外的巧合，託夢、解夢之說也應是製造戲劇化的情節設計，但她善惡分明的形象深植人心，也使作者有表彰她義行的寫作動機。

如同本文名句所言：「女子之行，唯貞與節，能終始全之也。」傳統社會對女子品行的期待，只要守貞潔和有氣節就已足夠，但謝小娥卻遠不止於此，她復仇的過程與表現，展現出了智與勇、真與信的精神。

透過這個故事，讓我們看見，千年前的唐朝曾有一位奇絕的女子，為報父、夫之仇，夜夜為解夢中字謎苦思難眠、為尋訪仇家下落而甘願屈居僕役、為報仇雪恨不計代價，後半輩子卻只願潛心修道……她義無反顧的決心，不知令多少懦愚男子汗顏。

歷久彌新說名句

法國女權運動者西蒙．波娃說：「女人不是天生的，而是後天形成的。」因為兩性在生理和心理上的差異，過去女人一直被認為是次於男人的。而作為傳統女性，家庭就是女性自我認知的全部。

謝小娥本是在家庭機制內養成的女性，但是歷經喪父和喪夫後，她失去了自我認同，為了找回失去的身分，她請人破解謎語，並女扮男裝展開復仇之旅。她之所以著男裝，是為了建立與外界對話的管道，並找到存在於社會的方式。她為人幫傭，到處訪求，一方面是為了找到殺父、夫的兇手，一方面也是為了找回自己被奪走的幸福，重新建立自我認同。

在傳統觀念中，女扮男裝的服飾轉換，是有違道統的。因為古人認為男女應各守本分，不得僭越。但是不管是代父從軍的花木蘭，或是科舉奪魁的孟麗君，她們都和謝小娥一樣具有大丈夫般的胸懷與才幹，昂首面對生命的風浪，也因為拋開了傳統倫理對女子的限制和約束，反而激發出最大的潛能，贏得更深的敬重。

西蒙．波娃又說：「原來女人是可以有選擇的；而選擇必須建立在深刻的自覺、足夠的勇氣、以及自信與努力之上。」最終謝小娥透過勇氣、自信與努力找出兇手、親手復仇，也找回了自我認同。她不願回到家庭之中，或許是因為她已不再需要用家庭證明自己存在的價值與意義。

絲蘿非獨生，願託喬木

名句的誕生

公遽[1]延[2]入，脫衣去帽，乃十八九佳麗人也。素面畫衣而拜。公驚答拜。曰：「妾侍楊司空[3]久，閱天下之人多矣，無如公者。絲蘿[4]非獨生，願託喬木，故來奔耳。」

～杜光庭〈虬髯客傳〉

完全讀懂名句

1. 遽：急忙。
2. 延：邀請。
3. 司空：古代官名。周時以冬官為大司空，為六卿之一，掌水土營建之事，隋唐設六部，通稱工部尚書為「大司空」。
4. 絲蘿：指兔絲和女蘿，都是蔓生植物，常攀附於松柏等樹。比喻女子嫁人，願終身依託良人。

夜裡有人敲門，李靖急忙邀請入內。來者脫去衣帽，原來是一位十八、九歲的美貌女子。她未施脂粉，身著華美衣裳，向李靖見禮。李靖感到驚訝不已，女子說明來意：「我侍奉司空楊素已久，看遍了天下形形色色人物，未曾見得像您這般的人才。小女子像兔絲女蘿一般無法獨自生存，但願附託大樹，故而私奔前來。」

文章背景小常識

〈虬髯客傳〉寫李靖、紅拂女、虬髯客在亂世風雲際會的故事，後人將他們稱做「風塵三俠」，金庸認為此則傳奇開啟了中國武俠故事的想像。

隋末，志士李靖求見大司空楊素，不卑不亢，識見非凡，引起楊素家妓紅拂女的關注，是夜決心私奔相許。兩人來到靈石旅舍，偶遇有心逐鹿中原的英雄虬髯客。三位高人有意相互打量試探，最後因抱負相當、情性相合，彼此惺惺相惜，相偕到太原打探傳說中的真主。幾經試驗，在確認李世民即是真命天子之後，虬髯客英雄能讓，放下角逐中原之心，盡將家財贈與李靖夫婦，要他們佐助李世民，自己則遠走東南，另闢天地。

作者杜光庭為一道士，故事創作於晚唐，表現對開唐氣象的嚮往，意在宣揚李唐正統地位，止息當世覬覦之心。故事最被津津樂道的，還是風塵三俠在亂世遇合，慧眼能識，說做就做，拿得起放得下的英雄傳奇與凌雲豪氣。

故事情節虛實相間，唐太宗、李靖真有其人，至於「虬髯」的形象靈感則可能來自唐太宗。《酉陽雜俎》曾記載「太宗虬髯」，聽說上頭還能掛弓矢呢！雖然紅拂女、虬髯客皆是虛構，非真有其人，但紅拂女慧眼獨具、處事睿智，虬髯客豪爽不拘、大度能讓的形象十分鮮明突出，成為後世武俠小說中，江湖奇女子與奇人異士的經典原型。

名句的故事

「絲蘿」一言，是紅拂女告訴李靖她暗夜來訪的理由。不拘世俗禮法，直言相許，毫不扭捏作態，單單一句，便足以識別其心思格局確與一般泛泛女流不同，紅拂「奇女子」的形象由是定調。

紅拂白日見識李靖言談，當夜決定私奔，從她「閱天下人多矣，無如公者」的自述可見這個抉擇看似衝動，實則籌畫日久，一旦對象出現，時機成熟，便絲毫不再猶豫，即刻實踐。《禮記．內則》云：「聘則為妻，奔則為妾。」未經明媒正娶，紅拂是無法取得世俗認可的「妻」之身分，加之面對僅有一面之緣的男子，如此坦言表白，還需承擔孤注一擲卻遭拒絕的風險。在此，紅拂不但展現過人勇氣，也顯示她對自己眼光的高度自信。數百年後，《紅樓夢》裡的林黛玉曾為紅拂寫詩，讚她「美人巨眼識窮途」，一般泛泛之輩「豈得羈縻女丈夫」。兩個同為小說虛構的鮮活奇女子跨時空知音相惜。

至於兔絲、女蘿跟喬木的關係，典故最早出自東漢末〈古詩十九首〉，以兔絲比女子，女蘿比夫君。李白〈古意〉亦云「君為女蘿草，妾作兔絲花」，詩中將大樹比作撮合因緣的媒人，讓同是蔓生植物的兔絲、女蘿攀附而結合。然而紅拂所言「絲蘿非獨生，願託喬木」，則是以兔絲、女蘿自比，將「喬木」比做良人，意自擇良緣不假手媒聘。如此改動，翻轉了原典中兔絲、女蘿堅持糾纏相倚的情意綿綿，更接近「良禽擇木而棲」的自我期許與相知渴求，突顯女子雖然柔弱，卻敢於自尋出路的能動性。

歷久彌新說名句

從素昧平生到生死相許，愛情結合非天生命定，卻需共同面對承擔其後所有朝暮悲喜。它較親情更有想像空間，也比友情更為深重。

可喜今日自由戀愛成為理所當然，跳脫父母之命，媒妁之言的拘鎖，青年男女有了更高度的自主抉擇空間，生在初有婚戀自由空間的徐志摩，對於這番追尋之可貴談得最為熾烈，他說：「我將於茫茫人海中，尋訪我唯一之靈魂伴侶。得之，我幸；不得，我命。」

至於「絲蘿非獨生，願託喬木」一語，到了二十一世紀，毋需再拘限於過往刻板的男女譬喻。愛情裡真正心靈相契的雙方，當皆願以絲蘿自比，並皆能受喬木之承擔。

回顧紅拂故事，所謂「喬木」之姿，若非絲蘿的「眼光」又何能得識？可見喬木的價值是由絲蘿慧眼看出而定義的。

此世界非公世界也，他方可圖

名句的誕生

道士一見慘然[1]，斂[2]棋子曰：「此局全輸矣！於此失卻局哉！救無路矣！復奚言？」罷弈[3]請去，既出，謂虬髯曰：「此世界非公世界也，他方可圖[4]。勉之，勿以為念！」

～杜光庭〈虬髯客傳〉

完全讀懂名句

1.慘然：憂戚哀傷的樣子。
2.斂：退縮，收回。
3.弈：圍棋。
4.圖：圖謀、發展。

道士一見（李世民的丰采）頓時面露哀戚之色，收回手中的棋子說：「這盤棋局輸定了呀！失去了勝出的局面，沒有可救之道了！還有什麼好說的呢？」於是放棄棋賽請求離去，出來之後，又對虬髯客說：「這裡（中原）不是你的天下，其他地方尚有可以圖謀發展之處。好好努力，不要掛念（中原）了。」

名句的故事

虬髯客於隋末亂世也有角逐天下的野心，與李靖、紅拂同赴太原，一心想會會傳說中的真命天子李世民。在李靖的安排下，兩人終於有機會見面，但見李世民「神氣揚揚，貌與常異」，神宇之間自有藏不住的超群丰采，讓原本放肆不羈的虬髯客「見之心死」，甘心自居末座，同時不諱言李世民誠然是「真天子」。

但他並不完全死心，於是請出道兄再度鑑

定。這次安排在一個棋賽的場合，李世民受邀前來觀棋，只見他長揖就坐，「神清氣朗，滿坐風生，顧盼煒如」，又是擋不住的亮眼。

道兄一見，立刻心知虬髯客並非李世民的對手，於是有了這樣一段「此局全輸，救無路矣」的評語。虬髯客聽了道兄的建議，甘心放棄中原，將家財讓與李靖襄助李世民得天下，自己則遠去他方，另謀出路。

在這一段，道士以棋局比擬世局，一語雙關。「棋」指圍棋，是世界上最複雜的棋盤遊戲之一。從棋盤棋子天圓地方的象徵意涵，到講求落子無悔、忌貪勝爭先的對弈原則，可見中國人修身養性的哲思寄寓。

自古「琴棋書畫」四藝並稱，是識別一人雅俗涵養的標幟。棋局對弈如兩軍對壘，局面詭譎、勝負多變，常被拿來作為天下局勢的比喻。例如晚清末年劉鶚寫《老殘遊記》時，面對衰頹政局，開篇便嘆息地寫道：「棋局將殘，吾人老矣。」為全書的「殘」字定調，也是以棋局隱喻對於西方勢力叩關下晚清局勢的焦慮，充滿無力回天的末世之感。

歷久彌新說名句

虬髯客胸懷大志，卻在完全確認李世民乃天命真主之後自願讓出天下，另尋出路，成就了武俠英雄在騁能爭勝之外，另一個面向的非凡姿態。

所謂「大丈夫能屈能伸」，當時來運到，敢不敢放手一搏，測試英雄膽識？而當現實擺在眼前，此際此處非自身騁勝之時之地，又能否甘心放手，則需要自知之明的眼光和成人之美的胸襟，以及相信可以另尋出路的應變能力與自信，豈非對於英雄更艱難的氣度與智慧考驗？

所幸，江山之外猶有江湖，還有另闢天地的空間。正因為虬髯客眼界足夠開闊，江山既非我屬，又有何懼，再去江湖闖盪便是！是以能在真實認清「此世界非公之世界」之後，不至於陷入絕望，而有其後一番「他方圖之」的識見與實踐。

江山、江湖的牽扯向來是俠義故事發揮的題材。一身奇才何處發揮？何去何從？是古往今來有志之士都必須不斷辨證的生命叩問。

如果說虬髯客是「捨江山而返江湖」，那麼《三俠五義》中則書寫了另一名「棄江湖而輔江山」的俠客——南俠展昭。

展昭武功蓋世，因認同包拯鐵面無私、蒼生為念的胸懷，情願放下俠士傲氣，割捨江湖自在，適應朝廷規制，屈居於人臣，甚至承受江湖同道各種質疑與揶揄，毅然投身開封府，為大宋江山效力，這何嘗不是另一種形式的放手與割捨？

虬髯客、展昭等看似出身、抉擇不同，其實進退之間，體現了極類似的江湖豪傑說做就做、敢為敢捨的率性豪放姿態。畢竟，唯有足夠自信而大器的奇人，才敢在特定的人生時刻甘心捨棄既有，承擔失去，讓人生就此轉向，歸零開始。

非一妹不能識李郎，非李郎不能榮一妹

名句的誕生

「……李郎以英特之才，輔清平之主，竭心盡善，必極[1]人臣。一妹以天人之姿，蘊[2]不世之藝[3]，從夫而貴，以盛軒裳[4]。非一妹不能識李郎，非李郎不能榮一妹。……」

～杜光庭〈虬髯客傳〉

完全讀懂名句

1. 極：窮盡、達到最高點。
2. 蘊：積聚。
3. 不世之藝：世所罕見的才藝。
4. 軒裳：古代卿大夫以上的車制服飾，指顯貴地位。

「……李兄（李靖）有英武特出的才華，輔佐清平聖世之主，若能竭心盡力，必能達到人臣高位。一妹（紅拂）有過人美貌，身懷高超才藝，依從丈夫而顯貴，榮華可待。若不是一妹的眼光，無法識別李兄才識，若不是李兄的才識，也無法榮耀一妹這樣的佳人。……」

名句的故事

虬髯客決意讓出天下，另尋發展之前，將畢生為角逐中原而積聚的鉅額家產盡皆贈與李靖與紅拂，兩人驚異，虬髯客乃有此言。虬髯客稱讚李靖、紅拂乃志士與佳人的絕配，注定遇合，將在時代裡大展所長，有輔佐真主成其霸業的使命，是以甘願以家業鉅產相贈，以成大事。說罷，虬髯客遝命家童列拜，囑咐從今以後「李郎、一妹是汝主也」，之後便與妻子和一奴乘馬而去。而李靖不辱託付，真的協助李世民一統天下。

在這段充滿英雄相惜、江湖豪情的「風塵三俠」知遇情節裡，李靖是唯一於史有載的人物。史傳上記載，李靖誠然是個能征善戰的將軍，受封衛國公。他工謀略、善用兵，有《李衛公兵法》傳世，曾夜襲陰山，破東突厥，大展奇功。

有趣的是，到了明朝，李靖逐漸開始脫離史傳記載而被神化！章回小說中《西遊記》為李靖角色加入佛門護法神北方多聞天王毗沙門的典故，成為赫赫有名哪吒三太子的父親，號稱「托塔李天王」。而另一部小說《封神演義》中則重設李靖為殷商陳塘關總兵，後來助周武王伐紂，功成封神，位列仙班。歷經佛、道的宗教想像加持，李靖從此也有了虛構神話的血脈而顯得更加神力無邊。

歷久彌新說名句

李靖、紅拂故事若要追溯歷史原型，或可上溯至《史記．司馬相如列傳》。中，漢代富商之女卓文君十七歲新寡，一日隔著屏風聽得賓客司馬相如彈奏〈鳳求凰〉的琴音，大為傾心，不惜當夜為愛私奔。

然而令人嘆惋的是，即使聰慧善解如紅拂、如文君，古代奇女子們所能做的最大尺度的自我追尋，不外是「為自己覓得佳婿」。結合之後，在「男主外，女主內」的想像框架裡，紅拂、文君所能做的，也僅止於善加操持家務，成為夫婿事業開創的後盾，不再有足夠獨立的空間施展長才，只能被期許「從夫而貴」罷了。

不知李靖與虬髯客是否曾經想過，如果時代對於女子的限制更少一些，紅拂一妹不只可以「從夫而貴」，那麼他們有可能看見什麼樣的女子傳奇？如果女子可以在時代裡更盡興發揮，那麼志士佳人相遇結合而互放的光亮，又將會有什麼意料之外的精彩呢？

先後擔任「中華民國筆會」主編的女學者張蘭熙、齊邦媛，是最早有系統進行臺灣文學英譯，將黃春明、李喬、朱天心等臺灣作家引薦到國際關鍵人物。兩人的夫婿殷之浩、羅裕昌亦皆非泛泛之輩，一為十大建設重要推手，一為臺灣鐵路電氣化之父。在這樣結合裡，我們看見夫與婦相互尊重專業，給彼此空間在各自的領域裡各展長才。妻子不再只限於成為丈夫背後的無聲支援者，女子有了自己的事業、自己的論述，自己的時代影響力，而丈夫也有機會看見妻子更淋漓盡致發揮才性的自信與絕美。

起陸之貴，際會如期，虎嘯風生，龍吟雲萃

名句的誕生

「……起陸[1]之貴，際會如期[2]，虎嘯風生，龍吟雲萃[3]，固非偶然也。持余之贈，以佐真主，贊[4]功業，勉之哉！此後十年，當東南數千里外有異事，是吾得事之秋[5]也。……」

～杜光庭〈虬髯客傳〉

完全讀懂名句

1. 起陸之貴：起陸，騰躍而上，喻英雄崛起。
2. 際會如期：指群雄乘時與起，君臣遇合有如前定。
3. 虎嘯風生，龍吟雲萃：比喻帝王開創基業時，必有輔佐之臣從四面八方聚攏而來，有如風從虎、雲從龍一般。
4. 贊：佐助。
5. 秋：時候。

「……亂世之中群雄乘時機並起，君臣遇合有如前定，帝王開創基業之時，必有輔佐良臣四面八方攏聚，如風從虎、雲從龍一般，原本非屬偶然。你（李靖）且將我（虬髯客）贈予你的資產拿來輔佐真主，助其功業。努力吧！十年之後，當東南方數千里外有異事發生，便是我功成立業的時候了。……」

名句的故事

這句話出於虬髯客致贈家財給李靖夫婦時，期許李靖把握眼前群雄並起局勢，以所贈資產「佐真主，贊功業」，成就一番君臣遇合

的美事，就像猛虎一嘯，谷風便會吹起呼應；，飛龍一出，自有雲霧環生。這個典故出自《周易．乾卦》「雲從龍，風從虎」之語，比喻物各從其類，往往「同聲相應，同氣相求」，當聖人作為有目共睹，天下人心自然歸趨響應。

再談起陸之漸的「漸」字，乃「開端」的意思，是指前一個秩序遭到破壞，而下一個新秩序仍未確立、前景仍然未明的過渡時刻。此際時勢風起雲湧，詭譎多變，最動盪，卻也蘊含各種可能，有足夠熱血的舞臺令各路人馬、各色人才同臺較勁，上演各種英雄遇合戲碼，通常最感人肺腑而教人傾心。且看楚漢相爭之際，漢主劉邦禮遇臣下，有張良計解鴻門之危、蕭何夜追韓信、韓信四面楚歌迫項羽自刎，君臣有志一同，患難與共。

然而一旦天下局面塵埃落定，卻反而容易搬演令人寒心的兔死狗烹故事。漢室鼎立之後，韓信難逃誅殺命運，蕭何雖拜為相，後遭劉邦以盜謀國土為由，長期嚴密監控囚禁，唯有張良洞悉君主只可共患難，不可同享樂的道理，向劉邦要了兩人最初相識的「留」這個小小封地，受封留侯，歸隱養老以終。至於那個際會如期、兄弟相稱，一起打天下的日子，早已在天下太平之後，只堪懷念追憶而不復可期了。相較而言，李靖傾力助唐，最後果然建功立業，死後陪葬昭陵，算是君臣遇合中難得結局美好的幸福故事了。

歷久彌新說名句

所謂「時勢造英雄」，最動亂的時代，往往也是奇人異才出頭的絕佳時刻。狄更斯於《雙城記》開頭寫道：「那是最好的時代，也是最壞的時代；是智慧的時代，也是愚蠢的時代；是信仰的時代，也是懷疑的時代。」當各種趨勢未明，方需要洞燭機先的人才乘時而起，高手過招，共同促成新的時代趨勢，便是所謂「英雄造時勢」。

葛拉威爾暢銷著作《異數》強調，超凡與平凡之別除了天賦、家世、努力等，還有一個成敗關鍵，在於「時機」把握的智慧。文中指出一九七五年正是電腦科技發展到一定階段，準備進入個人化的時節。當時已年近三十之輩，既有事業已有一定基礎，反而不敢放手一搏；而年紀太輕的人，尚未有足夠實力將自己的想法付諸實踐。於此之時，二十歲左右，正是合適開創當時新一波趨勢的年紀，於是相繼出現了同樣生於一九五五年的賈伯斯和比爾蓋茲，不約而同在二十一歲的時候創業。足夠的才識遇到了合適的時機並把握發揮，終能一舉成功，影響時代。

進入二十一世際，新的趨勢又將如何呢？丹尼爾·品克在《未來在等待的人才》一書中提到，走過「知識就是力量」的幾個世紀，二十一世紀所需要的人才需要掌握「感性」的力量，能設計、會說故事之人可為新時代帶來理念性的質化轉變。

加之網路媒介的新元素加入，理念宣說更為容易，新式人才際會已從有明顯主從的君臣遇合走向更對等的團隊合作，一旦認同一個理念，個人很容易找到伙伴，聚足能動性，為時代推動巨大的改變。

乃知真人之興也，非英雄所冀，況非英雄者乎？

名句的誕生

公心知虬髯得事也，歸告張氏，具衣[1]拜賀，瀝酒[2]東南祝拜之。乃知真人[3]之興也，非英雄所冀[4]，況非英雄者乎？人臣之謬思亂者，乃螳臂之拒走輪耳。我皇家垂福萬葉[5]，豈虛然哉。

～杜光庭〈虬髯客傳〉

完全讀懂名句

1. 具衣：穿著禮服。
2. 瀝酒：以酒灑地，表示祝願或起誓。
3. 真人：奉天命降生人間的真命天子。
4. 冀：希望，此處作「覬覦」解。
5. 葉：世代。

李靖心裡知道虬髯客已完成他的事業，歸來告訴夫人張氏（紅拂），準備禮品祭拜相賀，以酒灑地向東南敬拜。由此可知真命天子的興起，並非一般英雄所能覬覦爭奪，更何況那些稱不上英雄的泛泛之輩？身為人臣而荒謬思欲作亂，不過像是以螳臂阻擋巨輪罷了。我大唐皇家垂福萬代，哪裡有虛假呢？

名句的故事

〈虬髯客傳〉作於晚唐，作者杜光庭於文末點明為文動機乃在標舉唐朝得有天命的正統地位，透過連虬髯客這樣的英雄都知難而退，警告有意覬覦謀篡之人無異螳臂擋車，不可能成功。

唐朝曾經輝煌，到了晚唐卻顯衰頹無力，

故而詩文作品常充斥著對於前期輝煌的嚮往懷念，以及感知末世將近的淒涼惆悵之感。李商隱的〈登樂遊原〉詩：「夕陽無限好，只是近黃昏。」杜牧的〈金谷園〉詩：「繁華事散逐香塵，流水無情草自春。」詩文中都帶有感傷情調。

而〈虬髯客傳〉創作於這樣的時代氛圍中，刻意對於太宗李世民的真主標舉，以及文末最後的正統宣稱，隱隱然透露了身處於晚唐，對於大唐基業動搖的憂心焦慮，以及希冀透過文字撥亂反正的企圖。

清初大儒黃宗羲〈原君〉一文追溯君主本意，指出後人錯將江山當作一家產業，由是引來無可避免的覬覦，上演多少謀篡禍事。然而，朝代江山絕對屬於一家一姓的觀念，在過往時代顯得理所當然、不容懷疑。雖然孟子也曾提過「民為貴，君為輕」一類的理念，但在漢代陽儒陰法的帝王統御情況之下，很快地就被三綱五常的絕對化君臣關係所掩蓋，甚至流行「君要臣死，臣不得不死」的忠誠觀念，效忠皇上、效忠朝廷的觀念根深蒂固，也就不難想見〈虬髯客傳〉文末理念的宣說來由了。

歷久彌新說名句

標榜君朝正統、天意宿命的理念到了現代誠然已見限侷，但此句對於「真人天命」的強調，經過轉化，或可提醒我們對於「天賦使命」的看重，重自己的天命，適性揚才，鎖定特長好好發揮。而所謂「看重」，還包括不在「非天命所在」留戀強求。試想，天地之大，天賦自然，原本足夠讓鳶飛魚躍，那麼既是游魚，何苦學飛？明明是飛鳥，又何苦練游？

羅賓森《讓天賦自由》中強調，每個人只要找出天賦熱情，不被既定價值觀拘鎖，就能發揮不可遏抑的爆發力，投入天賦，達到「神馳」而樂此不疲的境界，積累成就自然得心應手，事半功倍。

書中還提到，其實很多人小時候知道都知道自己喜歡做什麼？但長大後被各種主流價值觀灌輸塑型，卻反而弄不清楚自己真正要的是什麼？每個人如過往爭奪天下一般，孜孜矻矻、你爭我奪主流價值觀裡的分數排名、第一志願，在其間消磨掉多少真正的英雄熱情？新一波教育改革強調「適性揚才」，便是希望新一代學子能夠從既有的價值迷思中解放出來。

試想，假若人人皆從內心渴望，依循天賦設定自己的第一志願，每個人的天下不再侷限中原一地、政治一途，每個人都去開闢、闖盪各種領域的天下，那麼天道自然，也就可期更多天賦使命的實踐了！

才謝鍾儀，居然受縶；身非箕子，且見為奴

名句的誕生

顧[1]身世已矣[2]，念鄉國窅然[3]。才謝鍾儀[4]，居然受縶[5]；身非箕子[6]，且見為奴。

~牛肅〈吳保安〉

完全讀懂名句

1.顧：環視、回頭看。

2.已矣：矣，感嘆的語氣詞。已矣是感嘆某件事物逝去，即完了、算了的意思。

3.窅然：窅，ㄧㄠˇ，深遠、遙遠的樣子。

4.才謝鍾儀：謝，文言文中謙稱「不如」的意思。鍾儀，春秋時代楚國人，祖上世代為宮廷琴師，楚、鄭交戰時，被鄭國俘虜，後來又被鄭國獻給晉國、轉送到晉國囚禁。整句的意思是，我的才能不如春秋時代的琴師鍾儀。

5.受縶：縶，綑綁、束縛、繫絆。受縶是被俘虜、拘禁的意思。

6.箕子：殷商末期的貴族、紂王的叔父，與微子、比干齊名，史稱「殷末三賢」。因為不滿商紂的暴政而假裝發瘋，被紂王囚禁起來，淪為奴隸。

我審視自身，身家性命都已經完了，回想故鄉家園，離我竟是如此遙遠！我沒有鍾儀的才氣，竟然也會遭到俘虜；我的能力不如箕子，卻被抓來成為奴隸。

文章背景小常識

〈吳保安〉最早出自於牛肅的《紀聞》，

不過《紀聞》後來散佚，牛肅的生平也不詳，只知道大約生於武后時期，是唐代德宗貞元年間（約西元八〇四年左右）的人。而《紀聞》中的一些故事，後來被保存在宋代的大型類書《太平廣記》之中，一共有十卷，這篇故事就是其中之一。

《紀聞》是唐代第一部傳奇小說集，內容大約是武后時代、唐玄宗開元年間到唐肅宗乾元年間的奇人異事，其中又以玄宗時期最多，故事性質包括神怪、異聞、佛法、因果報應等。而〈吳保安〉等篇，據說是牛肅在現實生活中所聽聞的事蹟，更有一些更是作者與親友周遭發生的故事。

〈吳保安〉為真人真事改編，故事長期在民間流傳，內容講述一位叫做吳保安的河北人，聽聞宰相郭震的侄兒郭仲翔為人俠義豪爽，所以毛遂自薦，主動寫信給對方。而和僅是同鄉但素昧平生的郭仲翔，不僅不認為他的舉動突兀，甚至願意把他視為知己，並賦予官職。後來郭仲翔被敵軍俘虜，吳保安不惜棄家贖友地營救他。

宋代歐陽修等人根據牛肅的小說，將吳保安的事蹟寫進《新唐書》中的〈忠義列傳〉；明代沈璟又將故事改編為傳奇戲曲《埋劍記》；明代末年的馮夢龍，再次改編成〈吳保安棄家贖友〉，收入他編纂的《古今小說》中。

名句的故事

郭仲翔跟隨李蒙將軍討伐邊疆蠻夷，不幸戰敗被俘，敵軍同意讓俘虜聯繫家中、讓家人贖回，以換取漢族的財物。郭仲翔於是寫信給吳保安。書信中除了提到自己因為深入敵後而慘遭潰敗，更感嘆自己目前的遭遇，並用鍾儀、箕子的故事，表達被俘虜時措手不及的情緒與思念國家故鄉的情懷，並抒發不甘心苟延殘喘的心志。

鍾儀、箕子都是古代有名的仁人志士，鍾儀的事蹟最早記載於《左傳》，是春秋時代楚國的古琴演奏家，他跟隨楚國的令尹子重攻打鄭國而被俘虜，又輾轉送到晉國囚禁。雖然成了階下囚，不過鍾儀每天都會整理身上的衣服、扶正所戴的楚國官帽，朝南面端坐，遙視楚國、遙想故鄉，即使被囚禁在陰暗、潮濕的牢房，跳蚤、臭蟲和老鼠肆意橫行，他依然堅定志氣，高昂不屈。

殷商末年的箕子，本名胥余，是紂王的叔父。因為紂王暴虐無道，箕子屢次勸諫無效，乾脆披頭散髮故意裝瘋，因此紂王將他關起來，並降為奴隸。不久，周武王伐紂滅殷，把箕子從牢獄中釋放，又登門拜訪求教治國之道，最後封箕子於朝鮮。

鍾儀和箕子都是為了國家而隱忍、受辱，屈於囚徒和奴隸的代表人物。郭仲翔在被俘虜的期間，也曾經淪為奴隸多年，所以引用他們的故事，除了說明自己的遭遇，更期望效法他們捨己為國、忍辱負重的的精神。

歷久彌新說名句

「覆巢之下無完卵」是我們耳熟能詳的一句成語。正因為深刻體會這句話，有志之士在面對強權暴政、國家危殆時，或者挺身而出，或者像鍾儀和箕子一樣，暫時苟且偷生、委曲求全，只為了完成人生裡更重要的使命。所以自古以來，鍾儀就是囚拘異鄉、懷土思歸的典型。「南冠君子」、「南冠楚囚」、「琴寄南音」等成語，典故都出自他的故事。

魏代的王粲在〈登樓賦〉曾說：「鍾儀幽而楚奏兮，莊舄顯而越吟。人情同於懷土兮，豈窮達而異心？」楚國的鍾儀被晉人囚禁，晉景公請他撫琴，鍾儀彈奏的卻是楚國的音樂，表達對故國的懷念；越國的莊舄在楚國擔任高官，然而他也心懷故土，經常吟唱越國的歌謠，懷念故鄉家國是人之常情，怎麼會因為遭遇困厄或為官顯達而改變呢！

南北朝時期的庾信原本是梁朝人，奉梁元帝之命出使西魏，卻恰巧碰上西魏興兵攻打梁朝。他進退不得，只好留在西魏，後來又在北周為官。北周皇帝愛惜庾信的才華，不允許他回鄉，而庾信雖然受到皇帝重用，但對故國鄉土的懷念卻與日俱增，他在〈哀江南賦序〉中曾說：「鍾儀君子，入就南冠之囚；季孫行人，留守西河之館。」庾信感慨自己的遭遇就像鍾儀一樣，原本是南方人，卻被困留在西魏與北周，又自比於魯國的季孫大夫，因陪同魯昭公參加平丘之盟，被晉國監禁在西河之館中。他用這兩人的例子，表達自己深刻思鄉卻有家歸不得的無奈。

庾信的這篇賦，被稱為「賦史」，因為作品記述了梁代的興亡治亂，以及自己飄零遷徙的愁苦。

近代新月派詩人何其芳在新詩作品〈砌蟲〉中曾說：「是啊！我是南冠的楚囚，慣作楚吟／一葉落而天下秋／撐起我的風帆，我的翅……」他仰慕鍾儀的愛國之舉，欽佩之心溢於言表。

海畔牧羊，有類於蘇武；宮中射鴈，寧期於李陵

名句的誕生

海畔牧羊，有類於蘇武[1]；宮中射鴈，寧期[2]於李陵[3]。吾自陷蠻夷，備嘗艱苦，肌膚毀剔[4]，血淚滿池。

～牛肅〈吳保安〉

完全讀懂名句

1. 蘇武：西漢武帝時的大臣，奉命出使匈奴遭扣留。匈奴多次威脅利誘，蘇武堅決不投降，最後流放他到北海（西伯利亞的貝加爾湖）一帶牧羊，歷時十九年後，才獲得釋放歸國。
2. 期：期望、期盼。
3. 李陵：西漢名將李廣的孫子，原是一名驍勇善戰的將領，奉漢武帝之命出征匈奴，率五千步兵與數萬名匈奴騎兵作戰，最後寡不敵眾，兵敗投降。李陵原本在投降後想伺機反攻，但因漢武帝聽信謠言，認為李陵替匈奴練兵，因此滅盡李陵三族，導致他憤而與漢朝斷絕關係，從此留居匈奴境內，娶妻生子，甚至幫助匈奴試圖勸降蘇武，最後病死在當地。
4. 毀剔：毀，毀壞；剔，刮剔。指身體飽受摧殘。

我身為南蠻的俘虜，有如北海牧羊的蘇武，希望有一天能像漢代宮中射雁的故事一樣，找人把我贖回去，但是我會期望自己成為李陵嗎？自從我身陷敵方，淪落在蠻夷的手中，就飽受艱辛與苦難，我的肌膚慘遭摧殘和

損害，血淚已經流得足以積滿水池。

名句的故事

從郭仲翔的一席話，可以想像他在被俘期間，飽受苦難和屈辱，肉體也備受摧殘，只能依靠堅毅不屈的信念，勉強支持疲憊痛苦的身軀。

即使如此，郭仲翔仍然堅守不投降敵陣、不屈服於敵人的決心，所以才會舉蘇武和李陵的例子，表明自己的心志。

在被俘虜的期間，郭仲翔在敵軍的陣營做了七年奴隸，經歷四次替換主人、三度逃脫失敗的遭遇，處境確實非常悲慘。

在南蠻為奴的郭仲翔，將自己比喻成北海牧羊的蘇武。《漢書．李廣蘇建傳》記載，蘇武奉漢武帝之命，率領一百多人出使匈奴，不料匈奴發生內亂，蘇武一行人被扣留下來，匈奴人強迫他們背叛漢朝、臣服單于。但無論單于如何威脅利誘、或以酷刑相逼，蘇武都不為所動。單于敬重蘇武的氣節，不忍心殺他又不想讓他返國，於是將他流放到北海去牧羊。

郭仲翔以「海畔牧羊」的典故形容自己的處境，正表明不願屈服敵人的決心，所以又用「寧期於李陵」的話來自問自答。因為蘇武和李陵不僅曾是同僚、好友，更是兩個強烈的形象對比：李陵最後因為不得已而投降匈奴，在匈奴的領土上娶妻生子、生活多年，甚至多次幫忙單于勸降放逐在北海的蘇武。郭仲翔在書信中說：「我會期望自己像李陵一樣嗎？」用反問的方式，強調自己的決心，表達不投降敵人的信念！

歷久彌新說名句

在〈吳保安〉中，郭仲翔短短的一封求救書信，接連舉了鍾儀、箕子、蘇武等歷史名人來表明自己的心志，因為他們都是身陷囹圄、忍受艱辛與苦難卻不改節操的君子。這些形象鮮明的烈性忠臣，雖然處境與遭遇不太相同，但他們的作為，總能為民族的精神和文化，留下千秋萬世的表率。因此，班固《漢書．李廣蘇建傳》評價蘇武時，直接用孔子說的「志士仁人，有殺身以成仁，無求生以害仁」、「使於四方，不辱君命」兩句話來讚揚他。

翻開中國歷史，除了蘇武等人之外，還有許多不受脅迫利誘的忠君愛國之士，如在安史之亂中，被安祿山俘虜，不屈而被殺的兩位唐代名臣張巡與許遠，或是不管以高官厚祿或烈火燒身，皆不能使之屈服的名書法家顏真卿，以及明末被宦官魏忠賢打碎肋骨、鐵釘穿腦，全身體無完膚仍不改其志的楊漣等人，他們高尚的情操，都受到世人的讚頌與欽佩。

思老親於舊國，望松檟於先塋

名句的誕生

日居月諸[1]，暑退寒襲[2]，思老親[3]於舊國[4]，望松檟[5]於先塋[6]。忽忽發狂，膈臆流慟[7]，不知涕之無從。

～牛肅〈吳保安〉

完全讀懂名句

1. 日居月諸：居、諸為助詞。指日月交替、時間流轉的意思。
2. 暑退寒襲：襲，承繼、因襲。指夏天離去、寒冬緊接著來臨。
3. 老親：年邁的父母。
4. 舊國：故鄉、故國。
5. 松檟：檟，ㄐㄧㄚˇ。松檟原指松樹和檟樹，因兩種樹常被種植在墓前，因此為墓地的代稱。
6. 先塋：塋，墳墓、墳地。先塋，指祖先的墳墓。
7. 膈臆流慟：膈，ㄅㄧˋ，閉塞的意思。膈臆，指心情無法宣洩。慟，ㄊㄨㄥˋ，形容極度悲傷、哀痛過度。

日月不斷交替運行，夏天過去，寒冬隨之而來。我思念家鄉年邁的雙親，每次看到松樹和檟樹，就會想到祖先的墳塋，不禁失魂落魄、傷心發狂，內心極度悲痛，想要放聲大哭，無從抑制的眼淚已不知要往哪裡流了！

名句的故事

人心畢竟不是鐵打的！〈吳保安〉中的郭

仲翔，雖然擁有堅毅不屈的愛國情操，但是堅韌強悍的背後，仍隱藏著一顆情繫故土、思鄉懷親之心。他以「日居月諸，暑退寒襲」感嘆光陰歲月不斷流逝，表達對世事變化無常的無奈與慨歎。遠在異地、淪為奴隸的他，魂牽夢縈家鄉的故舊親人，經常睹物思人、觸景傷情，不由得生出「思老親於舊國，望松櫝於先塋」的反應。甚至因為鬱結在心中已久的哀痛和憤懣無法宣洩，不禁「忽忽發狂，腷臆流慟」，發狂似地慟哭。

什麼是「松櫝」呢？櫝樹（櫝樹有兩種，一種作棺槨，一種指茶樹，兩者不同）是製作棺槨的常見材料，因樹齡較久，所以和松樹並稱。傳統中，人們在墳前栽種櫝樹、七里香和松柏類的植物，所以也逐漸成為墓地的代稱。唐代張說在〈贈吏部尚書蕭公神道碑〉曾寫到「松櫝雖幽，音徽不昧」，宋代沈括在〈謝謫授秀州團練副使表〉也提到「罪出其身，不使廢松櫝之奉」，都是以松櫝借代墳墓。

另外，先塋雖然指先人的墳墓，但是古人的祖墳，往往安置在自己家園附近，因此有時候也會以先塋或墳塋暗指故鄉。郭仲翔說的「望松櫝於先塋」就具有這樣的含意。看見象徵墳頭的松樹和櫝樹，不禁令他想起祖先的墳墓，思鄉情懷油然而生，再配合境遇，自然無法抑制哀怨、傷痛的情緒而潸然淚下。

歷久彌新說名句

《莊子．則陽》中曾說「舊國舊都，望之暢然」，意思是說身在遙遠的異地，能有機會遙望祖國與家鄉，是多麼令人歡欣喜悅的一件事。

懷鄉應該是每個人的天性。近代文人林語堂〈來臺後二十四快事〉中提到：「聽見隔壁婦人以不乾不淨的閩南語罵小孩，北方人不懂，我卻懂。不亦快哉！」和「到電影院坐下，聽見隔座女郎說起鄉音，如回故鄉。不亦快哉！」

而當代作家李准在〈鄉音〉一文中描寫鄉音是親切的、熱呼呼的、甜滋滋……都是非常類似的心境。

余光中的新詩〈在冷戰的年代〉中曾有「月亮真好，我要你送我回去」、「先人的墓在大陸／妻的墓在島上」。並曾敘述在音樂會中聽著小女孩演唱〈長城謠〉，其中歌詞「萬里長城萬里長，長城外面是故鄉」，想到自己流亡臺灣、羈懸孤島，又想念母親、想到抗戰時期如殘垣斷壁的中國，內心五味雜陳，鼻頭一酸，不由得激動落淚。詩中滿是鄉愁，更暗示自己對重返故鄉的期盼。

亂臣知懼，烈士安謀

名句的誕生

「……昨[1]往魏郡，以示報恩。今兩地保其城池，萬人全其性命，使亂臣知懼，烈士安謀。……」

～袁郊《甘澤謠．紅線》

完全讀懂名句

1. 昨：以前。例如晉．陶淵明〈歸去來辭〉：「覺今是而昨非。」

「……前次冒險去魏州，是為了報答您的恩情。如今潞州與魏州兩地間的城池都保住了，成千上萬人民的性命也都得以保全，使得有心叛亂的大臣知道畏懼，而您這位有志之士則能夠安心建立功業。……」

文章背景小常識

唐代玄宗為防止邊陲各異族進犯，始設立節度使，而節度使所管轄的地區稱為「藩鎮」。因此，藩鎮是唐朝政府對抗邊犯的重要屏障，維繫著唐朝的興亡。

宋人尹源評說：「弱唐者，諸侯也；既弱而久不亡者，諸侯維之也。唐之弱，以河北之強也；唐之亡，以河北之弱也。」不過，手裡擁有兵權，心懷不軌的節度使在勢力坐大之後，便開始作亂。

天寶年間，身兼范陽、平盧、河東三鎮節度使的安祿山起兵造反，自稱大燕皇帝；安祿山兵敗後，其部將史思明接著造反。這場持續七年的亂事，史稱「安史之亂」。安史之亂的形成，顯示了當時外地將領各自擁兵自重、雄霸一方的情形嚴重。

〈紅線〉故事的背景即在描寫各藩鎮間的角力與矛盾。魏博節度使田承嗣為了擴充自己的勢力，不顧與潞州節度使薛嵩有姻親關係，積極招募武士企圖侵略潞州，幸好薛嵩得到紅線仗義相助，夜行七百里，盜得田承嗣的床頭金盒，不傷一兵一卒，嚇退了田承嗣。

〈紅線〉成功塑造出女俠的形象：梳烏蠻髻，攢金鳳釵，衣紫繡短袍，繫青絲輕履，佩帶龍紋匕首，身輕如燕，有著「瞥若翅翎，疾同鷹隼」的輕功，能夜行百里，雖身懷絕技，卻輕易不讓人知道，對於主人薛嵩的知遇，感知酬德，但對於仇敵及無辜的人們，卻不隨便開啟殺機，充分展現出俠義精神。尤其功成後不求回報，絲毫不戀棧而飄然遠去的瀟灑形象，更是深植人心。

後世改編〈紅線〉的作品很多，如明代梁辰魚《紅線女夜竊黃金盒》雜劇、民國初年梅蘭芳《紅線盜盒》京劇等，可見影響深遠。

名句的故事

薛嵩是唐代名將薛仁貴之孫，唐肅宗至德年間，因河北、河東兩地尚未安定，因此設置昭義軍，命薛嵩駐守潞州，並下旨將薛嵩的女兒嫁給魏博節度使田承嗣的兒子，又令薛嵩的兒子娶滑州節度令狐彰的女兒為妻，使三個藩鎮互相結為姻親，形成屏障。

不料魏博節度使田承嗣野心勃勃，不滿現況，私下招募武士三千人，號稱「外宅男」，給予豐厚的待遇，常命三百人在府衙內值夜守衛著，並藉口患有熱毒風症，揚言欲將府衙遷往潞州，使得薛嵩日夜憂心忡忡。

紅線原是薛嵩家中的一名婢女，因通曉經史，受到薛嵩信賴。某一日入夜後，薛嵩將困擾自己多日的煩憂告訴了紅線，紅線隨即換上輕裝出發，午夜前抵達魏州，潛進田承嗣的臥室內，盜走熟睡中田承嗣枕旁一個裝有他生辰八字與北斗神名的金盒，待黎明軍中號角響起時，紅線已回到潞州，將該金盒交給薛嵩。

正當田承嗣大肆搜捕偷盜金盒之人時，薛嵩派遣的使者恰巧送上金盒及書信，讓田承嗣十分驚駭，因為薛嵩派來的高手能夠在他睡夢中取走金盒卻不傷害他的性命，可見警告意味濃厚。田承嗣趕緊送上許多禮物，並對薛嵩說：「我的性命是您施恩保全的，如今我已經知道錯了，再也不敢輕言進犯潞州，所有的外宅男將卸甲歸田。」

歷久彌新說名句

紅線為薛嵩解了心腹大患，卻突然提出道別，自有她的理由，而她自認為薛嵩所做的，除報答薛嵩恩情之外，也是以此警告天下懷有異心的臣子，並替薛嵩爭取能安定百姓、建功立業的時機，此舉令人想到周朝的大政治家周公。

周武王滅亡商紂後，為了安定天下，大規模分封開國功臣與周王室親族，將弟弟姬旦封在魯（即周公）、叔鮮封在管（即管叔）、叔度封在蔡（即蔡叔）、庶弟姬奭封在召（即召公）。又冊封紂王之子武庚為諸侯，治理商朝國都朝歌的殷商遺民，並派遣弟弟管叔、蔡叔監督武庚。不久，武王病重，群臣惶恐不安，太公呂尚與召公虔誠占卜，周公則沐浴齋戒，向神明祈福，明誓以己身代替武王而死。

武王駕崩後，成王繼位，由於年幼，周公代行使國君職權，並對太公呂尚、召公說：「周朝的基業才剛開始，而成王的年紀還小，我擔心天下叛亂，所以不避嫌疑來代替成王登基。」並派自己的長子伯禽去魯國封地，告誡他說：「我是文王的兒子、武王的弟弟、成王的叔叔，地位十分高貴，但仍經常在洗髮或吃飯的時候，不得不擰著未乾的頭髮或停下筷子來接待訪客，生怕遺漏了天下的賢才。你到魯國後，千萬不要因為自己是封國主人而傲慢待人！」

有一次，成王生病，周公剪下指甲扔在河中，向神明祝告：「君王年少不懂事，如果有冒犯神明意旨之處，都是我的過錯！」

然而，管叔、蔡叔等人卻四處散布「周公

將對成王不利」的謠言，還懷疑周公有篡國的野心，於是聯合武庚背叛作亂。周公遂奉成公王之命，作〈大誥〉檄文，出兵討伐叛軍，殺了管叔、武庚，流放蔡叔。成王長大後，周公將政權歸還成王，自己則回到臣子的位置，態度十分恭謹。

周公上輔佐天子，下治國安民，在亂世中開創太平，正是使「亂臣知懼，烈士安謀」的最佳寫照。

遁迹塵中，棲心物外，澄清一氣，生死長存

名句的誕生

「……便當遁迹[1]塵中，棲[2]心物外，澄清一氣[3]，生死長存。」

～袁郊《甘澤謠．紅線》

完全讀懂名句

1. 遁迹：隱居避世。
2. 棲：歇息。
3. 一氣：存在於宇宙間的氣息。

「……因此，我應該隱居避世，遠離紅塵，將心安頓在世俗之外，摒除雜念，沉澱元氣，才能與天地萬物生死共存。」

名句的故事

紅線在潞州節度使薛嵩家中為婢女時，因擅長彈奏樂器「阮咸」，還通曉經史，深受薛嵩信賴，命她掌管文書奏章，稱她作「內記室」，身分猶如女祕書。有一次薛嵩軍中舉行盛大宴會，紅線告訴薛嵩說：「羯鼓的聲音聽起來很悲涼，敲擊羯鼓的樂手一定有什麼心事。」薛嵩將該名樂手找來詢問，樂手回答說：「昨天夜裡妻子死了，可是我沒敢請假。」薛嵩立刻讓樂手回家，由此可見紅線心思細膩，且懂得察音辨意。

後來薛嵩為了魏博節度使田承嗣準備武力，意圖進犯潞州，卻束手無策而憂心忡忡時，紅線自告奮勇向薛嵩提出隻身到魏郡探察

敵情，薛嵩大吃一驚，不敢相信紅線的本領，直到紅線施展輕功，一夜往返七百里路，取得金盒為憑，才知道紅線身懷絕技。不料紅線卻在此時向薛嵩請辭，薛嵩無法理解地問：「妳生在我家，又能到哪裡去呢？更何況如今正需要妳的幫助，妳怎麼可以說要離開呢？」原來紅線知曉自己的前世今生，因前生曾經無意中犯下害人的罪孽，幸好此次將田承嗣的叛亂意圖消弭於無形，保全了成千上萬人的性命，因此功過兩相抵銷。

為了求得來世回復男兒之身，紅線決意向薛嵩請辭，遠離紅塵，專心修行，薛嵩雖極力挽留，甚至願意贈送千金，送紅線到山林中隱居，但紅線卻以「事關下一世的命運，不可預做安排」而拒絕。薛嵩無奈，設宴為她餞別，紅線不待終席便離去，從此不知所終。

歷久彌新說名句

戰國時期，鄭國有個名叫季咸的神巫，能卜算人的吉凶禍福、生死存亡，甚至能預言發生的時日，鄭國人見了他，怕他說出不吉利的話，總是很驚慌地躲開。但列子卻很崇拜他，還對老師壺子說：「原先我以為您的道術高深，如今又看到更高深的道術了。」壺子回答：「既然如此，你請他來幫我相一相吧！」

第二天，列子請季咸為老師壺子看相，季咸出來後對列子說：「我看到了濕灰，你的老師不出十天就會死。」壺子知道了，說：「我剛才給他看的是陰勝陽的地文，像山一樣不動又不止，杜塞了生機。明天請他再來相一相吧。」

隔天季咸又來，相完後告訴列子：「幸好你的老師遇見了我，我看到他閉塞的生機開始活動了。」壺子知道了，說：「我剛剛給他看的是陽勝陰的天壤，他大概是看到生機的成長。明天再請他來看相。」

又隔天，季咸又對列子說：「你的老師變化不定，我沒有辦法給他相。」壺子說：「剛才我顯現的是陰陽二氣的絕對平衡，是不可捉摸的太沖虛設景象。明天你再請來看相。」

再隔天季咸見到壺子，還沒站穩腳步就驚慌失色地逃走，連追都追不上。壺子說：「我剛剛給他看的是大化隨波逐流的的景象，他不能窺測我，只好逃走了。」

莊子說：「察其始而本無生，非徒無生也，而本無形，非徒無形也，而本無氣。雜乎芒芴之間，變而有氣，氣變而有形，形變而有生，今又變而之死。」意思是說生命的變化在於氣息，就像春夏秋冬四時的循環運作般的自然，氣聚則生，氣散則死。因此，如何涵養氣息，不受外界影響，保持清明與暢達，便是後世訪仙求道者的重要課題。

為我刺其首來，無使知覺。定其膽，若飛鳥之容易也

名句的誕生

「……至四年，留二女守穴，挈1我於都市，不知何處也。指某人者，一一數其過，曰：『為我刺其首來，無使知覺。定其膽，若飛鳥之容易也。』授以羊角匕首，刃廣三寸，遂白日刺其人於都市中，人莫能見。以首入囊，返主人舍，以藥化之為水。……」

～裴鉶《傳奇．聶隱娘》

完全讀懂名句

1. 挈：攜帶

「……到了第四年，尼姑留下兩位師姐守洞穴，帶我去某個不知名的城市。尼姑手指某人，逐一數算這個人的罪過，說：『替我取下他的頭，不要驚動任何人。定心壯膽，不要害怕，就像以前刺殺飛鳥那樣容易。』她給我一把羊角匕首，刀刃僅有三寸長，我就這樣在光天化日的都城中殺死那人，周遭的人都沒有察覺。我將人頭裝在囊袋回去交差，用尼姑給的藥將人頭化為血水。……」

文章背景小常識

本篇出自裴鉶《傳奇》，敘述女俠聶隱娘的養成與奇險經歷。聶隱娘本為魏博大將之女，幼年被尼姑擄至深山秘密訓練數年，成為技藝高強，擅用匕首與幻法的刺客。十五歲時，隱娘因對奉命刺殺的目標是個小孩起了憐憫之心，無法準時完成任務，被尼姑訓斥後送還本家。然而返家後，隱娘的父親卻對她相當

恐懼，難以恢復往昔的天倫親情。而聶隱娘特立獨行、行事神祕，隨意嫁給平凡的磨鏡少年為妻，無人明白她的真實心願。

聶隱娘雖是魏博節度使田季安的部下，但在奉命刺殺陳許節度使劉昌裔的過程中，因欽佩劉昌裔的為人，竟然叛變倒戈。眼看聶隱娘刺殺未果，田季安又接連派出精精兒和空空兒等高手行刺。隱娘一路保護劉昌裔，最後成功保全他度過生死難關。

元和八年，劉昌裔離開陳許，入朝廷任職，隱娘要求劉氏安頓丈夫，獨自飄然雲遊。劉昌裔過世時，隱娘則騎驢至京，撫棺哭泣致意。唐文宗開成年間，劉昌裔之子劉縱於赴任陵州刺史的途中巧遇聶隱娘，卻因不聽她的警告，暴斃任上，從此世間再無隱娘下落。

本篇為唐代劍俠小說名篇，收入明代王世貞的《劍俠傳》選本，與〈紅線〉、〈虯髯客〉、〈僧俠〉等唐宋傳奇齊名。藉敘說聶隱娘的離奇身世與刺客決鬥經歷，將性情冷異，技藝玄妙的女俠形象躍然紙上。

名句的故事

老尼身具奇術，行事果敢，是使聶隱娘遠離原生家庭，成為傳奇女俠的關鍵人物。在選定隱娘作門徒後，老尼循序漸進地調教隱娘：首先，老尼讓隱娘服食靈藥改變體質，操練寶劍一年，漸至身輕如風的境界。其次練習擊刺，從目標大、行動靈活卻不算凶猛的猿猴，再至攻擊性強的虎豹猛獸，三年後連空中的飛鳥也可直取頭顱。直到第四年，老尼才開始讓徒弟演練刺殺真人，誅殺老尼認定有罪之人，這才是這一連串訓練的真正目的。

人相較於虎豹飛鳥等靈動禽獸，似乎顯得荏弱，而這段刺殺飛鳥走獸的漫長訓練，實是先難後易，以期能俐落精準地誅殺惡人。同時隨著技藝精進，俠尼交給隱娘的兵器長度也逐步縮減，最後俠尼交給隱娘的武器已由最初的寶劍汰換為僅有三寸的羊角匕首，更為貼身、機動、大膽。而老尼的誅殺標準並非濫殺，而是列數下手對象的過錯，並吩咐隱娘以割下首級這種深具審判與示威象徵的方式展開制裁，配合化骨藥水，將砍下首級的遺體毀屍滅跡。《新唐書．西域傳》曾記載天竺有「畔茶法水」，足以「銷草木金鐵，人手入輒爛」，或許可作為藥水這項獨特道具在唐代的現實根據。素日訓練精良的隱娘第一次出任務，即能於光天化日行刺與毀屍滅跡，不辱師命，展現成為一名刺客絕佳的潛質。

歷久彌新說名句

在中國文學中，俠客多是「以武犯禁」，不惜以武力牴觸律法，以貫徹自身認定正義的性情中人，本文中的老尼與聶隱娘，也可視為這類遊走於正邪之間的俠義人物。而匕首則是俠客、刺客最常用的貼身利器。匕首鋒利明快，比起豪邁的大刀寶劍有更靈活、隱蔽的機動性。最經典的歷史典故便是以匕首行刺始皇的荊軻。

歷代許多詩人皆為之歌詠、評述荊軻行刺的勇氣，例如王昌齡曾在〈雜興〉中說到「握中銅匕首，粉剉楚山鐵。義士頻報讎，殺人不曾缺」一語，彷彿身歷其境地描述荊軻手中的銅製匕首鋒銳無比，好似能夠削鐵成粉，而荊軻本人情義萬鈞、恩仇必報，和古往今來的義勇之士同列，殺人喋血毫不留情。這段詩句與其說描繪荊軻的匕首質地精良，更是藉匕首表述荊軻行刺的堅卓意志。

李白〈結客少年場行〉中也有「笑盡一杯酒，殺人都市中」一語，描寫少年俠客爽快豪情，即使身在熙來攘往的都市，也能痛快於談笑飲酒間取人性命，了斷恩仇。李白繼而吟詠荊軻：「羞道易水寒，從令日貫虹。燕丹事不立，虛沒秦帝宮。」莫提當年易水寒冷，現下白日何等清朗明麗，可惜荊軻空有豪情，卻白白死於秦國的深宮。除了流露對俠客縱情任性的憧憬，也抒發對荊軻壯志未酬的惋惜。

己後遇此輩，必先斷其所愛，然後決之

名句的誕生

「……五年，又曰：『某大僚有罪，無故害人若干，夜可入其室，決其首來。』又攜匕首入室，度其門隙無有障礙，伏之梁上。至瞑，得其首而歸。尼大怒曰：『何太晚如是？』某云：『見前人戲弄一兒可愛，未忍便下手。』尼叱曰：『已後遇此輩，必先斷其所愛，然後決之。』……」

～裴鉶《傳奇．聶隱娘》

完全讀懂名句

1. 瞑：指日落天黑。

（聶隱娘說：）「……到了第五年，尼姑又說：『某大官有罪，無緣無故害死了不少人，妳晚上可以潛入他的房中，取下他的人頭。』我便攜帶匕首潛入大官的房中，毫無困難地從門縫鑽入，伏在屋梁上等候，卻直到深夜才帶回人頭。尼姑很生氣地責問：『怎麼這麼晚才回來？』我回答說：『看見那人正在逗小孩玩，孩子很可愛，我不忍心立即下手。』尼姑便斥責說：『以後再遇到這種狀況，先除絕了那人心愛之人，再下手殺了他。』」

名句的故事

聶隱娘的刺客學徒生涯，在一次誅殺大僚的任務後戛然而止。因為看見大官的孩子活潑可愛，隱娘動了惻隱之心，等待夜深人散後才下手取人首級。然而這屬於人之常情的耽擱卻引來老尼的不滿，並訓誡日後若遇見類似情況，必須狠下心斬除對方所愛。為了達成目標，即使誅殺無辜幼子也在所不惜，這番言論再次突顯老尼不近人情、清堅絕決的古怪個性。

愛是古往今來不少哲學家與文學家探論的情感，佛教為了使心靈真正澄澈靜定臻至涅槃之道，主張止息思慮，不僅強調遠離憤怒煩惱，也主張遠離愛——這種一般被認作是生命泉源、最珍貴情感的正向情緒。

老尼以言詞教誨聶隱娘必須狠心後，隨即替她開腦藏匕首，送還本家，結束多年的師徒生活。或許這樣果決終止師徒緣分的舉動，本身就是種「斷愛」的教育，也是修行求道的提點：無論是宗教修行，或精進刺客技藝，都是人生至高至重的追求，為臻至純粹完美，必不可在修行半途有半點張望猶疑，有時甚至必須忍心做出困難慘烈的割捨，才能邁向更高層次的精神覺悟境界。

歷久彌新說名句

「愛」的梵文原義為「渴」，是生靈皆有的基本情感衝動。佛教徒認為一旦愛意催生，往往導致更多的世俗欲望與追求，進而牽纏耽溺，終至偏執無明，永遠陷於輪迴流轉之苦。「愛別離」是佛教認定的十一種苦之一，指人對喜愛、感覺美好的人事物有過度的依賴與期待，當與這些心愛的人事物分離或無法如願以償時，人往往會感受到巨大的失落痛苦。《長阿含經．卷四》中便說：「宜割恩愛，以存道意」；《雜阿含經．卷十》也說：「若無明所蓋，愛結所繫，眾生生死輪迴，愛結不斷，不盡苦邊。」〈聶隱娘〉中老尼強調斬除喜愛之心、喜愛之物的教誨與佛教對「愛」的詮解道理相通。這種必須先斬斷珍愛方能成事、成道的思想，也與《原化記．崔慎思》中女俠扼殺兒子狠心遠離丈夫、《續玄怪錄．杜子春》杜子春接受試煉，卻因無法割捨骨肉而無法成仙等唐代小說的思維相互呼應。

各親其主，人之常事

名句的誕生

隱娘夫妻曰：「劉僕射果神人，不然者，何以洞[1]吾也，願見劉公。」劉勞[2]之。隱娘夫妻拜曰：「合[3]負[4]僕射萬死。」劉曰：「不然，各親其主，人之常事，魏今與許何異。願請留此，勿相疑也。」隱娘謝曰：「僕射左右無人，願舍[5]彼而就此，服公神明也。」

～裴鉶《傳奇．聶隱娘》

完全讀懂名句

1. 洞：洞悉、洞察。
2. 勞：慰勞、犒賞。
3. 合：應該的意思。
3. 負：辜負、違背。
5. 舍：通「捨」，捨棄、拋棄。

隱娘夫妻說：「劉僕射果然是神人，否則怎麼能洞悉我倆的行蹤呢？我們希望能面見劉公。」劉昌裔慰勞隱娘夫妻，隱娘夫妻下拜謝罪說：「我們對不起您，罪該萬死。」劉昌裔回答：「話不是這樣說，各為其主效力，本就是人之常情。我和魏帥沒什麼不同，懇請你們留在陳許，不必猜疑我的用心。」隱娘致謝說：「僕射的身邊沒有可用人材，我們願意捨棄魏博前來投奔，這乃是欽服您的神機妙算。」

名句的故事

聶隱娘雖被老尼送還本家，卻因多年特殊

的刺客教養而與世俗社會格格不入，無法與家人恢復過往的親密天倫之情。在向父親說明過去數年的經歷後，父親對隱娘懷抱既困惑又驚懼的複雜心情。當隱娘隨意要求嫁給一位毫無才能的磨鏡少年時，父親也不敢不答應，贈與豐厚嫁妝、另居別屋，聊表安置之心。

元和年間，隱娘奉魏博節度使之命動身去取陳許節度使劉昌裔的首級，孰料劉昌裔懂得特殊神算，向手下預言一對男女將騎著黑驢、白驢行經城門，男人手持彈弓射鵲鳥沒射中，而女人一發即中的古怪情景。這段預言果然精準應驗，而劉昌裔的才能與氣度也贏得了隱娘的欽佩。

劉昌裔以「各親其主，人之常事」做為勸說，也展現出中晚唐藩鎮幕府各自拉攏秀異之士，彼此競爭較勁的態勢。

聶隱娘本為魏博效力，最後卻因欽服劉昌裔為人率性而投效劉昌裔，絲毫不因無法遵守「忠義守節」這項文人珍視的美德而感到掙扎困擾。相反的，聶隱娘似乎是以個人意志判定魏博節度使比不上劉昌裔，以契合度與實力為原則，選擇效勞對象。從這段聶隱娘捨棄舊主、投奔新主的表現，可以感受其人格隨心所欲與率性自由的一面。

歷久彌新說名句

聶隱娘夫婦因欽佩陳許節度使劉昌裔的為人，自願投奔效勞。「士為知己者死」，為了賞識自己的知音捨命效力，即使赴湯蹈火也在所不惜，是古典文學描寫刺客時常見的主題。

《史記．刺客列傳》即記載曹沫、專諸、豫讓、聶政、荊軻五位刺客的事蹟：豫讓「漆身為厲，吞炭為啞」，一心一意想刺殺趙襄子為舊主智伯復仇；聶政因感激嚴仲子的賞識情誼，隻身刺殺韓相俠累，為了不連累親族，甚至「皮面決眼，自屠出腸」，自毀面容，刺瞎雙眼，切腹自殺……司馬遷認為這些刺客無論任務成功與否，皆「立意較然，不欺其志」，其明確堅忍的心志與願為知己犧牲捨命的赤誠，是值得注意的人格特質。

聶隱娘也是因心服劉昌裔而捨命報效的刺客，並不在意忠於原來投效的主子，而更忠於自我與對方相處的義氣感受，少了成全道德倫理的沉重，多了幾分來去自如的輕逸。

人莫能窺其用，鬼莫得躡其蹤，能從空虛入冥漠，無形而滅影

名句的誕生

隱娘曰：「後夜當使妙手空空兒繼至。空空兒之神術，人莫能窺其用[1]，鬼莫得躡[2]其蹤。能從空虛而入冥，善無形而滅影。隱娘之藝，故不能造其境[3]，此即繫[4]僕射之福耳。但以于闐玉周其頸，擁以衾，隱娘當化為蠛蠓[5]，潛入僕射腸中聽伺，其餘無逃避處。」

～裴鉶《傳奇．聶隱娘》

完全讀懂名句

1. 用：手法、作用。
2. 躡：追隨、跟蹤的意思。
3. 境：境界。
4. 繫：倚仗。
5. 蠛蠓：蠛，ㄇㄧㄝˋ；蠓，ㄇㄥˇ。一種白色有細毛的小蚊蟲

隱娘說：「後天晚上魏博節度使將續派妙手空空兒來行刺。空空兒的神術，無人能夠窺見他的手法，速度之快，恐怕鬼也無法追趕上他的蹤跡。他來去自如，神出鬼沒，我的武藝比不上他，只能倚靠僕射您的福分了。可以拿于闐玉圍住脖子，蓋妥棉被，我將變成小蚊蟲躲進您的肚中觀察動靜。除此之外，沒有可以逃避的方法。」

名句的故事

聶隱娘因背叛魏博，無法達成原本刺殺劉昌裔的任務，魏博節度使陸續派遣精精兒、空空兒兩位刺客前來追殺。而她如何施展看家本

領保護劉昌裔躲過兩次攻擊，是整篇故事最具劍俠奇想之處。

善施匕首、以化骨藥水溶屍、操弄紙驢、持旗鬥法、化蟲鑽腹……這些都是聶隱娘精通的技藝，不少學者認為上述技藝是混融現實中的佛、道特色與各種擊技本領而成。而小說並未具體明言第二位刺客空空兒的本事，只透過隱娘的描述，側寫其境界玄妙莫測，常人難以追躡反擊，只能以機智防禦。

空空兒似乎也是頗有個性的刺客，一旦失手，隨即奔行千里，不願再試。隱娘正是看準他這項弱點，選擇以堅硬的于闐玉環繞劉昌裔的脖頸，成功嚴守住對方第一次，也是唯一一次的攻擊。

成功襄助劉昌裔之後數年，聶隱娘因不願跟隨劉昌裔入京，自請離去。直至劉昌裔過世，她才現身入京，撫棺痛哭。最後一次出現，是劉昌裔之子於四川棧道巧遇隱娘，卻因不聽警告而於一年後暴斃，從此人世間再無隱娘音訊，留下無限想像空間。

〈聶隱娘〉生動刻畫出一位武藝高強，性情、行蹤詭祕難測，卻又流露些許率性與真情的女刺客。清代文人鄭用錫曾以詩速寫其曲折人生：「棄魏竟依劉，風霜淬鏡秋。隻身原蛾蠓，小技亦獮猴。生死于闐福，艱難蜀道憂。一鞭城北去，黑衛路悠悠！」或許可作為對本篇傳奇的概括寫照。

歷久彌新說名句

聶隱娘與紅線等俠客文字曾被收錄於明代《劍俠傳》，並列為身懷武藝與法術的劍俠。

劍是武器，也是具備神聖象徵，蘊含玄妙力量的法器。最有名的寶劍當為春秋時期的干將、莫邪雙劍。《晉書．張華傳》曾載張華於偶然間獲得這對雌雄寶劍，行經延平津時，寶劍卻忽然躍出腰間沉入江水，派人潛水搜採，卻見「兩龍各長數丈，蟠縈有文章，沒者懼而反。須臾光彩照水，波浪驚沸，於是失劍」。在這則神祕傳說中，兩把寶劍彷若有自我意志，也與龍這種神獸有相依轉化的微妙關聯。

唐代詩人杜甫〈觀公孫大娘弟子舞劍器行〉中有「霍如羿射九日落，矯如群帝驂龍翔。來如雷霆收震怒，罷如江海凝清光」等詩句，形容公孫大娘舞劍時，劍光璀璨，彷彿后羿射下九個太陽一般耀眼，行動極其矯健，有如天神駕馭神龍在天空遨翔一般，起舞時的劍勢雷霆萬鈞，而收舞時的平靜，又像是江海凝聚的波光一般。描摹出舞劍時的酣暢華麗。

氣沮者，新破敗；目亂者，無所倚；心搖者，神未定；語偷者，思有謀於人

名句的誕生

因戲之曰：「觀吾子氣沮[1]而目亂，心搖而語偷[2]。氣沮者，新破敗；目亂者，無所倚；心搖者，神未定；語偷者，思有謀於人。今方捕蒲山黨[3]，得非長者[4]乎？」

～袁郊《甘澤謠．魏先生》

完全讀懂名句

1. 沮：沮喪。
2. 語偷：言語苟且敷衍。
3. 蒲山黨：李密之父曾被封為蒲山郡公，魏先生藉此暗示李密的身分。
4. 長者：首領、領導者。

（魏先生）取笑李密說：「我看你的面色沮喪目光散亂，彷彿心中有所矛盾動搖，言語吞吞吐吐。神情沮喪，應該是你剛剛被打敗；目光散亂是因為無處可依賴信靠；心情矛盾動搖，是因為你的神思未定；言語苟且敷衍，是因為你曾經暗中算計過人。最近正在搜捕叛亂的餘黨，難道你就是蒲山黨的首領嗎？」

文章背景小常識

〈魏先生〉這篇故事出自唐朝袁郊所撰寫的《甘澤謠》。故事背景發生在隋末唐初時代，作者透過故事的兩位主人翁，魏先生與李密之間的互動，陳述出為帝王、為將帥的條件，並區分出於公、於私等立場會產生的影響，實則是在抒發自己的社會觀察與政治抱負。

魏先生是一位熟知儒家經與精通音樂理論的人，他不喜歡當官，賦閒在家。當時隋末時期，群雄逐鹿天下，李密輔佐的楊玄感因為戰敗而死，李密隱姓埋名逃到了魏先生住的村子，當起教書先生，兩人開始有了往來。因為李密的音樂造詣很高，兩人言語投機，經常一起討論音樂。

一次閒談過程中，魏先生看穿李密心神未定、目光散亂，懷疑他是叛亂的餘黨。李密承認不諱，並向魏先生求教，魏先生卻說：「你不具備帝王的氣魄，也沒有將帥的才智，最多只能算是個草莽英雄。」

緊接著，魏先生分析成就為一代帝王、將才的基本條件，並舉出扮演這些角色的核心價值在於「無私」。然而這些洞悉世情的言語卻掃了李密的興，認定魏先生是個書呆子，難以共商大事，於是斷絕往來。

作者袁郊是唐昭宗翰林學士。唐朝經過安史亂後，國力衰退，再加上藩鎮勢力坐大，中央勢力衰弱，藩鎮不但拒絕接受皇帝的召旨，皇帝甚至必須依靠藩鎮的勢力才能勉強存活，而昭宗最後甚至被朱全忠弒殺，下場極為淒慘。袁郊目睹國家亂象，透過〈魏先生〉一文，除了講述君王格局之外，似乎也在暗指當時的社會現況。

名句的故事

在〈魏先生〉中，因為參加楊玄感叛亂而遭到通緝的李密，改名換姓躲到鄉間去，認識了樂官出身的魏先生。或許在李密看來，魏先生不過是個山野匹夫，只是多讀了點書、懂得樂曲音律，是他在藏匿隱居期間能談得來的一個朋友，然而就是這個出身鄉間、與官場或政治沒有關係的山野中人，一眼就看穿了李密的偽裝。

在這段話中，可以看出魏先生對李密的觀察，可說是見微知著，無比精準，僅從李密外在的面色表情、語氣神氣，竟然確切地判斷出他隱藏的真實身分和過去的經歷。這驚人的觀察力，除了顯示魏先生絕非只是詳究樂章、以琴酒為娛的平凡讀書人，還可能有很深的人世閱歷，並具有敏銳的觀察與對人性的洞察力，才能把握住李密的細微異樣，進而推估出事實真相。

有句成語叫作「相由心生」，說的是人的內在心靈思想會連帶影響到外貌。而心靈思想不僅僅影響到外貌，更會表現在言語、動作等各種反應上。

孟子曾說：「存乎人者，莫良於眸子，眸子不能掩其惡。胸中正，則眸子瞭焉；胸中不正，則眸子眊焉。聽其言也，觀其眸子，人焉廋哉？」（《孟子．離婁篇》）意思是說，想要觀察一個人是好還是壞，可仔細看他的眼睛。胸懷坦蕩的人，眼神發亮，炯炯有神，然而心中懷有惡念的人，眼睛黯然無光。所以想要確認一個人的真實意圖，必須傾聽對方言語，並觀察他的眼神。

歷久彌新說名句

僅觀察一個人的外貌和一時的反應，不過只了解一部份的他，而非全部面向。真正想要了解一個人，不只要看他的外表，更要從不同角度來審視這個人和他周遭相處結交的人。

《呂氏春秋》中曾經說過一個故事，楚國有一個擅長面相的相士，因為預言準確，全國皆知，就連楚王也請他去看相。面對楚王的詢問，相士坦率地說出了他的職業祕密。

他說：「臣非能相人也，能觀人之友也。觀布衣也，其友皆孝悌純謹畏令，如此者，其家必日益，身必日榮，矣所謂吉人也。觀事君者也，其友皆誠信有行好善，如此者，事君日益，官職日進，此所謂吉臣也。觀人主也，其朝臣多賢，左右多忠，主有失，皆交爭証諫，如此者，國日安，主日尊，天下日服，此所謂吉主也。臣非能相人也，能觀人之友也。」

相士的意思是說，他並不會看相，而是善於觀察對方交往的朋友。一個平常人所結交的朋友如果是忠謹孝悌之人，這種人遲早會發達；一個為官的人所交往的如果都是講誠信、樂善好施的人，必定會升遷、擔任要職；皇帝身邊的朝臣如果都是賢能的人，這樣的國家一定會安定發展，蒸蒸日上。

近朱者赤，近墨者黑，人以類聚，物以群分。相士確實不會相人，但透過他對楚王陳述的言語，就能明白他對人情的把握和洞察多麼深刻。

夫為帝王者，包羅天地，儀範古今，外則日用而不知，中則成功而自立

名句的誕生

先生曰：「夫為帝王者，包羅天地，儀範古今。外則日用而不知，中則成功[1]而自立。堯詢四嶽[2]，舉鯀[3]而殛羽山，此乃出於無私也；漢任三傑[4]，納良而圍垓下，亦出於無私也。故鳳有爪吻而不施，麟有蹄足而永廢者，能得其道而求自集於時，此帝王之規模也。……」

～袁郊《甘澤謠．魏先生》

完全讀懂名句

1.成功：成就功業。

2.四嶽：四方諸侯、四方酋長。

3.鯀：人名。因治水無功，被舜殺於羽山。

魏先生說：「能成為帝王的人，必須擁有能夠包羅天地的心胸，威嚴震懾古今。不注意生活中的瑣碎小事，而把力量成就功業和鞏固政權。堯徵求分管四方的諸侯的意見，聽從他們的推舉，讓鯀去治水，而鯀治水九年無功，被舜殺死在羽山，這些都是出於無私。漢高祖接受張良、蕭和和韓信等人的計策，將項羽圍困消滅在垓下，也是因為出於無私。所以鳳凰有利爪和尖嘴，卻不會將此作為進攻的武器，麒麟雖然有可以進攻的腳，卻從不使用。能夠把握機會，順應時勢的人，才具有帝王的氣概。……」

名句的故事

被魏先生一眼看破了真實身分的李密，對

於魏先生充滿了尊敬，他「驚起」、「捉先生手」，著急地懇求魏先生「既能知我，豈不能救我歟」，意思是您既然認出了我，怎麼能不救救我呢？然而在李密的言詞中，這個「救」，顯然不是求魏先生繼續幫忙隱瞞自己的身分，而是視他為高人，希望能向他求教，尋找東山再起、成王稱霸的可能。然而魏先生是怎麼說的呢？他開口直指李密「無帝王規模，非將帥才略，乃亂世之雄傑」，沒有做為君王的能力，也不是具有將帥才能的人，算起來不過是個亂世梟雄而已。

到底什麼是帝王的條件、什麼人才能做為將帥？在帝王條件上，魏先生舉出堯治理天下、漢高祖接納諫言良策，打敗項羽等等例子，除了表達出魏先生對帝王的期待，也同時是在暗示著李密的不足。而作者袁郊更是透過魏先生的言語，表達了他對政治的看法。

在《史記．夏本紀》中曾講述，當時天下鬧洪水，人民為此受苦，堯於是向四方諸侯詢問有誰能夠治水？臣子和諸侯們都推薦鯀。但堯聽了後說：「鯀為人負命毀族，不可。」意思是鯀這個人違背天命、毀敗同族，行為不好，不可以用他。但四方諸侯卻堅持，「等之未有賢於鯀者，願帝試之。」表示我們之間沒有人比鯀更具有能力，希望能給他一個機會嘗試。

身為君主，堯大可堅持自己的做法，然而面對諸侯們的建議，他不存偏見，任命鯀去治水。鯀能力不足，花了九年時間還是失敗了，最後被舜處死。

或許有人會說，鯀並非出於個人意願去治水，即使不成功，也罪不致死。然而治水並非一般公共建設，歷朝歷代在治水工程上，經常是傾全國之力的投入，一旦失敗，甚至可能毀滅一朝。九年的治水工程要投注多少人力物力，可想而知。

堯心中對鯀的能力雖有個人看法，但在面對四方諸侯的建言時，放下自己對鯀的成見，並把關係天下民生的重要任務交付給鯀，一做就是九年，雖然結果不如人意，但堯這種聽從公議、全權賦予的態度，實在可說是無私了。

歷久彌新說名句

〈魏先生〉一文中，袁郊透過魏先生之口，講述了所謂帝王格局：「包羅天地，儀範古今。外則日用而不知，中則成功而自立。」而他隨後也說明了這帝王格局簡而言之就是兩個字：無私。

《續資治通鑑》中曾經紀錄宋孝宗與大臣何輔討論如何任用人事的對話，孝宗說：「近日士大夫議論好惡，多不公心。卿所謂其言若善，雖仇怨在所當用，如其不善，雖親故不可曲從，此論是也。」孝宗與何輔的對談中，聽見何輔說「如果這人說的對，即使他是仇家敵人也因該採用他的建議，如果他說的不對，就是親朋老友的關係，也不可以贊同」的言語，深有同感。

宋真宗時的宰相王旦，為人寬厚、以德服人。宰相執掌中書省，而當時寇準擔任樞密使，執掌樞密院。寇準經常在皇帝面前說王旦的短處，然而王旦卻極力稱讚寇準。

有一次寇準發現了中書省在文書規格上的錯誤，報告真宗，真宗大怒，斥責王旦，王旦拜謝認錯。過不多久，樞密院的文書也發生了錯誤，中書省官員以為掌握了對方的把柄，將文書交給王旦，然而王旦卻只下令將文件退還給樞密院修正。寇準聽了此事非常慚愧，自認德行和器量都遠遠不如王旦，向王旦表達了歉意和敬意。

王旦為國舉才、任人唯賢，可說是無私之人，他雖然不是帝王，卻擁有帝王者包羅天地的心胸，為真宗一朝開創了咸平之治的盛景。

公於國則為帥臣，私於己則曰亂盜

名句的誕生

「……仲尼曰：『我戰則克。』孟軻云：『夫誰與敵。』此將帥之才也。至有秉其才知，動以機鈐[1]。公於國則為帥臣，私於己則曰亂盜。私於己，必掠取財色，屠其城池。朱亥為前席[2]之賓，樊噲為升堂[3]之客……」

～袁郊《甘澤謠．魏先生》

完全讀懂名句

1.機鈐：鈐，ㄑㄧㄢˊ。機智、機謀。
2.前席：位於前面的座位。
3.升堂：登上廳堂。

「……孔子說：『我領軍作戰必勝。』孟子說：『誰能與之為敵。』這是將帥才能的表現。至於以才智操控軍隊，用機智謀略來調度軍隊的人，如果能將才能用於國家事務之上，是將帥一流的人物，但若是只為牟取自己利益，只能稱為叛逆的盜賊。為個人牟取利益者，必然會搶奪財物和劫掠美色，到處濫殺。朱亥因為以國家利益為先而被請到上座，樊噲也因為勇猛救主而能夠登堂入室成為座上客。……」

名句的故事

說完了帝王格局，魏先生接著談到怎樣的人才具有統兵領導軍隊的將帥的才能。做為一軍的統領，所為乃「驅無戰之師，伐有民之罪」，然而同時要能聽從建言，做出正確的判斷，亂時能戰，承平之時還能養兵，能夠看穿敵人的動向，做最好的安排。然而掌兵的人，不都能一定都能成為良將，其中掌握決定關鍵的是心態。魏先生強調，把統帥的力量用在公眾的事務上、保護國家、維護百姓，就是將才，然而把這些力量用在自身利益，斂財奪色，不過就是一個擁有武力的強盜或地痞而已。

這段中提到兩個故事。第一個是《史記．魏公子列傳》記載的朱亥。

魏國信陵君門下號稱有三千賓客，但在歷史上留名的卻只有三人，朱亥便是其中之一。朱亥本是一個隱居市井中的遊俠，平日以屠夫為業。信陵君的門客侯嬴向信陵君舉薦朱亥，說他「此子賢者，世莫能知，故隱屠間耳」，但無論信陵君如何邀請或拜訪，朱亥卻不願去依附，甚至表現得態度傲慢、不識抬舉。

當時，秦國出兵攻打趙國，魏國派兵前去支援，然而魏王臨時反悔，魏軍於是囤兵不動，趙王只好改向信陵君求助。

信陵君知道此行危險，向朱亥求助。朱亥說：「臣乃市井鼓刀屠者，而公子親數存之，所以不報謝者，以為小禮無所用。今公子有急，此乃臣效命之秋也。」於是一同去前線，勸說統帥大軍的大將晉鄙出兵救趙，然而晉鄙拒絕。朱亥取出藏在袖子裡的大鐵鎚，砸向晉鄙，將他殺了。信陵君親自督陣，拯救趙國於危機中。

第二個故事是樊噲救了在鴻門宴上的漢高祖劉邦。樊噲在跟隨劉邦之前，是以殺狗業。根據《史記》記載，項羽設下鴻門宴要刺殺劉邦。樊噲當時在營外，認為事情緊急，便衝撞侍衛、跑了進去，並對項羽說，天下人起兵反秦，是因為秦王殘忍，現在楚懷王和大家約定，只要誰先攻進咸陽就可封王，沛公雖然先進入咸陽，但卻一直等待您來咸陽啊！您不但沒有賞賜，還要殺有功勞的人，這就是暴秦滅亡的原因。項羽無言以對。劉邦於是藉口離席，帶領樊噲安然脫身，離開楚懷王的陣營。

朱亥與樊噲都展現了勇武以外的智謀，不是空有蠻力、無判斷能力的人呀。

歷久彌新說名句

《史記》記載，戰國時代商鞅在秦國推行新法令之前，擔心百姓對新法令的執行會有所質疑，於是就在都城的南門豎起一根三丈長的木頭，公告大眾，只要能把木頭從南門搬到北門，就獎賞十金。但是沒人相信。於是商鞅又再公告，能把木頭搬到北門的，獎賞五十金。這次真的有人把木頭搬到北門，當場就獲得了五十金。商鞅用這個方式表明新法執行的決心。

新法實施一年，秦國百姓並不是很願意遵循。這個時候，秦國的太子犯了法。商鞅便藉機將太子抓起來，說新法不能普遍推行，正是因為上面的人不守法。由於太子是王位的繼承人，不能施加刑罰，於是就處罰了太子的師傅。秦國百姓因此信服新法，開始遵循。

《史記》上說：「行之十年，秦民大說，道不拾遺，山無盜賊，家給人足。民勇於公戰，怯於私鬬，鄉邑大治。」新法施行了十年，秦國的百姓非常高興，路上遺失的東西沒有人撿，山林中沒有盜賊，家家豐衣足食。人們勇於為國而戰，膽怯於因私利而鬥毆，社會秩序良好。

商鞅透過種種手段，落實法令，將秦人的力量用於戰事，而非私鬥，秦國國力大增。

朝聞夕死，公孫終敗於邑中；寧我負人，曹操豈兼於天下？

名句的誕生

「……朝聞夕死，公孫[1]終敗於邑中；寧我負人，曹操豈兼於天下。是忘輦千金之貺[2]，陳一飯之恩，有感謝之人。無懷歸之。且魯史[3]之誡曰度德，連山之文[4]曰待時。尚欲謀於人，不能惠於己。天人厭亂，曆數有歸。……」

~袁郊《甘澤謠．魏先生》

完全讀懂名句

1. 公孫：公孫述，字子陽，西漢末年因為繼承父親官位而出仕，趁著新莽和東漢初年天下大亂，割據蜀郡稱帝，在位十二年。
2. 貺：ㄎㄨㄤˋ，指他人所贈與的物品或恩惠。
3. 魯史：此指《春秋》。
4. 連山之文：指《連山》，據說成於夏朝，記載了三種占卜的方法，又稱《連山易》。因流傳久遠，內容散佚不完整。

「……短視稱王的公孫述最後在邑中被打敗；信奉著只可我負天下人，不可天下人負我的曹操，又怎麼能夠統一天下？忘了他人千金的饋贈，而單只想著一頓飯的恩情，雖然獲得少數人的感激，卻沒有欽慕歸順的群眾。《春秋》中曾經告誡，凡事要衡量自己的德行，而《連山》中曾說過，行事要是等待時機。為了他人謀畫謀反，對自己有什麼好處，上天和百姓都反對變亂，朝代的更替，是有依據的。……」

名句的故事

李密曾經為楊玄感的叛亂出謀畫策，雖然楊玄感兵敗而死，但逃脫了性命的他，心中仍然念念不忘著天下的霸業。然而魏先生的直言，卻直指李密的缺陷，說他沒有帝王無私的心胸格局、也不是一個把才能用於國家社會的將帥，只為了私利的亂世梟雄，又以短視只想要稱王的公孫述、寧可負天下也不肯被天下所負的曹操和只記得漂母的一飯之恩，卻忘記了高祖提拔厚賜恩惠的韓信等人為例，都在指責李密為人處世的缺陷，強調他不足以成就霸業。

公孫述是西漢末年的政治人物，新莽時期，擔任蜀郡太守，後來王莽末年、東漢初期局勢大亂、群雄並立，公孫述也乘勢而起，定都成都，自立為蜀王。《後漢書．隗囂公孫述列傳》中曾經說：「述夢有人語之曰：『八厶子系，十二為期。』覺，謂其妻曰：『雖貴而祚短，若何？』妻對曰：『朝聞道，夕死尚可，況十二乎！』」

意思是說，有一天晚上，公孫述在夢中聽到有人對他說：「八厶子系，十二為期。」「八厶」兩字拼起來是「公」字，而「子系」兩字拼起來是「孫」字，這句話的意思是公孫有十二年的帝王運。他於是詢問妻子：「我命中注定要當皇帝，但時間卻很短，妳覺得怎麼樣？」而公孫妻則回答：「人家說早上聽到最高的真理，即使晚上死了都值得，更何況可以當十二年皇帝呢！」

公孫述於是自立為天子，與東漢光武帝劉秀同一年稱帝。然而公孫述稱帝並不是為了照顧天下百姓，而是要滿足個人的皇帝夢。逞一己私欲者，畢竟無法收服天下人心，東漢建元十二年，公孫述被劉秀所敗，也應驗了他的夢兆。

歷久彌新說名句

亂世時，英雄豪傑與梟雄群起，多數人經常抱著混水摸魚撈一杯羹的心態，例如李密懷直言，「道行，可以取四海；不行，亦足以王一方。」如果造反之路能行，就得天下，如果不能行，至少可以割據一方勢力。然而這種行事方針和態度，只顧著滿足眼前私欲，卻不懂得審時度勢，最後反而招致覆滅。

先秦軍事思想大成之作《六韜》中的首篇，記述周文王前去渭水北岸打獵，看到姜太公坐在河岸邊釣魚，兩人對談的內容也從「釣魚」起始，闡述了政治和軍事方面的思想。姜太公指出，釣魚好比用人，有三種權術：用厚祿聘僱人才、用重賞收買忠心不貳之人、用官位封賞不同的人才，用不同的餌，好讓不同的魚上鉤。如果魚喜歡吃香餌，就會被釣絲勾住，人才想要得到俸祿，就會服從君主的命令。所以用香餌釣魚，就有魚可吃；用官位俸祿網羅人才，人才就能為君主所用。

文王又問：「那如何使天下歸心呢？」

姜太公回答道：「天下非一人之天下，乃天下之天下也，同天下之利者，則得天下；擅天下之利者，則失天下。」意即，天下不是一個人的天下，而是天下人所共有的天下；能與天下所有人共同分享天下利益的，就可以獲得天下；想獨占天下利益的人，遲早會失去天下。姜太公強調，能為天下人謀求利益的，就是王道，而王道所在，天下之人就會歸附。

於是，周文王拜姜太公為師，周朝在姜太公的輔佐之下，結束六百年的商朝，開創八百年的光輝，究其原因，在於文王的用心為天下人謀利益，而不逞一己私欲。

道行，可以取四海；不行，亦足以王一方

名句的誕生

李公拂衣[1]而言曰：「隋氏以篡殺取天下，吾家以勛德居人表。振臂一呼，眾心響應；提兵時伐，何往不下？道行，可以取四海；不行，亦足以王一方。委質[2]於人，誠所未忍。汝真豎儒[3]，不足以計事。」遂絕魏生。

～袁郊《甘澤謠．魏先生》

完全讀懂名句

1. 拂衣：甩動衣袖，以示不悅或發怒。
2. 委質：古時候做官要寫下效忠君王的文件，以示對君主的忠誠。
3. 豎儒：指學識淺陋的人。

李密隨手甩甩衣袖說：「隋煬帝弒父篡位而獲得天下，我卻以德行作為人們的榜樣。我振臂一呼，百姓們必然群起回應，我帶兵征伐，有什麼攻不下的城池？倘若成功，我可以得到江山，假使不成功，至少也可以割據一方稱王。我實在無法忍受向隋煬帝這樣的君王宣誓效忠。你是個沒有見識的讀書人，不能與我共商大事。」從此和魏先生斷絕了往來。

名句的故事

魏先生侃侃而談，指出李密的諸多缺陷，提出忠告，然而對於李密來說，忠言逆耳，他想要請教的，是如何東山再起、稱雄稱霸的良策，而非如魏先生這樣一頭冷水的警告。真相是殘酷的，像李密這般才智兼備的豪傑人物，

多少有些自負，即使因謀反失敗而逃亡，心中想著的也是重新來過，即使魏先生歷歷陳述，也無法打動李密的心意。「道不同，不相為謀」，最終李密斷絕了與魏先生的關係，再次投入逐鹿天下的競爭中。

然而從李密的陳述可知，之所以群雄紛起、天下大亂，其實歸結的問題點，都在於隋煬帝。隋煬帝是否弒殺父親，奪得皇帝之位，史書上並沒有明確的記載，然而他好大喜功、窮奢極欲、暴戾弒殺，確實在執政的過程中，屢屢示現，對社會民生造成極大的傷害，甚至直接影響到隋朝政局的穩定性。例如，短短四年期間便修建了通濟渠、永濟渠等兩條大運河，三次發兵攻打高句麗，還有出兵吐谷渾和突厥，修築關防，在各地大修宮殿、興建離宮等等，加諸他南下巡幸，各種開銷耗費，驚人的龐大。

換句話說，隋煬帝即位後，百姓們無不是在兵役、勞役、賦稅等狀況中過日子，否則如何換取隋煬帝這些「建樹」與「功勳」呢？這一連串的舉措，導致民不聊生，接踵而來的是大規模的民變與叛亂，李密也是當時想要逐鹿天下的勢力之一。

隋末諸位英雄豪傑都想要角逐天下，然而觀諸史實，很多人其實都抱著「不行，亦足以王一方」的心態，很少人真正是為了國家社稷的安定著想、為了解救百姓的苦難而起，但過多的割據勢力，痛苦的還是百姓。

歷久彌新說名句

〈魏先生〉這則短篇傳奇，透過李密與魏先生的對話，慷慨陳述了作者袁郊的政治思想。而真實的李密又是如何呢？出李密的曾祖父與祖父，都是北周的高官，李密的父親也是隋朝的上柱國蒲山郡公。出身世家的他，年少就承襲了父親的爵位，飽讀詩書，手不釋卷，有一次他騎牛去拜訪老師，人坐在牛背上，把一套《漢書》掛在牛角上，一面牽著牛繩，一面翻閱，因此生出一句成語叫「牛角掛書」，形容人讀書勤勉。

隋末，因為隋煬帝的各種軍事用兵和消耗，導致天下動盪，李密的好友楊玄感起兵叛變。李密以策略和智慧成為楊玄感的謀士，曾向楊玄感提出優秀的策略，以對抗隋煬帝，然而因為楊玄感短視，又想要盡快稱帝，所以導致最後戰敗。

李密逃過官府的搜捕，投靠了義軍瓦崗軍。當時瓦崗軍的首領為翟讓。然而隨著李密受到瓦崗軍的重用，地位水漲船高，也引發內部領導者的不合，最後李密設計殺掉翟讓，成為瓦崗軍的領導。而他逐漸驕傲自滿，導致瓦崗軍將領分崩離析，最後敗於他人之手。

李密率領殘餘勢力投降李淵，很受李淵的重用，甚至將表妹嫁給他為妻，然而李密一直不願意於屈居於人下，總想要謀求霸業，後來反叛，最終被殺。

在袁郊的〈魏先生〉中，真真假假的利用李密真實人生經歷，穿鑿成小說，除了藉由李密和魏先生的對答陳述故事，也反應出安史之亂後的唐朝，民不聊生、各方藩鎮割據、互相攻戰，在局面和環境狀態上，都與隋末的情形很相似。袁郊透過魏先生的言語，直指李密的缺陷的同時，似乎也點出了當時藩鎮各懷私心、各據一方，都只是魚肉一方的盜賊，而非具有統一天下氣魄的帝王。

而同樣「王一方」的情景，也曾出現在民國初年的中國。民初軍閥割據、各懷私心、擁兵自重、勇於內鬥，國內民不聊生，對外積弱不振，因為以擴充軍備、累積個人實力為首要目標，所以罔顧國家利益與進步，導致民國初年國家動盪、社會不安。

國家圖書館出版品預行編目資料

中文經典100句：唐人傳奇／文心工作室編著. -- 初版. -- 臺北市：
商周，城邦文化出版：家庭傳媒城邦分公司發行；民105.03
面：　公分.--（中文經典100句；31）

ISBN 978-986-272-963-2（平裝）

857.4　　104029056

中文經典100句31

唐人傳奇

總策畫／季旭昇教授
編著／文心工作室（王麗雯、翁淑玲、吳秉勳、楊于萱、魏旭妍、白百伶、李佩蓉、謝明輝、蔡明蓉、劉柏正、吳雅萍、鄒依霖）
責任編輯／陳名珉

版權／翁靜如
行銷業務／李衍逸、黃崇華
總編輯／楊如玉
總經理／彭之琬
發行人／何飛鵬
法律顧問／台英國際商務法律事務所 羅明通律師
出版者／商周出版
城邦文化事業股份有限公司
台北市104民生東路二段141號9樓
電話：(02) 2500-7008　傳真：(02)2500-7759
Blog：http://bwp25007008.pixnet.net/blog
E-mail：bwp.service@cite.com.tw
發行／英屬蓋曼群島商家庭傳媒股份有限公司城邦分公司
台北市中山區民生東路二段141號2樓
書虫客服服務專線：(02) 2500-7718・(02) 2500-7719
服務時間：週一至週五09:30-12:00・13:30-17:00
24小時傳真服務：(02) 2500-1990・(02) 2500-1991
郵撥帳號：19863813　戶名：書虫股份有限公司
讀者服務信箱：service@readingclub.com.tw
城邦讀書花園：www.cite.com.tw
香港發行所／城邦（香港）出版集團有限公司
香港灣仔駱克道193號東超商業中心1樓
E-mail：hkcite@biznetvigator.com
電話：（852）2508-6231　傳真：（852）2578-9337
馬新發行所／城邦（馬新）出版集團【Cite (M) Sdn. Bhd. (458372 U)】
41, Jalan Radin Anum, Bandar Baru Sri Petaling,
57000 Kuala Lumpur, Malaysia
電話：（603）9056-3833　傳真：（603）9056-2833
Email：cite@cite.com.my

封面設計／徐璽
電腦排版／新鑫電腦排版工作室
印刷／韋懋實業有限公司
總經銷／聯合發行股份有限公司
電話：(02)2917-8022　傳真：(02)2911-0053
地址：新北市231新店區寶橋路235巷6弄6號2樓
■2016年（民105）3月3日初版
定價280元
printed in Taiwan

城邦讀書花園
www.cite.com.tw

請於此處用膠水黏貼

商周出版

讀者回函卡

謝謝您購買我們出版的書籍！請費心填寫此回函卡，我們將不定期寄上城邦集團最新的出版訊息。

姓名：＿＿＿＿＿＿＿＿＿＿

性別：□男 □女

生日：西元＿＿＿＿年＿＿＿＿月＿＿＿＿日

地址：＿＿＿＿＿＿＿＿＿＿

聯絡電話：＿＿＿＿＿＿ 傳真：＿＿＿＿＿＿

E-mail：＿＿＿＿＿＿＿＿＿＿

職業：□1.學生 □2.軍公教 □3.服務 □4.金融 □5.製造 □6.資訊
□7.傳播 □8.自由業 □9.農漁牧 □10.家管 □11.退休
□12.其他＿＿＿＿＿＿

您從何種方式得知本書消息?

□1.書店□2.網路□3.報紙□4.雜誌□5.廣播 □6.電視 □7.親友推薦
□8.其他＿＿＿＿＿＿

您通常以何種方式購書?

□1.書店□2.網路□3.傳真訂購□4.郵局劃撥 □5.其他＿＿＿＿

您喜歡閱讀哪些類別的書籍?

□1.財經商業□2.自然科學 □3.歷史□4.法律□5.文學□6.休閒旅遊
□7.小說□8.人物傳記□9.生活、勵志□10.其他＿＿＿＿

對我們的建議：

＿＿＿＿＿＿＿＿＿＿

＿＿＿＿＿＿＿＿＿＿

＿＿＿＿＿＿＿＿＿＿

＿＿＿＿＿＿＿＿＿＿

請於此處用膠水黏貼